中国历史文化名人传

# 孤独的绝唱

## 八大山人传

陈世旭 著

作家出版社

# 中国历史文化名人传

## 组委会名单

主任：李　冰
委员：何建明　葛笑政

## 编委会名单

主任：何建明
委员：郑欣淼　李炳银　何西来　张　陵　张水舟　黄宾堂　张亚丽

## 文史组专家成员（按姓氏笔划为序）

王春瑜　王曾瑜　孙　郁　刘彦君　李　浩　何西来　郑欣淼
陶文鹏　党圣元　袁行霈　郭启宏　黄留珠　董乃斌

## 文学组专家成员（按姓氏笔划为序）

王必胜　白　烨　田珍颖　刘　茵　张　陵　张水舟　张亚丽
李炳银　贺绍俊　黄宾堂　程步涛

## 出版说明

　　中华民族五千年文明史中，涌现了一大批杰出的文化巨匠，他们如璀璨的群星，闪耀着思想和智慧的光芒。系统和本正地记录他们的人生轨迹与文化成就，无疑是一件十分有必要的事。为此，中国作家协会于2012年初作出决定，用五年左右时间，集中文学界和文化界的精兵强将，创作出版《中国历史文化名人传》大型丛书。这是一项重大的国家文化出版工程，它对形象化地诠释和反映中华民族文化的基本精神，继承发扬传统文化的精髓，对公民的历史文化普及和建设社会主义文化强国都具有重要而深远的意义。

　　这项原创的纪实体文学工程，预计出版120部左右。编委会与各方专家反复会商，遴选出在中国文化发展史上产生过重大影响的120余位历史文化名人。在作者选择上，我们采取专家推荐、主动约请及社会选拔的方式，选择有文史功底、有创作实绩并有较大社会影响，能胜任繁重的实地采访、文献查阅及长篇创作任务，擅长传记文学创作的作家。创作的总体要求是，必须在尊重史实基础上进行文学艺术创作，力求生动传神，追求本质的真实，塑造出饱满的人物形象，具有引人入胜的故事性和可读性；反对戏说、颠覆和凭空捏造，严禁抄袭；作家对传主要有客观的价值判断和对人物精神概括与提升的独到心得，要有新颖的艺术表现形式；新传水平应当高于已有同一人物的传记作品。

为了保证丛书的高品质，我们聘请了学有专长、卓有成就的史学和文学专家，对书稿的文史真伪、价值取向、人物刻画和文学表现等方面总体把关，并建立了严格的论证机制，从传主的选择、作者的认定、写作大纲论证、书稿专项审定直至编辑、出版等，层层论证把关，力图使丛书经得起时间的检验，从而达到传承中华文明和弘扬杰出文化人物精神之目的。丛书的封面设计，以中国历史长河为概念，取层层历史文化积淀与源远流长的宏大意象，采用各个历史时期最具代表性的文化符号与雅致温润的色条进行表达，意蕴深厚，庄重大气。内文的版式设计也尽可能做到精致、别具美感。

中华民族文化博大精深，这百位文化名人就是杰出代表。他们的灿烂人生就是中华文明历史的缩影；他们的思想智慧、精神气脉深深融入我们民族的血液中，成为代代相袭的中华魂魄。在实现"中国梦"的历史进程中，必定成为我们再出发的精神动力。

感谢关心、支持我们工作的中央有关部门和各级领导及专家们，更要感谢作者们呕心沥血的创作。由于该丛书工程浩大，人数众多，时间绵延较长，疏漏在所难免，期待各界有识之士提出宝贵的建设性意见，我们会努力做得更好。

《中国历史文化名人传》丛书编委会

2013 年 11 月

八大山人

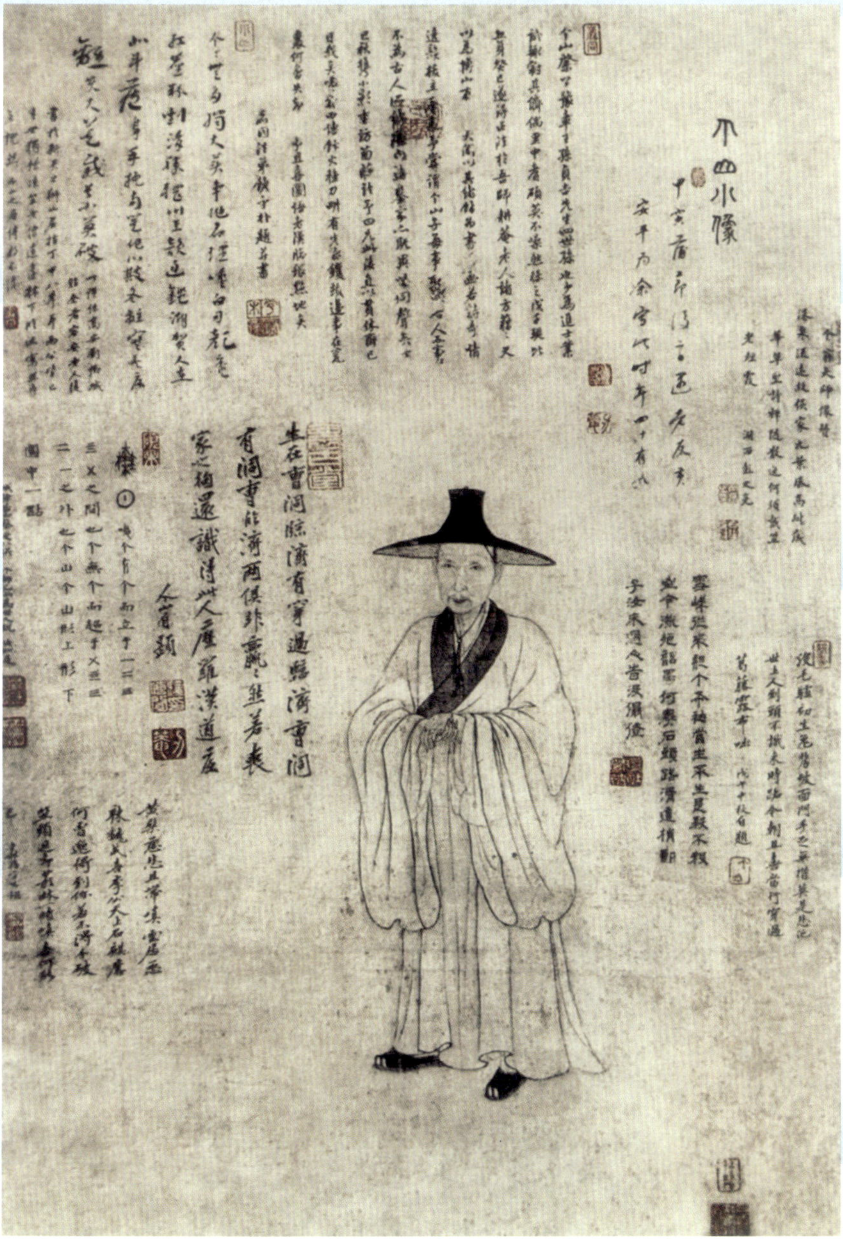

个山小像

荷鸭图

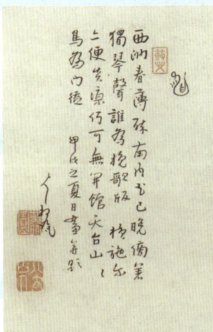

西泠春薄殊南內乙已晚編纂
獨琴聲誰務挽歌版核扼爾
二便笑原仍可無罪館天台山
馬務門緒

甲辰之夏日畫筆於

双雀图

孔雀竹石图

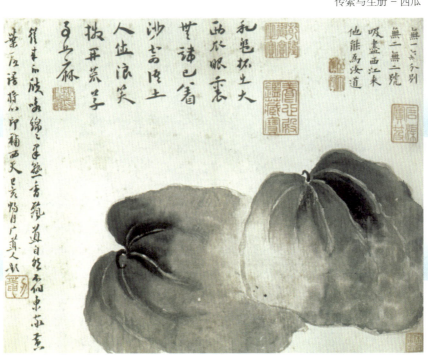

杨柳浴禽图

小山护远栖霞云

坚石滑通清鹤山

草书七言联

邨居士云半瞬茄子半瞬橫開剪秋風供葵羹

試問西邨王大老臨飯拾得此莖無西邨展玩嚼

飯淌紫南昌劉漪蜀聞之其於索于花封三獻圖余

僉以詩云卅年如水不曾疎欲屬家風事三無唯有荒

園敷堂菜拈来咬破嘴盧都漪蜀仍索三獻不彰

餬十二月松門大雪十指如槌三兩禪和煮菜根

味頗隹回念前事焉

京庵无作敷莖莖拈祝聲上可謂驢楝潠廚屏

艷麦雞些业泣京庵日侍

維摩方丈知南方亦有此味西方亦有此味寧业極

溯以至于羍地折曝地斯又焉知三月不念肉味乱誠

恐西邨漪蜀兩個没孔鑕挑依樣画葫蘆耳

灌園長老題

传綮写生册——书法

# 目录

# 引言

　　八大山人，一个王孙，一个和尚，一个疯子，一个画家，一个众说纷纭的人，一个难以确认的人，一个扑朔诡谲的传奇，一个挑战智力的难题。三百五十年来，他留给我们的是一个极模糊又极清晰、极卑微又极伟岸的身影。

　　高小之前，父亲每到假日就拉扯着我去寻访地方名胜，这里有过唐朝的滕王阁和绳金塔，那里有过清朝的府学和衙门之类。我们家当时在南昌东湖百花洲，父亲最遗憾的是找不到此间在明代有过的一座将军府的哪怕最细微的一点痕迹。这遗憾并非因为对权贵的艳羡，而是因为对一位伟大艺术家的神往。那位伟大艺术家有一个古怪的名字，叫"八大山人"。他的上十辈祖先是安徽人，而我们家的祖上也在安徽。这让我对这个古怪的名字有了一种天然的亲近感。在传说中，八大山人就出生在那座府第。好在，郊外有一座道院，有后人模仿他的字画的遗迹，父亲说，等我稍长大些，就带我去寻访。

　　行伍出身的父亲闲时主要做四件事：练国术，作古体诗，写毛笔字，牵着我的手四处转悠。我心里很崇拜他，没想到他心里也有崇拜的人。

　　八大山人最早就这样进入了我的世界。我也就这样永远地记住了一个永远会被人记住的古怪的名字。

　　第一次走进那座道院，是在三十年之后。那时候，我刚刚走过下乡谋生的漫长道路，当初喜欢打拳作诗写字的父亲已是风烛残年，别说牵着我的手四处转悠了，一天的大部分时间，都在床上静卧。

我只能独自去寻找我崇拜的人、崇拜的古老偶像。

青石板散落在泥土路上，花岗石桥横过长长的荷塘，远远就看见父亲说过的那座掩映在绿荫下的道院了。

白色高墙环抱着几进暗淡的老屋，青砖灰瓦，门庭斑驳。郊游的红男绿女神色茫然。幽僻中但见鸟去鸟来，花落花开。

曾经的道院，已与道无关，其开山者更从来与八大山人无关。那些将二者混为一谈的传说，也许是善意的寄托。而今这里展览着一些不知名画家的画作，其中包括几件八大山人书画的浮浅摹本。

高仿的《个山小像》站立在空寂的中堂。内敛的中国文化精神气贯长虹，看上去却似是柔弱。没有庞然的骨架，没有贲张的血脉，没有鼓胀的肌肉，竹笠下是一双忧郁迷离的眼睛，干枯瘦小的身子包裹在贮满寒气的长衫中，足蹬芒鞋刚刚停住蹒跚的步履。

天空晴朗。风自远方吹向远方。一个人举着不灭的灯盏，引领我走向远逝的凄风苦雨。那样的凄风苦雨吹打了他的一生，制造了数不清的哀伤和愤懑、惊恐和疲惫。树叶摇动，似乎在帮我找回当初的影子和标本以及纯粹的表情。

明亮的肃穆中，历史与现实绵绵更替。风卷起澎湃的潮汐，执着直刺云天。人生苍穹的流星，耀眼划过，长长的划痕，凝固了数百年的沧桑。

心是一处让逝者活着并为之加冕的地方。一个时代被摆上虔诚的祭坛，经受岁月的默读。

家国巨变成为贯穿这位逝者一生的无尽之痛。他在战栗和挣扎的孤恨中走过自己凄楚哀怨的人生。或避祸深山，或遁入空门，竟至在自我压抑中疯狂，自渎自亵，睥睨着一个在他看来面目全非的世界。他最终逃遁于艺术。用了数以百计的名号掩盖自己，以"八大山人"作结，并连缀如草书的"哭之笑之"。他挥笔以当歌，泼墨以当泣，在书画中找到生命激情的喷发口，进入脱出苦海的天竺国。他似乎超然世外，却对人生体察入微。他以避世姿态度过了八十年的漫长岁月，把对人生的悲伤和超越，用奇崛的、自成一格的方式，给予了最为充分的传达。在他创造的怪异夸张的形象背后，既有基于现实的愤懑锋芒，又有超越时空的苍茫空灵。他的书、画、诗、跋、号、印隐晦曲折地表现出对不堪回首的故国山河的"不忘熟处"，使之在出神入化的笔墨中复归。内涵丰富，意蕴莫测，引发无穷的想象，也留下无穷的悬疑。甚至他的癫疾也给他的艺术染上了神秘诡异的独特色彩。他以豪迈沉郁的气格，简朴雄浑的笔墨，开拓中国写意画的全新面目而前无古人，获得至圣地位。作为特定历史条件下的产物，他的艺术有着跨越时空的力量，其画风远被数百年，影响至巨。三百多年过去，"八大山人"这个名字广为世界所认知并且推崇。一九八五年，联合国教科文组织宣布"八大山人"为中国十大文化艺术名人之一，并以太空星座命名。

沿着历史的辙印，同遥远而又近在咫尺的灵魂对话。一地浅草，叮咛杂沓的脚步保持肃然。小桥流水人家不再，枯藤老树昏鸦不再，冰凉的血痕发黄的故事，在记忆的时空搁浅或者沉没。无形的火焰照彻隔世的寒骨，渐行渐远的呓语噙满泪水。翰墨中的血液和文字，潮水般倾泻。

摇曳的草木，拨动飞扬的思绪。

古木参天，他也许就在树下冥想残山剩水、枯柳孤鸟、江汀野凫，挥洒旷世绝作，散与市井顽童老妪，换为果腹炊饼。

曾几何时，命运收回了锦衣玉食的繁华，雍容的胭脂顷刻褪色，苍白了面容。一个从广厦华屋走出的王孙等待的本是一场完满的落日。没有板荡时世，他就不会沦落于江湖，混迹于贩夫走卒、引车卖浆者之流，也就不会平添给后世如此厚重的色彩。

太阳升起的时候，深院布满紫色的影子，一个耄耋野老被草率埋葬不知去向，生命在死亡中成为悠久的话题。

没有哪一处黄土能容纳一个旷世的天才。他的嶙峋的头颅，从云端俯瞰。在后人的仰望中，他将比他的遗骸存在得更久长，逃逸了腐朽，获得莫大的荣耀，传至深远。

经历无数跌宕的圣者在空中凝神沉思。贵胄的骨骼是他的结构，身心的磨难让他永生。他从东方古老的黑暗中站起，踏破了历史的经纬。历史有多么痛苦，他就有多么痛苦；历史有多少伤口，他就流了多少心血。

凭吊者仰面追寻远去的足迹。一切只能留给岁月去咀嚼。躺下的并不意味死亡，正如站着的并不意味活着。

一个圣者的死去，幻出生命流线炫目的光亮。一个瘦小的身影投向更大的背景，那该是一个民族艺术的精魂。

历史高筑起累累债务，压低后人的头颅，让思想湍急的河流以及所有的喧嚣在此立定。

他太显赫太巍峨，无数自命不凡的画匠只能以渺小的萤火点缀在他脚下。人们的问题只能是：有什么高度能超过这个人已经到达的高度？有什么深刻能参透这个人已经到达的深刻？世间又有什么荣华，足以换回曾经的风雨如晦无怨无悔？百孔千疮颠沛流离，跌跌撞撞疯疯癫癫，却以无比的厚重，压紧了历史的卷帙，不被野风吹散。

一边是人格的高峻，一边是艺术的隽永。岁月的不尽轮回和光阴的不停流逝，都不会让他完全死亡，他生命的大部分将躲过死神，在风中站立，在明与暗中站立，在时钟的齿轮上站立。

# 第一章 生长学养期：从『金枝玉叶』到『丧家之狗』（1626—1644）

## 一、开国的和落寞的两代先祖

明天启六年（1626），八大山人出生。

在正式开始叙述八大山人人生之前，我想有必要对朱明王朝的几位君主费一些笔墨。权作为序幕。

在朱明王孙八大山人的皇族中，有三个人对他最具决定性的意义。一个是大明王朝的开创者朱元璋；一个是他的九世祖宁献王朱权；一个是大明王朝的终结者崇祯帝朱由检。

我们先说大明王朝的开创者朱元璋。没有这样一个开国先祖，就不会有八大山人浸透在血液中的皇族自豪，不会有他骨子里那么强烈的孤傲不群，以及他性格中那么尖锐对立的种种矛盾。

多少年后，在苦难中颠沛流离的八大山人的心目中，最能够支撑他内心的骄傲、他的精神世界的，必是这位功业盖世的祖先、大明王朝的缔造者。

朱元璋，一个赤贫农家的儿子。父母、祖父母皆为拖欠税款者，在干旱和时疫肆虐的淮河流域到处躲债。四子二女，大多无力抚养，或送人或嫁出。朱元璋是其中大难不死的最小一个。

十四世纪三十年代，元朝开始进入末期。赋役沉重，灾荒不断，民不聊生。淮河地区已成红巾军叛乱的摇篮，做算命先生的外祖父、一个反抗过蒙古征服的老兵给朱元璋的脑子灌满了种种魔法事件和冒险故事。

接踵而来的旱灾、蝗灾、瘟疫、亲人的暴死、逃亡，充满朱元璋的童年与少年。当上皇帝后忆及此事，仍难抑悲痛之情："殡无棺椁，被体恶裳，浮掩三尺，奠何肴浆！"（朱元璋《皇陵碑》）

十七岁，做了和尚的朱元璋托钵流浪，再回寺庙已变得高大而强壮，面有皱纹而痘点斑斑，颚部突出，让人望而生畏，预示着将来的不凡。三年流浪，他眼界大开，饱经历练，铸就了坚毅与果敢，也变得残忍与猜忌。

二十五岁，朱元璋投奔郭子兴的红巾军。打仗时身先士卒，获得的战利品全都上交，得了赏赐，又分给大家。好名声在军中广为传播。又粗通文墨。郭子兴视之为心腹，去其乡野小名"朱重八"，赐名"朱元璋"，字"国瑞"。"元"者始也，"璋"者美玉也，人才也，利器也，引申为灭"元"之"璋"也。并将二十一岁的养女马氏嫁之，朱元璋因此有"朱公子"之称。

非凡的眼光与胸怀，让朱元璋在血腥的历史中脱颖而出。

在红巾军的内斗中拯救主子；依靠自己的力量招兵买马，网罗人才；肃整军纪，争取民心；高筑墙、广积粮、缓称王，建立稳固的根据地；鄱阳湖水战灭陈友谅；平江战役灭张士诚；阴杀小明王韩林儿。一三六八年，在南京称帝。建立明朝，改元洪武。

从一三六七年开始到一三九六年结束，朱元璋对北元进行了八次北伐，最终灭元。

历经十六年的戎马生涯，朱元璋面对的华夏大地，千疮百孔，一片凋敝。开国之君以其雄才大略和阴险狠毒，重整山河：

发展生产，与民休息；鼓励开垦荒地，兴修水利和赈济灾荒；爱惜民力，提倡节俭；为无房百姓提供住房。"令天下郡县访穷民，无告者，月给以衣食，无依者，给以屋舍。"（《明太祖实录》卷九十三）改革官僚机构，处死宰相胡惟庸，杀开国大将蓝玉，前后株连杀戮四万人；废除大都督府，将军权集于皇帝之手；分布人口生存空间，实施中国历史上规模最大、历时最久的移民。由此奠定大明帝国为当时世界最强盛国家的基础。

诛杀贪官，严行吏治。登基即诏令天下："奉天承运，为惜民命，犯官吏贪赃满六十两者，一律处死，决不宽贷。"从地方县、府到中央六部和中书省，一时几万贪官人头落地，受不同处理者不计其数。其决心之大、力度之强、措施之精确，惩罚之残酷，震慑之强烈，旷古未有。从登基到驾崩，贯穿始终，从未减弱。

"检校"特务，遍布朝野，监控官员。将亲军都尉府改为锦衣卫，授以侦查、缉捕、审判、处罚罪犯等权力，由皇帝直接掌控。锦衣卫大兴剥皮、抽肠、刺心种种酷刑，大臣多人被廷杖毙于殿上。

强制兴建学校，选拔学官。规定科举考试命题不得出四书五经；考生答卷只能根据指定观点；文体必须分成八个部分，为"八股文"。

决不允许有任何离心因素存在。把"寰中士大夫不为君用"者皆可杀掉写进法律（《明史·卷九十四·刑法二》）。隐居被看成与朝廷对抗。

洪武三十一年（1398）六月二十四日，七十一岁的朱元璋病逝，葬于孝陵。后事简朴。

明初天下大治，洪武之治、永乐盛世、仁宣之治接踵而来，一派盛世景象。经过朱元璋、朱棣两朝整治，建立起中国封建时期最完善的官僚机构和国家管理体系。明朝因而属于封建制度的最成熟期。至明英宗幼年即位时，"海内清平，万邦来朝"。

接下来，该说到八大山人的九世祖宁献王朱权。

"朱权（1378—1448），自号臞仙，明太祖朱元璋的第十七子。谥献。"（《明史》）

为维护中央皇权，朱元璋在称帝后不久就把二十六个儿子分封各地，共封了十七个王。其中宁王朱权原封大宁（今河北长城以北，内蒙古西拉木伦河以南），后改封南昌，在江西藩衍为八支，即：临川、宜春、瑞昌、乐安、石城、弋阳、钟陵、建安。据《明史》诸王世表和《盱眙朱氏八支宗谱》记载，第四代宁王于正德十四年（1519）反逆伏诛，被除去王号。宁献王后裔八支中，八大山人属于弋阳王一支。第一代弋阳王是第二代宁王的"庶五子"，第五代弋阳王无子，此后也被除去王号。八大山人是弋阳王的第七代旁系子孙，袭弋阳王爵，是宁献王的"云孙"，即九世孙。故八大山人《个山小像》题跋有"西江弋阳王孙"印，《个山小像》上彭文亮的跋有"九叶风高耐岁华"。

按照明清旧制，平民百姓皆须依祖宗之庐墓及世业而居，并参加当地的乡里保甲组织，地方政府依其编组，予以登记汇存，这便是所谓"落籍"。在为一个人正式立传时，即可说：某者，某地人。必要时还要加上"郡望"，以别支系。"籍"即"户籍"，是户口的编配；"贯"即隶属，通常所说"某地人氏"，指的是户籍隶属某地的人，并不是指某人出生于某地。籍贯世系也称为贯系。

　　明代的宗室或皇族，不参加庶民的户籍编制，也不参加科举考试，而是世袭封号。由于其家族庞大、人员众多，由中央机构"宗人府"统一管理具体事务。《明史·职官志》载有宗人府的编组与职掌："宗人府掌皇族之属籍，以时修其玉牒，书宗室子女嫡庶名封嗣袭生卒婚谥葬之事。"所谓"玉牒"，即皇家的族谱。八大山人是宁献王朱权的后裔，因此我们不能说他是南昌人，而只能说他生于南昌。因为他并没有南昌当地百姓的籍贯。

　　南昌从来就不是一个显赫的城市。公元前二〇二年，受命"昌大南疆"的灌婴率部开辟的六门土城，时称"灌城"，只有方圆十里八十四步。让这座远离政治中心的江南小城稍有了点儿名气的是唐永徽四年（653），唐高祖李渊之子李元婴任洪州都督时建的滕王阁。李元婴出生于帝王之家，受到宫廷生活熏陶，"工书画，妙音律，喜蝴蝶，选芳渚游，乘青雀舸，极亭榭歌舞之盛"（明·陈文烛《重修滕王阁记》）。来南昌之前他在苏州当刺史，调任洪州都督时，从苏州带来一班歌舞乐伎，终日在都督府里饮宴歌舞。后又为此特地临江建楼阁以为别居。李元婴封号为"滕王"，故名滕王阁。二十多年后，当时的洪州都督阎公首次重修。竣工后，阎公聚集文人雅士作文记事，途经于此的初唐四杰之一王勃躬逢其盛，写下《滕王阁序》使之誉满天下。

　　朱权对于八大山人命运的决定意义在于，正是他，使八大山人生长在这座偏远但历史久远的江南小城；也正是他，在八大山人的血统中早早植入艺术的基因。八大山人的家学渊源，以朱权为滥觞，文风盛极近三百年。

　　明洪武二十四年（1391），朱权被册封为宁王，"就藩大宁。大宁在喜峰口外，古会州地，东连辽左，西接宣府，为巨镇"（《明史》）。在当时的诸多藩王中，以燕王朱棣和宁王朱权势力最强。朱权不仅统兵，还掌握着地方行政大权，必要时还可以节制朝廷派来的地方高级将领，调动大量的国家正规部队。"太祖诸子，燕王善战，宁献王善谋。"(《明通鉴》)朱元璋让朱权掌握强兵猛将，镇守北边军事要塞，可见对他的倚重。

公元一三九八年，朱元璋去世，皇太孙朱允炆继位，史称建文帝。建文帝时时感受到有着皇叔身份的藩王们的威胁，于是采纳削藩建议，在不到一年的时间里削夺了五个藩王的权力。

远在塞外的宁王朱权也接到进京述职的圣旨。宁王当时统九十余城，有精兵八万。是建文帝的心腹大患。宁王抗旨没有进京，被削去对蒙古兀良哈部三卫的统帅权。

对建文帝威胁最大的是势力更为强大的燕王朱棣。如果燕王和宁王联合反叛，后果不堪设想。建文帝先后调走燕王的护卫兵力，又派出重兵严密监视燕王的举动。朱棣干脆杀了朝廷使臣，起兵反叛。

当时，朱棣所能调动的军队只有八百多人，根本无法与建文帝的平叛大军抗衡。于是，朱棣想到了握有重兵的朱权。朱权无意反叛，被朱棣用计劫持，再也没有能够回到大宁。

朱棣即位后，朱权请求改封南方的苏州、钱塘之类富庶之地。但明成祖让他在建宁、重庆、荆州、东昌等处选择。朱权避其锋芒，接受了到江西南昌的改封。对这位能力极强的老弟，朱棣极不放心，先夺军权，后又常派密探监视。而且一直到他死后的明英宗朱祁镇时期，朝廷对朱权仍存有戒心。

多才多艺的朱权于永乐元年（1403）三月来到南昌，韬光养晦，构筑精舍，终日鼓琴读书，与文学之士相往来，自号"大明奇士"。他神姿秀朗，慧心聪悟，于书无所不读，一生致力于研读著述，最终成为明初著名的戏剧家、戏剧理论家、古琴家、历史学家、道教理论家，是戏剧发展史上极有影响的人物。朱权所著的《太和正音谱》为中国现存最早的杂剧曲谱，是中国戏曲史上重要的理论著作。此外，朱权的著作还有杂剧十二种，现存《大罗天》《卓文君私奔相如》两种；所作《神奇秘谱》收入琴曲六十三首；其他著述有《宁国仪范》《家训》《文谱》《诗谱》《史断》《通鉴博论》《汉唐秘史》《琴阮启蒙》《琼林雅韵》《采芝吟》《列朝诗集》等二十多种。朱权晚年亲手制作的"中和琴"，又称"飞瀑连珠琴"流传于世。明代有"四王琴"，按顺序排列为：宁、衡、益、潞。"宁献王琴"为"四王琴"之首。

朱权所著《卓文君私奔相如》杂剧中的司马相如："世习儒业，少有大志，负着琴剑出门求仕，将及四旬，还不遇时，不禁仰天悲叹道：凭着我，志轩昂，气飞扬。趁着这禹门三级桃花浪，一天星斗焕文章。夫子四十而不惑，子牙八十遇姬昌。我如今三旬已过，只他何处是行藏？"

戏一开篇即通过司马相如之口，愤然说："到如今屠沽子气昂昂伟矣为卿相。"剧中一再谈论"古之贤人，贱为布衣，贫为匹夫……然而非礼不进，不义不受"，"可以屈则屈，可以伸则伸，屈者所以有待也，伸者所以及时也。虽屈而不毁其节，虽达而不犯其义"；又说："性者所受于天也。命者所遭于时也。有其才，不遇其时，命也！太公何功？比干何罪，岂非命乎？"

司马相如的哀叹，何尝不是朱权的哀叹！

公元一四四八年九月二十五日，文武双全的第一代宁王在南昌去世，享年七十一岁，谥号"献"，后世称"宁献王"。其墓地在梦山东边缑岭脚下，是迄今已知的江西明代最大的地下墓葬。

如果九泉之下的朱权知道自己死去一百七十八年后，一个后世子孙历经更为巨大的人生苦难，是怎样出色地继承了先祖的性格和天赋，为一个遭受巨创的王室家族带来的不是凄惨而是更大的骄傲、更辉煌的光荣，该会焚香抚琴的吧。

## 二、"年年二月百花洲"

现在让我们正式开始对我们这部传记的主人公八大山人的集中叙述。

宁王改封南昌后,历代子孙世居南昌等地。八大山人一生的活动范围,都在江西境内,大部分时间都在南昌周边地区的一百公里范围以内。

八大山人族叔朱谋垔的《画史会要》记载:八大山人的祖父朱多炡,号贞吉;父朱谋鸛,号痴仙,皆工书画。八大山人本名朱统鋆。

关于这个本名的来历,我们有必要了解一下明朝的宗室命名制度。

明太祖朱元璋给儿子们封王的同时,颁赐了谱系字辈名录。宗室子孙谱名由两个字构成。朱元璋为王子各支各拟定了世系二十个字,取名时依次用作谱名的第一个字。谱名的第二个字要依次选用木、火、土、金、水偏旁的字,由礼部择字命名,五世一轮换。

明朝的最后一个皇帝崇祯全名"朱由检"。这是因为他是明成祖朱棣的第九世孙。朱元璋给燕王朱棣这一支定的谱系字辈是:

高瞻祁见祐,厚载翊常由,慈和怡伯仲,简靖迪先猷。

按照这个谱系,崇祯皇帝的名字中第一个字必须是"由"字;

第二个字的偏旁按照"木火土金水"的序列轮回,到崇祯帝遇上"木"了,所以他的名字叫"由检"。以此类推,他的堂兄、南明第一个皇帝弘光帝则名叫"由崧",他的另一个更加疏远的堂弟、南明最后一个皇帝永历帝则叫"由榔"。

朱元璋为宁王朱权一支定的世系二十个字是:

盘奠觐宸拱，多谋统议中，总添支庶阔，作哲向亲衷。

太祖皇帝钦定的宗室命名制度，不可违反。否则就不是皇族子孙。皇族谱系序名制度在当时的意义是可以随时确认谁是哪一支第几代的皇子皇孙，也给后人的考证带来了方便。

宁王世孙的八大山人是有资格承袭"奉国中尉"勋爵的宗室成员。"奉国中尉"是明代宗室封爵的最低爵位。一般授予较远的宗亲，郡王六世以下诸孙得授此称号（《中国历代官称辞典》）。其谱名"朱统鏊"载于《盱眙朱氏八支宗谱》。这个谱名完全合乎朝廷的宗室命名制度。

这里有一点需要特别说明，在反映八大山人身世信息最多的《个山小像》的题跋中，八大山人一生中最好的朋友饶宇朴写的是"个山綮公，豫章王孙，贞吉先生四世孙也"。"贞吉先生"即八大山人祖父朱多炡，却成了八大山人的四世祖，显系笔误。八大山人的祖父朱多炡，号贞吉，这在八大山人族叔朱谋㙔的《画史会要》里是有明确记载的。这一事实，还可以从朱元璋第七子齐王朱榑一支第十世的朱堪注《拟乐府有所思题叔父八大先生小影》一诗得到旁证："有所思，所思在西江江上庐岳边。乃我之叔父，故国之遗贤。"朱堪注是齐王朱榑第十世孙，八大山人是宁王朱权第九世孙，所以八大山人是朱堪注"叔父"，而朱多炡是朱权第七世孙，因此不是八大山人的四世祖。我们今天看到的《个山小像》上的那段题跋，"四世"二字实际上已被圈去。有人猜测画圈的就是八大山人本人。做这种猜测，是因为他有涂改的习惯，最主要的是他也有正名的必要。

入清以后，八大山人再也没用过"朱统鏊"这个真名，他在一首题山水诗中写道："只可穷逸留话柄，不将名姓落人间。"理由很简单，作为前朝遗民，他宁可穷困潦倒任人胡说八道，也不屑于让一个他不喜欢的"人间"玷污一个王孙高贵的名字。

弋阳郡王的府第，据《南昌县志》载，原在南昌城内通仙坊毛家桥，明正德间毁于宸濠之乱。宸濠之乱，又称"宁王之乱"，明武宗正德十四年（1519）由宁王朱宸濠在南昌发动的叛乱。朱宸濠为朱元璋五世孙，也是朱权的后裔。最初受封上高王。孝宗弘治十年（1497）袭封于南昌，弘治十二年（1499）袭封宁王。正德九年（1515）六月，借口武宗朱厚照荒淫无道，兴兵犯上。一个月后即被汀赣巡抚、佥都御史王守仁平息。十二月，武宗在通州处死朱宸濠，除宁王之藩。弋阳一支迁往南昌东城新第。清光绪年的《江西通志》说"弋阳王府在永和门外"，同书又说"阆园，在永和门内。明李宗伯明睿构，弋阳王旧邸也"……说明这个园子在明代为李明睿所有，八大山人诞生的时候，已不是弋阳王府了。八大山人的祖业即其祖父朱多炡的将军府，在南昌东湖。他晚年有首诗写到少年时的将军府第生活。诗中的"百花洲"由南昌东湖中的三座小岛合成，而今范围包括了整个东湖一带的风景区。

东湖居南昌城中心，唐以来为风景湖。明代以后，分成东、西、南、北四湖，有桥涵相通。湖中三岛称"三洲"，又名百花洲，有九曲桥、百花桥及海成堤（又名"苏翁堤"）连接，洲上历史名迹有水木清华馆、中山亭、百花洲亭、苏圃、东湖书院等。

南北朝雷次宗曾在《豫章记》文中记述："东湖，郡城东，周回十里，与江通。"唐代观察使韦丹曾组织民工在南昌东湖中筑堤栽柳，时称韦公堤，又名万柳堤。唐时东湖水光潋滟，荷花溢满，沿堤垂柳成行，洲上繁花似锦，因名。

唐宋以来诗文大家如李绅、杜牧、黄庭坚、辛弃疾、欧阳修、文天祥等，都在百花洲留有吟咏。"菱歌罢唱鹢舟回，雪鹭银鸥左右来。霞散浦边云锦截，月升湖面镜波开。鱼惊翠羽金鳞跃，莲脱红衣紫蕊摧。淮口值春偏怅望，数株临水是寒梅。"（唐·李绅）"百花洲老桂盛开"（宋·向子埋《蝶恋花》），"野岸溪几曲？松蹊穿翠阴。不知芳渚远，但爱绿荷深。"（宋·欧阳修《和圣俞百花洲二首》）一叶小舟，在水中漫游。弯弯曲曲的溪岸，随着溪流伸展开去，或荷叶繁茂，或寒梅临水，一派清幽深邃。

到宋明年间，芳洲上楼阁亭台继起。宋隐士苏云卿于东洲灌园植蔬，因有苏翁圃。所谓"豫章十景"，有二景即"东湖夜月"和"苏圃春蔬"在百花洲。南宋时，豫章节度使张澄在百花洲上建"讲武堂"，况志宁有诗写道："讲武亭前水四流，游蜂飞蝶满芳洲，西风战舰知何处，赢得斜晖伴白鸥。"明代汤显祖登洲游湖的诗写到了"杏花楼"："茂林修竹美南洲，相国宗侯集胜游，大好年光与湖色，一尊风雨杏花楼。"

清代之后，百花洲衰落。此间成为贡院所在地，原古建遗迹渐消。清乾隆年间，江西布政使彭家屏榜书"百花洲"，镌为石碑。后碑残破。

弋阳王府的存在在百花洲衰落之前，关于那时的王府生活，晚年的八大山人有生动的描写：

人打球来马打球，年年二月百花洲。百花二月春风暮，谁共美人楼上头？

江南二月，乍暖还寒，春风似剪，为百花洲上更换了新装。一年一度，王府举行马球竞技。楼头美妇人笑语指点，楼下美少年策马击球。优越的贵族生活，不知让多少墙外的行人神往，直至笑渐不闻声渐悄，多情却被无情恼。

写春风二月的佳章，是唐朝贺知章的《咏柳》：

> 碧玉妆成一树高，万条垂下绿丝绦。不知细叶谁裁出，二月春风似剪刀。

同样写春风二月，贺诗洋溢着人逢早春的欣喜，八大山人的诗带着失落的惆怅。

这首诗题在八大山人晚年的画作《绣球》上。"人打球来马打球"典出明朱时历《居士分灯录》："王敬初初见睦州道明，一日明问曰：'今日何故入院迟？'曰：'看打球来。'明曰：'人打球来马打球？'曰：'人打球。'"

所谓马打球之马球，是汉唐时期自波斯传入的一种娱乐，又称"波斯球"。打球时人在马上以球杖击球。球系木质，中间镂空，外面着色为彩球。诗人由所画绣球联想起彩色的马球，继而联想起少年时期的王府生活。其时的百花洲早没有了曾经的风采。诗人发问中的一个"暮"字，说尽几多苍凉。

在《水月花鸟册》上，八大山人还有一首写百花洲的诗，题为《题枯柳孤鸟》：

> 百花洲畔覆青坡，柳下桥头蘸碧波。凤管龙笙春寂寂，绿荫终日伴渔歌。

同是春日，坡依旧青，水依旧绿，桥头垂到湖面的柳荫终日只有渔歌相伴，再听不到凤管龙笙了。

八大山人的祖父朱多炡（1541—1589），字贞吉，号瀑泉，即《个山小像》上所题"瀑泉流远故侯家"中的"瀑泉"。他"雅擅诗翰，遍交海内贤豪"（朱谋㙇《画史会要》），是一位诗人兼画家、书法家和篆刻家。山水画风多宗法米芾父子；朱多炡的第三个儿子朱谋鹳是八大山人的父亲，也是一位卓有成就的画家，从小受到父亲的指授，及长，即精于绘事，擅长山水、兼工花鸟，名噪江右。可惜暗哑不能说话，中年患暗疾去世；八大山人的族叔朱谋㙇（1581—1628），字隐之，号八桂，工书法，有合二王（王羲之、王献之父子）、二米（米芾、米友仁父子）而为一身之誉。南昌城中的舒芬状元坊、马祖道场、永宁寺、水操亭匾额等都是他的手笔。朱谋㙇一生沉酣经史，日以校阅著述为事。刻有《寒玉馆正续帖》二十卷、《四体千文》四卷、《书史》《画史》各十卷、《分韵唐诗》五十卷、《钟鼎考文》二十卷、《山居诗百首》等。著作还有《春秋指疑》二卷、《毛诗要旨》三卷，编《画史会要》十卷本。朱谋㙇的著作在入清以后多次遭遇兵火，残去十之六七。今《画史会要》共五卷，由其子朱统共于顺治十五年戊戌（1658）补辑而成，是介绍明代画家最有史料价值的著作之一。

生长在这样一个家庭，八大山人八岁便能作诗，善于书法、篆刻，能悬腕写米家小楷，尤其精于绘画。他画荷花在池中半开，横斜水面，生意勃然，挂在堂上，有清风徐来时便会盈香满室。让人想起《诗经》的"彼泽之陂，有蒲菡萏"（《陈风·泽陂》）和南唐李璟的"菡萏香销翠叶残，西风愁起绿波间"（《浣溪沙》）。

荷花是中国十大名花之一，自北宋周敦颐在《爱莲说》中写了"出淤泥而不染，濯清涟而不妖"的名句后，荷花便成为"君子之花"，成为佛教神圣净洁的象征。"酣红腻绿三千顷，总是波神变化成。出自淤泥元不染，开于玉井旧知名。暑天胜似凉天好，叶气过于花气清。何事濂溪偏爱此，为他枝蔓不曾生。"（宋·释文珦）这一类的诗，八大山人应该读得不少。荷花是八大山人一生花鸟画中最常见的题材。

他还善画龙，在丈幅之间蜿蜒起伏，欲飞欲动，有如真龙天降。人们夸奖说，这条龙如果叶公见到，一定会大叫着惊慌逃跑。

载于同时代人的传记中的这类说法，自不免有夸张的成分。但任何夸张都是有基本的事实做依据的。

这样一个聪明绝伦、充满了智力优越感的宗室子弟，自然不免恃才傲物，为人处世，讲究骨气，不同流俗。不过八大山人生性活泼，何况当时还是个孩子，他喜欢扎堆，喜欢议论，且言语诙谐，无人能比，总是娓娓而谈，妙语连珠，不知疲倦，使四座的人为之倾倒。

南昌弋阳王府历嘉靖、隆庆、万历三朝百余年，朱邸书香门第、艺术世家、文风卓然，这对八大山人幼年的影响无疑是根深蒂固的。倘若没有这种透彻的文化濡染，八大山人的人生不会那么坚定与执着。

十一岁，八大山人已经能画青绿山水了。

中国的山水画，先有设色，后有水墨。设色画中先有重色，后来才有淡彩。清代张庚说："画，绘事也，古来无不设色，且多青绿。"青绿山水有式笔青绿和意笔青绿之分。前者以工致的笔法为特征。从六朝开始，逐步发展至唐代二李（李思训、李昭道）才确立了青绿山水的基本创作特色。两宋之交前后形成金碧山水、大青绿山水、小青绿山水三个门类，在元、明、清三朝各自发展并相互影响，而以小青绿山水为盛。金碧山水重在金碧辉煌，大青绿山水长于灿烂明艳，小青绿山水妙在温润俊秀。后者在明末出现，以蓝瑛的没骨重彩山水为代表。"青绿山水"作为一种中国画的技法，以矿物颜料石青和石绿为主，宜表现色泽艳丽的丘壑林泉。青绿山水又有大青绿、小青绿之分。前者多勾廓，皴笔少，着色浓重；后者是在水墨淡彩的基础上薄施青绿，在古代绘画艺术上占有重要地位。青绿山水始创于唐代，经几代画家发展传承，形成一种程序化的表现方法，但要画好难度很大，清"四王"之一的王翚说："凡设青绿，体要严重，气要轻清，得力全在渲晕，余于青绿法静悟三十年始尽其妙。"就是说，画青绿没有水墨画功底是不行的。

八大山人彼时的作品，今天已无缘得见，但从他同时代人所言，我们多少可以想象这位颖异超群的少年画家的手笔。

八大山人另一个广为人言的名字是"朱耷"。

最早记载八大山人名"朱耷"的是康熙五十九年（1720）刊印的《西江志》，此后的各种记载——包括《清史稿》——大都沿用此说。而按大明宗室的取名规定，八大山人根本不可能取名"朱耷"。因此，关于"朱耷"，后人有了种种说法。

一种说法认为"朱耷"是"庠名"。这依据的是明朝的制度。

明朝《国典》明确规定："公姓不得赴制艺。"百官是皇家的奴才，皇家的子孙当然不可等同奴才，因此不得应试做官。这说法其实是有虚伪性的。不让宗室子孙当官最主要的考虑是避免他们滋生野心，导致"万世一系"统治的不稳定。然而，这一政治设计在多年后造成了一个庞大的寄生阶层，带来了同样巨大的社会问题。到二百年后的万历朝，全部宗室成员已繁衍达到十五万七千多人，其中袭爵奉国中尉以上的成员就接近九千人，许多省份宗室的俸禄远远超过当地的田赋收入。国库不堪重负，朝廷只好放宽政策，让奉国中尉以下的宗室子弟自谋出路，可以不用原名即"谱名"参加考试，而"以赐名入试"。"赐名"又称"庠名"，纯粹为参加考试临时使用。

崇祯十五年（1642），十七岁的八大山人放弃世袭的爵位，被赐"庠名""朱耷"，以便来年以民籍身份参加科举考试。后来《西江志》记载的"朱耷"即以此为根据。

然而，我们至今没有见到八大山人自己有过"朱耷"的署名。

坚持八大山人有过"朱耷"一名的人解释说那是因为八大山人宥于朝廷制度，弃爵将谱名"朱统𨨏"更改为"朱耷"，这是权宜之计，应考后便不再署用了。

一种说法认为"朱耷"是乳名，"耷"者，大耳也，显然有戏谑的意味。

一种说法是当代书法家启功先生的解释。他认为"耷"与"驴""兔"有关。八大山人用过"驴""驴屋"印章，在自题《个山小像》的诗中曾自嘲为："没毛驴，初生兔。""没毛驴"说自己是和尚秃驴；"初生兔"典出《诗经·王风》的《兔爰》："有兔爰爰，雉离于罗。我生之初，尚无为。我生之后，逢此百罹。尚寐无吪……"隐喻生不逢时、多灾多难。"没毛驴，初生兔"，不仅将自己比作驴，还比作兔。而驴和兔最明显的共同点就是耳朵大。

所有这些，都仅仅只是一种说法。在我看来，这样的讨论似乎并不重要，甚至也似乎有些无聊。八大山人从清康熙二十三年（1684）到清康熙四十四年（1705）使用"八大山人"名号凡二十一年直到去世，人们却似乎故意要置若罔闻，近乎偏执地将"朱耷"这个并无可靠证据的记载、也从未被本人确认的说法沿用成习，长期出现在正式的学术文本上，既缺乏对八大山人本人应有的尊重，也背离起码的学术严谨，不能不是一种莫大的遗憾。

我们应当给予最多关心的是八大山人的命运。无论何种说法，"朱耷"对于八大山人都只是一个未经确证的偶然事件。我们姑且从"耷"者大耳说，以相术论，大耳应属福相。朱耷却是个例外。那时的大明王朝，已经风雨飘摇。他出生的哭声，对于走向没落中的大明帝国是一个不祥的预言。就在他出生后的第二年，陕西澄城县爆发民变，杀知县张斗耀。接着，白水县民王二首举义旗，聚众攻蒲城的孝童，韩城的淄川镇。紧随其后，府谷王嘉胤、宜川王佐挂并起，攻城堡，杀官吏；安塞高迎祥、汉南王大梁，聚众响应，迎祥自称闯王，大梁自称大梁王。由此揭开了明末大动乱的序幕。

明朝中后期，八大山人祖先中的帝王们颓势渐显。内阁和司礼监太监一同把持朝政。皇帝或与国事隔绝，或只能揣着明白装糊涂，萎靡不振。中衰与中兴，噩梦般地更替反复。至万历朝中期始，皇帝怠政，朱翊钧居然长达二十八年不上朝。官员愈益腐化，利益集团疯狂搜刮民脂民膏，导致江南民变。万历末年，关外建州女真努尔哈赤起兵。明朝开始走向衰亡。

《明史·神宗本纪》说："故论考谓：明之亡实亡于神宗。"赵翼《廿二史札记·万历中矿税之害》也说："论者谓明之亡，不亡于崇祯而亡于万历。"

乾隆在《明长陵神功圣德碑》中则以英明圣主的口气说：明朝并不是"亡于流寇"，而是"亡于神宗之荒唐"，到了天启时，阉宦专横，"大臣志在禄位金钱，百官专务钻营阿谀"。思宗即位，虽然灭了魏忠贤的宦官集团，但天下之势，"已如河决不可复塞，鱼烂不可复收了"。而且思宗又苛察太甚，让人人自危。草民百姓疾苦而无告，只好相聚为盗，"闯贼"于是乘机而起，明朝社稷也就完蛋了。乾隆最后悲天悯人地长叹了一声："呜呼！有天下者，可不知所戒惧哉？"

史学家黄仁宇的名著《万历十五年》最后做了这样的总结：

1587年，是为万历十五年，岁次丁亥，表面上似乎是四海升平，无事可记，实际上我们的大明帝国却已经走到了它发展的尽头。在这个时候，皇帝的励精图治或者宴安耽乐，首辅的独裁或者调和，高级将领的富于创造或者习于苟安，文官的廉洁奉公或者贪污舞弊，思想家的极端进步或者绝对保守，最后的结果，都是无分善恶，统统不能在事实上取得有意义的发展。因此我们的故事只好在这里作悲剧性的结束。万历丁亥年的年鉴，是为历史上一部失败的总记录。

至崇祯年间，当时连年灾荒，农民纷纷揭竿而起，明廷财政破产，无力镇抚。

据说李自成进北京后，从宫中搜出内帑"银三千七百万锭，金一千万锭"，"旧有镇库金积年不用者三千七百万锭，锭皆五十两，镌有永乐字"（《明季北略》卷二十）。

时人许重熙在《明季甲乙两年汇略》借谈迁之口说："损其奇零，即可代两年加派，乃今日考成，明日搜括，海内骚然，而扃钥如故，岂先帝未睹遗籍耶？不胜追慨矣。"但可信度并不高。

明末清初史学家计六奇（1622—？）在他的《明季北略》《明季南略》中记述了明万历二十三年（1595）至清康熙四年（1665）七十年间明清易代的史事，写入大量的历史事件目击者的实观资料，他认为："予谓果有如此多金，须骡马一千八百五十万方可载之，即循环交负，亦非计月可毕，则知斯言未可信。"

当代中国经济史学家、明清史学家梁方仲（1908—1970）估计，一三九〇年至一四八六年，中国国内白银总产量只有三千万两上下。明亡前，虽有大量白银流入，但也只有四千五百万两。

大明王朝的颓势，几乎是从八大山人出生之始就给他涂抹了浓重的悲情底色。

所谓君子之泽，五世而斩，从朱元璋算起，到其第十七子宁王朱权后裔的八大山人，已历十世。至明朝末年，朱元璋的子孙已有十数万人之众，大明的皇恩早就无力荫庇每一个皇族成员了。少年八大山人既出于王府，生活应该过得去。但恐怕谈不上怎样的骄奢淫逸，为所欲为。

自明成祖始，朝廷和宗室成员的关系愈趋紧张。明成祖以"亲藩"起兵篡位称帝，自然着意提防其他的藩王兄弟仿效。为此，他从两方面采取了有力的措施：一是减削"亲藩"们的卫队，对宗室们加以十分苛严的政治限制，规定藩王之间不准私自交往，哪怕出城祭扫祖宗坟墓，也得经过批准。将"特权"变成对他们的一种桎梏，使宗室们成为徒有"尊荣"、终生被软禁的政治阉人；一是同时宣布"厚其禄养"，对藩王实行赎买政策。等到觉得自己的皇位稳固了，给宗室的待遇就一再打折，每况愈下。到嘉靖年间，宗室的俸禄连半数也领不到了。全靠朝廷俸禄养活的宗室便一代比一代窘迫，而且毫无别的指望。

对于八大山人来说，大明王朝最多就是一种心理上的虚荣，根本说不上是什么"失去了的天堂"。家道中落，门庭冷清，更渐破败。八大山人的祖父朱多炡甚至发出"薄禄藜羹堪养老"的牢骚。八大山人的父亲只能"孜孜晓夜挥洒不倦"地为人作画，受馈赠以补贴家用。分明是破落贵族的生活状态，早已与钟鸣鼎食、诗礼簪缨之类无缘了。

八大山人未及成年就已经明白，不能仰仗祖荫，不能指望朝廷赏赐的"爵禄恩泽"了。在这样一种背景下，八大山人的弃爵，以民籍参加科考，是再自然不过的事。他为此进行了刻苦的学习准备。

明代科举考试的科目有：五经、礼制、时务策论，三场文字考试之外，还要面试骑、射、书、律（音乐），可以说是按照那个时代选拔"全面发展的优秀人才"而设置的。家学的渊源，给八大山人以深厚的学养根基。让邻里和家中的高年硕德者们对他称赞不已："少为进士业，试

辄冠其傄，里中耆硕莫不噪然称之。"（饶宇朴《个山小像》序）

十八岁，弃爵以民籍参加科考的八大山人很轻易就得到了诸生衔。

"诸生"，"是以为人君者，坐万物之原，而官诸生之职者也"（《管子·君臣上》），最早指有学问的士人，后引申为众弟子。明清两朝指经考试录取而进入府、州、县各级学校学习的生员，就是俗称的"秀才"。这些生员又有贡生、增生、附生、廪生、例生、庠生之别，统称诸生。

幼年素有慧名，诗书画皆精。如今年近弱冠，娶妻生子，且已获诸生资格，而秀才乃是宰相的苗子。八大山人少年得志，意气风发，准备参加乡试，以期一展抱负。却不知命运的万丈悬崖就在面前一步之遥。

## 三、"无面目见祖宗于地下"

无论有多么不愿意，我们也不能不说到大明王朝的终结者、根本颠覆八大山人人生的末世之君朱由检了。

公元一六四四年。明崇祯十七年。三月，历经生长、强盛、腐败、衰竭，大明王朝在第二百七十七个年头，完成了自己的轮回，来至终点。

周期律是一个魔咒，封建专制王朝，哪一朝也不能逃脱。秦、汉、唐、宋、元不能，明朝也不能。历史就像一部部毫无新意的戏剧，开局和结局总是惊人的相似，甚至主要的情节也总是惊人的雷同。不同的只是时间的长度和出场的演员。

《诗经·大雅·荡》："殷鉴不远，在夏后之世。"可供殷商王朝借鉴的王朝覆灭的例子并不算遥远，就是夏桀那一代。

年号崇祯的明思宗是个要强的皇帝，在他看来，可供他借鉴的王朝覆灭的例子同样并不算遥远，就是宋、金两朝。

而他，绝对不愿意在后代史书中被人看成是宋、金两朝亡国之君那般懦弱的君主。宋金两朝的末世都是那么混乱，国君都是那么羸弱无能，为大明王朝的最后一位君主崇祯所不齿。然而，这并不等于大明就能逃脱灭亡的命运。

崇祯，明熹宗之弟朱由检，于公元一六二二年封为信王。天启七年（1627）八月，熹宗死，由于没有子嗣，朱由检受遗命于同月丁巳日继承皇位，是为思宗（明安宗初谥为思宗，后改为毅宗，明绍宗谥为威宗），第二年改年号为"崇祯"。

崇祯继位伊始，大力清除阉党。首先下令停建生祠，又逼客氏移居宫外。时机成熟，先铲除魏忠贤羽翼，后贬魏忠贤守陵，旋下令逮治。魏忠贤自缢。崇祯下令磔尸，将其首级悬于河间老家。阉党二百六十余人，或处死，或遣戍，或禁锢终生，受到致命打击。阉党专权结束。

崇祯铲除了魏忠贤集团，曾一度使明室有了中兴的可能。

当时的明王朝外有后金步步进逼，内有农民造反烽火连天，而朝臣中门户之争不绝，疆场上则将骄兵惰。面对危机四伏的政局，崇祯殷殷求治。每逢经筵，恭听阐释经典，毫无倦意，召对廷臣，探求治国方策。勤于政务，事必躬亲。同时，他平反冤狱，起复天启年间被罢黜官员。全面考核官员，禁朋党，力戒廷臣交结宦官。整饬边政，以袁崇焕为兵部尚书，赐尚方宝剑，托付其收复全辽重任。与前两朝相较，朝政有了明显改观。

崇祯求治心切，很想有所作为。但朝中党争不断，矛盾丛集、积弊深重，朝政每令崇祯失望。他刚愎自用，急躁多疑，为控制百官，加强集权，在清除魏忠贤阉党后，又重用另一批宦官。予其监军和提督京营大权，甚至搁置户、工部尚书，派宦官总理户、工二部。大批宦官被派往地方重镇，凌驾于地方督抚之上，致使宦官权力日益膨胀。朝政屡铸大错，宫廷矛盾日益加剧。无奈中，崇祯四下"罪己诏"，减膳撤乐，但终无法挽救明王朝于危亡。

《明史·流贼传》中这样评价崇祯：

> 呜呼！庄烈非亡国之君，而当亡国之运，又乏救亡之术，徒见其焦劳瞀乱，孑立于上十有七年。而帷幄不闻良、平之谋，行间未睹李、郭之将，卒致宗社颠覆，徒以身殉，悲夫！

不论崇祯是个怎样有为的皇帝，也不论他为挽狂澜于既倒、扶大厦之将倾是怎样的尽心尽力，怎样的"苛察太甚"，使"人怀自免之心"（乾隆《明长陵神功圣德碑》），也已经无法扭转大明的倾覆。历史到了这样的时刻，兴亡不会因为当政者的意志而更易。帝国倾颓之势既成，绝没有谁可以独立支撑。即便明君和他的贤臣，又能有什么作为？何况崇祯并非明君，满朝亦是文无贤臣、武乏良将。

大明内忧外患，摇摇欲坠。

崇祯二年（1629）十月，后金汗皇太极由蒙古人做向导亲率大军，通过喜峰口，从龙井关突破长城，攻陷遵化、滦州、永平、迁安四座要塞，直逼帝都。由于人事变动，朝廷一度失去了对辽西边防军的控制，而卫戍帝都之三大营为后金武力威慑，北京城外园亭庄舍被入侵者蹂躏殆尽。同年十二月，崇祯帝诏令天下兵马进京勤王。崇祯以"咐托不效，专恃欺隐，以市米则资盗，以谋疑则斩帅"等罪名将负责辽东军务的袁崇焕凌迟处死。

后金大军卷土重来，直抵北京城外，明廷大震，重庆女总兵秦良玉挺身而出，率领"白杆兵"主动向八旗军发起进攻。在北京永定门外战胜铁蹄骑兵。之后，成功偷袭后金大汗皇太极的大营。后金军暂退关外。

崇祯七年（1634）三月，山西陕西大旱，赤地千里，民大饥。四月，李自成入河南，与张献忠合兵攻取澄城。七月，后金军进围宣府，兵掠大同，沿边城堡多失守。

崇祯十三年（1640），明清松锦之战爆发，一六四二年洪承畴在松山被俘，祖大寿在锦州投降。松锦之战标志着明朝在辽东防御体系的完全崩溃，在关外只剩下宁远一座孤城。

崇祯十四年（1641）正月二十日，李自成称"奉天倡义文武大元帅"攻克洛阳，杀万历皇帝的儿子福王朱常洵，将福王肉与鹿肉共煮，开"福禄宴"。

崇祯十五年（1642），黄河决堤冲毁开封。李自成先后杀死陕西总督傅宗龙、汪乔年。十月在河南郏县败明陕西巡抚孙传庭。与此同时明朝对清朝战事不利，三月，洪承畴降清。十一月，清军第五次入塞，深入山东，掠走三十六万人。

崇祯十六年（1643），京城闹"黑死病"，大批官民染病死去。一月，李自成在襄阳称"新顺王"。张献忠克武昌建立"大西"政权。十月，李自成攻破潼关，杀死督师孙传庭，占领陕西全省。此前的五月，张献忠先克湖广，后克四川，建立大西政权。十二月，张献忠由南往北先后攻陷建昌（今江西南城）等地。

八大山人及明宗室子孙，经历了一场巨大的"寇乱"。

癸未小春，南昌周边地区开始陷入动荡。张献忠军包围南昌。城里的明宗室子孙们，纷纷躲避"寇乱"逃亡山中。宁藩王孙朱谋𫐓在避乱所作的《入山》诗说："特地烽烟起，入山深未深。雨辞愁里下，泉许梦中听。乍喜骨肉聚，密言庭户扃。一家离乱外，安稳小东屏。"前有题记曰："崇祯癸未小春寇至，谋野于厌原山之小东坡，前林萧萧雨意，后三日沮、温二孙寻求，聊以志喜。"

八大山人在这场"寇乱"当中，也像朱谋㙔及其他明宗室子孙一样，举家由南昌东湖弋阳奉国将军的将军府，避祸于南昌城外的蓼洲。明代江西所经历的所有"寇乱""匪患"，大都以杀明宗、掠钱财、越富贵为目的，其特征即在于呼啸而过，劫掠迅速而来去如风。正因为如此，人们在"匪患"或"寇乱"来临之时，纷纷作鸟兽散，但不离家太远，"匪患""寇乱"过后，即三三两两重回家园。

蓼洲在南昌城外之西，"蓼洲在城西一里南塘湾，二洲相并，水自中流入章江，有居民数百家，一名谷鹿洲。郦道元云：赣水又迳谷鹿洲即此"（《新建县志》），与东面的滕王阁隔赣江遥遥相望。明末清初学者李来泰在《蓼洲沙河庙募修石岸疏》中说："豫章泽国也，湖西诸郡之水悬流而下，势且啮城，赖诸洲以为之蔽，而蓼洲最近，圜阓居积之会形势，亦最胜。郦道元所称：章贡水流经谷鹿洲是也。霖潦不时盱汝之水，皆横流以入章江洲实受之……"明清之际，其地偏于城外，两岸往来交通，唯有渡船而已。这种隔江而望的天然屏障，使南昌城内的百姓和宗室子孙们可以暂避"寇乱"锋芒，又可以在"匪患"劫掠之后，拖家带口及时返回。

崇祯十六年的这次"寇乱"，距大明王朝的覆灭尚有整整一年。

随着李自成、张献忠声势浩大的进攻，大明王朝的形势不断恶化，"国变"终于发生。

崇祯十七年（1644），李自成在西安建立大顺政权，年号永昌。

李自成，大明王朝的掘墓人之一，万历三十四年（1606）八月出生在陕西米脂。少年喜好枪马棍棒。父亲死后去了明朝负责传递朝廷公文的驿站当驿卒。因丢失公文被裁撤回家。同年冬季，因欠债被告到县衙。县令将他"械而游于市，将置至死"（《明史·李自成传》），后由亲友救出。年底，李自成杀死债主，又杀死与人通奸的妻子，于崇祯二年（1629）二月潜逃甘肃投军，不久升为军中把总。同年又因欠饷杀死参将县令，发动兵变。崇祯三年（1630），率众投农民军。此后转战西北与中原。历经失败，大难不死。终至成为"一呼百万，而其势燎原不可扑"（同前）的"闯王"。

历史总是一再惊人地重复。李自成似乎是又一个朱元璋。他们都是旧王朝的终结者。而李自成将要结束的是朱元璋开创的王朝。

一月，称帝后的李自成随即东征北京，突破宁武关，杀守关总兵周遇吉，攻克太原、大同、宣府等地，明朝官吏姜瑞、王承胤纷纷来降，又连下京畿居庸关、昌平。三月十七日半夜，守城太监曹化淳开外城西侧的广宁门，李自成军进入今复兴门南郊一带。三月十八日，李自成派在昌平投降的太监杜勋入城与崇祯谈判。李自成的条件为："闯人马强众，议割西北一带分国王并犒赏军百万，退守河南……闯既受封，愿为朝廷内遏群寇，尤能以劲兵助剿辽藩。但不奉诏与觐耳。"（《小腆纪年附考》卷四）

崇祯拒绝。谈判破裂。

尖锐的长啸穿越山河，腥风血雨的厮杀弥漫，铁马金戈的驰骋惊天动地，地平线巨浪般涌动。铅云低垂，草尖滴血，生死搏杀在宫墙之外，烽火扶摇直上九天。

大明王朝最黑暗、最惨烈、最惊心动魄、最让人毛骨悚然不寒而栗的时刻来到了。

崇祯十七年（1644）三月十六日，太监来报：李自成打到昌平！刚刚穿好龙袍的崇祯大惊失色，召集群臣，商讨对策。大殿上长久死寂无声。忽有大臣嚎啕出声，随即哭声一片。

昌平失守。

十七日，北京城被围。城防明军已无抵御之力。崇祯绕殿环走，捶胸顿足，痛哭失声，直至天明。

十八日，天色刚黑，一太监跟跄扑入，报：内城已破！守城官兵早已逃散。让皇上赶紧设法逃命。报毕转身逃窜。崇祯连喊，那太监连头都不回。

只剩一个太监跟随，崇祯爬上紫禁城最高处万岁山。

万岁山，紫禁城北，玄武之位，大内"镇山"。于此放眼，却见京城内外，火光冲天，杀声阵阵。

崇祯仰天长号，泪如雨下，下山回宫。

冰凉的身体颤抖着，崇祯提笔亲书：命成国公朱纯臣辅佐东宫太子，提督内外军务。遂命太监将谕旨送往内阁。笔尚未放下，太监禀告：内阁早已无人！

崇祯撂笔，再一次放声哀号。

不再会有群臣跪拜，前呼后拥，山呼万岁了；不再会有妃嫔媵嫱的朝歌夜弦了；不再会有开妆镜的明星荧荧、梳晓鬟的绿云扰扰了；不再会有焚椒兰的烟斜雾横、宫车过往的雷霆乍惊了；不再会有一肌一容尽态极妍，缦立远视的望幸者了；不再会有弃掷逦迤的鼎玉金珠了。

许久，崇祯决然起立，料理王朝后事。这是他最后一次行使皇权，也是大明王朝最后可以行使的皇权了：

崇祯把周皇后、袁贵妃唤到身边，召来他与她们生的儿子，命左右用破衣烂衫换掉他们身上的绫罗绸缎，交代他们隐没民间，由太监领出宫门。

命周皇后回坤宁宫自尽。赐白绫予袁贵妃及西宫众嫔妃自缢。

提剑往宁寿宫杀长平公主、昭仁公主。

旋回坤宁宫。周皇后尸体已凉。

　　到西宫。袁贵妃自缢的白绫断了。崇祯用剑将其刺死。

　　有太监来报：郭宁妃、庄妃割脉而亡；李淑妃、吴康妃投水而亡；擒准备出逃的王贤妃、郑裕妃等五人。

　　崇祯命将这五名妃子带到面前，将她们一一杀死。

　　半夜了，浑身溅满鲜血的崇祯痴坐在地。下一个该死的是他自己。

　　一代君王，只有三十三岁。决绝赴死，谈何容易。死到临头的崇祯心存侥幸，换上便装试图潜逃。出东华门，到朝阳门，被守城兵士堵住；由胡同钻出紫禁城，奔正阳门，正阳门已陷，白灯高悬；转向安定门，安定门紧闭。

　　朕即天下。天下无路。

　　回到皇极殿。崇祯敲响了景阳大钟。

　　钟声久久回荡。毫无响应。

　　这是大明王朝的丧钟。

　　再次爬上万岁山。来到山顶寿皇亭，天已大亮。

　　大明气数殆尽。崇祯长发披散，站立在这个一度煊赫的王朝的顶端。下面便是矩形的紫禁城。

　　紫禁城位于北京都城正中，是世界现存规模最大、建筑最雄伟、保存最完整的古代宫殿和古建筑群，其名由紫微星垣而来。天上三垣、二十八宿中，紫微星垣居于中天，且位置永恒不变，因此为天帝星座。皇帝自认为天子，所居自为紫宫。既为紫宫，又是禁地，故曰"紫禁城"。

　　紫禁城集中国古建艺术之大成，极尽至高无上的帝王权威。布局严谨，秩序井然，森严壁垒，堂皇、庄严、和谐，世所罕见。循《周礼》王城规制，宫城南北前朝后寝，中轴线贯穿南北，左右对称，三路纵列，东西六宫环列，众星捧月。红墙黄瓦，画栋雕梁，金碧辉煌。殿宇楼台，高低错落。朝暾夕曛中，果然天上人间。数字在这里是等级的尺度。作为最高的阳数，"九"在紫禁城比比皆是。"九"谐音"久"，寓江山天长地久，永远有四方归化、八面来朝。

自明初明成祖朱棣于永乐四年（1406）诏建皇宫，工程进行一直不断。而今，太和殿至尊形制的殷商四阿重屋，空空如也。层层须弥座，白玉栏杆的望柱头，螭首，遍布御路、栏杆和殿内彩画及藻井的龙与凤，月台上的日晷、嘉量、铜龟、铜鹤，殿内的金漆雕龙宝座，寂然如僵尸。

紫禁城以及紫禁城外的辽阔江山即将易主。

当年祖宗出于象征江山永固而堆筑的万岁山，竟然成了自己的葬身之地，两百七十多年的大明天下在自己手里失去，有何颜面见列祖列宗？

崇祯十七年（1644）三月十九日。崇祯帝死时"以发覆面，白袷蓝袍白细裤，一足跣，一足有绫袜"，衣上以血指书遗诏：

> 朕自登极十七年，逆贼直逼京师，虽朕薄德匪躬，上干天怒，致逆贼直逼京师，然皆诸臣之误朕也，朕死，无面目见祖宗于地下，自去冠冕，以发覆面，任贼分裂朕尸，勿伤百姓一人。

身心交瘁的年轻君主，以极其惨烈的死，向列祖列宗们兑现了历代明皇所恪守的"天子守国门，君王死社稷"的诺言。

一个王朝的历史，以窒息的方式，完成了最后的释放。

所有的帝王都祈求永生，神圣而愚蠢地接受普天下的山呼万岁。崇祯的最后的决绝，多少为他、也为他那个倾覆的大明王朝保留了一点尊严。

崇祯十七年三月十九日清晨，兵部尚书张缙彦主动打开正阳门。

李自成攻克北京。

以取代者自居的李自成下令予自缢的崇祯皇帝以“礼葬”，在东华门外设厂公祭，后移入佛寺。二十七日，葬于田贵妃墓中。

李自成随之入住紫禁城，封宫女窦美仪为妃。

同一天，大顺军开始拷掠明官，四处抄家，规定助饷额为“中堂十万，部院京堂锦衣七万或五万三万，道科吏部五万三万，翰林三万二万一万，部属而下则各以千计”（杨士聪《甲申核真略》），刘宗敏制作了五千具夹棍，“木皆生棱，用钉相连，以夹人无不骨碎”（同前）。

城中恐怖气氛逐渐凝重，人心惶惶。“凡拷夹百官，大抵家资万金者，过逼二三万，数稍不满，再行严比，夹打炮烙，备极惨毒，不死不休。”（同前）李自成军官将骄奢，士卒抢掠，“杀人无虚日，大抵兵丁掠抢民财者也”（同前）。

紫禁城右安门上的箭镞，穿透了近三百年威权的咽喉；万岁山干枯的虬枝上，一袭黄绫了结了一个王朝。

## 四、“覆舟之下无倌夷”

甲申之变，八大山人十九岁。

十九岁。生活的序幕刚刚拉开。

刚近弱冠的八大山人做梦也想不到劫难来得如此猛烈，大明王朝一夜之间轰然倒塌，帝国的覆灭对他来说不啻晴天霹雳。一个曾经高踞在芸芸众生之上的王孙忽然之间跌入万丈深渊，由大明宗室的天潢贵胄，变成了一个国破、君亡、“父随卒……数年，妻、子俱死”“窜伏山林”的逃亡者。

那一刻，这个性情孤介，有着强烈家族感的青年的全部感受四个字即可概括：

"天崩地解"。

明末清初学者、诗人黎元宽说："甲申大故，敷天痛心，东南事复，有不忍闻见者，覆舟之下无佗夷。"（《进贤堂稿》）

也许因为恐惧，也许因为蔑视，本来"颖异绝伦""善诙谐、喜议论，娓娓不倦，常倾倒四座"（陈鼎《八大山人传》）的八大山人，"承父志，亦喑哑"（同前），跟父亲一样做哑巴，三日无声，十日无言。不同的是，父亲哑巴是真，他哑巴是假，只是装得跟真的一样：

"左右承事者，皆语以目，合则颔之，否则摇头，对宾客寒暄以手，听人言古今事，心会处，则哑然笑。"（同前）身边人有什么事找他，他都用眼睛说话，同意就点头，不同意就摇头。跟宾客寒暄，只打手势。再也没有当初的口若悬河，谈笑风生。听别人说古道今，觉得会心的，最多就是无声一笑。

一六四四年四月十三日，李自成大顺军征讨吴三桂。吴三桂降清摄政王多尔衮，两军联手击溃李自成。二十六日李自成逃回北京，二十九日称帝，次日逃往西安，由山西、河南两路撤退。

五月，多尔衮率大军抵达燕京。

明福王朱由崧于南京建立第一个南明政权，改元弘光。

六月，多尔衮及诸王、贝勒、贝子、大臣等定议迁都燕京，遣辅国公屯齐喀、和托、固山额真何洛会前往盛京迎驾。铸各官印兼用国书。

七月，考定历法，为时宪历。以迁都祭告上帝、陵庙。始修乾清宫。

八月，顺治帝车驾到达广宁。

九月，于紫禁城东南建堂子。顺治帝车驾到达通州，多尔衮率诸王、贝勒、贝子、文武群臣于行宫朝见顺治帝。顺治帝自正阳门入宫。初定郊庙乐章。奉安太祖武皇帝、孝慈高皇后、太宗文皇帝神主于太庙。

十月，顺治帝亲诣南郊告祭天地，遣官告祭太庙、社稷。御皇极门（后改称太和门），举行入关后的登极典礼。加封诸亲王。定诸王、贝勒、贝子岁俸。定摄政王及诸王、贝勒、贝子、公等冠服宫室之制。定皇帝卤簿仪仗。仿照盛京清宁宫之制，定坤宁宫祭萨满礼。定朝会乐章。定赐宴群臣朝贺大典。

十一月，设满洲司业、助教，官员子孙有欲习国书、汉书者，并入国子监就读。入关内首次祀天于圜丘。

李自成于顺治二年（1645）七月渡黄河败归西安，不久，弃西安，经蓝田、商州，走武关。大顺军节节败退，人心离散。十二月，清军出击潼关。第二年，攻破潼关。李自成避战流窜，经襄阳入湖北。四月李自成入武昌，被清军一击即溃。五月在江西再败，不知所终。

清朝军队离南昌尚有时日，但铁骑之声已如远雷近来，宁藩王孙们时时刻刻心惊胆战。

举国上下的大明宗室，均因"两京继陷，天下藩服，委身奔窜，孤中夜卧起，涕泗纵横"，"明祚式微，改姓易氏，匿迹销声，东奔西走，各逃生命"（《盱眙朱氏八支宗谱序》）。

石城王孙朱统铨在"甲申闻变"后，"北望痛哭，随窜伏荒崖穷谷中，暗默愤惋，若不知有人间世者"（同前）……

乐安王孙"朱议汴……崇祯进士官行人。甲申弃官挈家徙邑之奉化乡"（同前）。

南昌城中各王府、将军府十室九空。

南昌周边的县乡，到处是携家带口往山野逃窜的大明宗裔。

父亲朱谋鹳在颠沛流离中"随卒"。八大山人抚柩葬父亲于宁藩宗室的西山祖坟地，并借此避难。

　　一个王公贵族子弟一变而为恓惶的"丧家之狗"，其人生的倾斜与心灵的失落自是难以言表。若干年后，八大山人画过一幅《藤月》，画面的下部一轮硕大明月沉沉坠落，上部枯硬错节的藤萝呼应明月的坠落盘旋，残缺的圆与尖锐的线相互冲突，利刃钻心般的痛感穿透纸背。

　　孤藤落月，是八大山人那一刻心境的定格。

　　也许这样说不免残酷：大明王朝的灭亡，是朱明宗室的巨大不幸，却是中国艺术的巨大幸事！

　　大明国运的终结，堕朱明王朝于地狱。如果说这是一个旷世天才出现的前夜，那真是太过恐怖；如果说这是一座辉煌殿堂必经的前庭，那真是太过血腥；如果说这是一场恢宏演出必备的过场，那真是太过惨烈；如果说这是一种伟大艺术必须付出的代价，那真是太过沉重。

　　让历史欣慰的是，八大山人当得起这一切。他在祖辈遗留的壮丽废墟上颤颤巍巍而又坚忍不拔地站起，用他肆意挥洒的神来之笔，建立起一个永远不会倾覆的艺术王朝。

# 第二章

## 流亡遁世期：从『窜伏山林』到『走还会城』（1644—1680）

### 五、"洪崖老夫煨榾柮"

一六四五年。皇帝的年号已是清顺治二年。六月，清廷再次强制推行剃发令。皇太妃逝。发布诏告：清廷兴兵，本无意兼并，只为明清和好；但因李自成兴兵导致了明国祚灭亡，清军自关外整旅入关，乃是代明雪恨云云。并命于十月在江南举行乡试。但禁止故明宗室出仕和应考，已考取举、贡、生员者一律永行停止。

二十岁的八大山人蜷缩在南昌西山的祖坟，为父亲守孝。这个世界与他无关。

西山，一名伏龙山，一名灵官峰，距南昌城四十里，石壁斗绝，飞湍奔注。传说中的道教仙人洪崖先生曾隐居于此，故又称"洪崖山"。

多年前我与友人来此踏青，曾为此地气象留有一记拙文：

> 天地氤氲，阴阳交泰，万物森罗，冲气为和，和乃生韵。故风有风韵；云有云韵；山有山韵；水有水韵；石有石韵；木有木韵；花鸟虫鱼有花鸟虫鱼韵。雅俗之别，在识韵与否之间。韵不可见，唯以心读。去闹市数十里，有云岭深涧，两峡壁立，奇石峥嵘，瀑如玉帘，奔泉生风。黄帝乐臣炼丹之井尚在，唐皇肃宗赐殿之迹待寻；茶圣饮泉称道，学士击石成吟；释迦达摩青峰耸峙，翠岩紫清寒烟缥缈。倘卓识独具者于涧岸建院设馆，或成读韵之佳处。浮生若得半日闲，弃了市嚣，抛却俗务，来此倚碧枕流，汲泉品茗，空谷莺啭，静庭鹤闲，翰墨浸染，钟磬拂拭，顿觉身心一洗，遍体透彻光明，遂入坐忘之境，亦成读韵之韵矣！是为记。

这样的山川气韵与三百年前应无分别，只是三百年前的八大山人的心境，是另一番况味。物是人非，人生须臾啊。

《列仙全传》称"洪崖先生"帝尧时已经有三千岁，汉朝时仍在。也许因此，这里成为八大山人的祖坟所在地，大明南昌宁献王朱权及子孙皆葬于此。《明史》诸王世系表讲得很清楚：

> 尊……守西山祖坟。

《宁献王圹志》明确记载：

> 先是豫营坟园于其国西山之原。

　　这是一段不堪回首的日子。多年之后，八大山人用画和诗描写了当时的生活状态。他用干枯的笔墨画了一只本地芋头，当地人叫它"毛芋头"，书上叫它"蹲鸱"。同治江西《新城县志·土产》记载："芋，一名'蹲鸱'，有二种，面芋、火芋，农人多种以助岁时计。"朱熹为它写过诗："沃野无凶年，正得蹲鸱力，区种万叶青，深煨奉朝食。"

　　画上，八大山人照例题了诗，诗名为《题芋》，又名《蹲鸱》：

　　　　洪崖老夫煨榾柮，拨尽寒灰手加额。是谁敲破雪中门，愿举蹲鸱以奉客。

　　"老夫"应该是上年纪人的自称。西周大夫致仕也有自称"老夫"的。从小就"善诙谐"的八大山人拿来自称，是一种苦涩的幽默。守父孝时二十岁出头，写此诗已是十多年之后，且已成为佛门长老，自称"洪崖老夫"亦不为过。

　　"老夫"拿着一根短小的木柴棒（榾柮），拨弄着煨烤在火堆中的芋头，为了使火势旺盛，时刻要拨尽寒灰。寒风吹得寒灰乱飞，不得不以手加额挡住寒灰飞进眼中。在这种日子里，要是有谁来敲被大雪封住的破门，他愿意把赖以果腹的芋头恭敬地捧着相送。

　　几近叫花子的落魄寂寞凄凉不着一字，毕现无遗。

　　不过，如果仅仅把这首诗看作是一种哀叹，那就无法准确地理解八大山人了。作为禅门宗师，其作画写诗必然另有境界。

　　诗中的"拨"，字面上是拨火，却又是禅语。

　　禅典熟语《五灯会元·龙门清远禅师》有："'拨火悟平生'，缘禅师寒夜孤坐，拨炉见火一豆许，恍惚自喜曰：'深深拨，有些子，平生事，只如此。'又司空本净禅师：'观修道者，拨火觅浮沤。'""拨火"也是修行。

"手加额"用的是禅典。看似挡灰尘，暗含着祈盼有一天额手称庆。

"雪中门"固然指被大雪封住的门，也是禅中话头。《五灯会元》有个公案："云居道膺禅师曾问雪峰义存：'门外雪消也未？'答：'一片也无，消个什么？'"

在寄寓自己甲申国变后十几年颠沛流离感受的《传綮写生册》中，《题芋》是意义突出、情感鲜明的一首题画诗。

为洪崖山作画写诗是很多年之后的事，流亡避难于荒郊野地中的八大山人不可能那么淡定。"拨尽寒灰手加额"，流露出一个世代食禄的前朝王孙、功名在身的大明秀才沦落凄惨境地的焦虑。

从清顺治三年（1646）到五年（1648），八大山人一直处在惶惶不可终日的流徙躲藏中。

黑暗似乎没有尽头：

入关后的清军迅即南下，斩杀南方抗清的朱明各藩。清顺治二年（1645）五月，大明江西提督金声桓降清。六月十九日，金声桓由九江进入南昌城。南昌"诸有司缙绅士民则皆走江城，内外一空"。金声桓"以明都司署为帅府"，其部王得仁占据宁藩王府。八月二十五日，清廷剃发令至南昌，金声桓"恣杀明人士"，凡十五岁以上没有剃发的，"辄杀之"，生病的也不放过；"非有故而家赀中百金以上，辄诬以通明，使有司论杀之，没其财产"（徐世溥《江变纪略》）。

清兵的铁骑横扫中原和江南，山河破碎，草木变色，生灵涂炭，哀鸿遍野。

四月，"扬州十日"惨案发生。

七月，"嘉定三屠"惨案发生。

一六四四年五月被拥立于南京、建立弘光政权的朱由崧被叛将田维乘出卖，在芜湖被俘，后押解北京，斩首于市。

南昌周边地区，笼罩在"留头不留发，留发不留头"的恐怖与暴虐中："今限旬日，尽使薙发，遵依者为我国之民，迟疑者同逆命之寇，必行重典。"（同前）

明宗室益王朱由本在建昌起兵抗清，兵败逃往福建。

九月，清军平江西南昌等府、州、县十一座。下旨：故明诸王，无论大小，俱着赴京朝。十月，金声桓等明朝降清将领血洗峡江、吉安、万安、袁州等地抗清力量。

顺治三年（1646）二月，被招抚为江西兵部尚书的孙之獬，又奏请清廷："江西故明宗室数千人，聚居省城，不无可虑，请将守分者散居本省郡邑，好事者散处江北诸省，其不轨之徒，见投营伍者，并敕镇将驱治……"

孙之獬，明朝天启年间进士，授检讨，迁侍读。这是一个以常人难以想象的超级卑鄙遗臭青史的人。我在这里也不能轻易放过。明季复社主盟张溥弟子王家桢《研堂见闻杂记》清楚地记载了此人的丑行：魏忠贤当权，他是阉党成员。魏忠贤倒台后被"削籍"回乡。清军入关，他与家人奴仆一起剃头、留辫、着满装，为清廷接纳，当了礼部侍郎。初入北京，清廷允许明降臣上朝时仍穿明服，但满汉大臣各站一班。他独"标异而示亲"，上朝时穿满服，挤入朝堂满班，被逐出。悻悻然走回汉班，汉臣亦不让其入班。他于是羞愤上疏，大略谓："陛下平定中国，万事鼎新，而衣冠束发之制，独存汉旧，此乃陛下从中国，非中国从陛下也。"摄政王多尔衮顺势采纳，下令让汉人剃发留辫。"而中原之民，无不人人思挺螳臂，拒蛙斗，处处蜂起，江南百万生灵，尽膏草野，皆之獬一言激之也。"华夏大地一时血流成河。即使以卖祖求荣闻于天下的吴三桂，也曾当面劝阻过多尔衮剃发令的实施。而孙"一念无耻，遂酿荼毒无穷之祸"。其臭名昭著，可谓空前绝后，令其永被刻于耻辱柱上。

顺治三年（1646）秋，孙之獬衣锦还乡。被造反的民众活捉，五花大绑，身上遍刺针孔，插上毛发，当作畜生，示众街市，然后肢解于市曹，暴尸通衢。其同乡蒲松龄所作《聊斋志异》有《骂鸭》篇讽之。

回到是年三月的江西。金声桓攻占抚州，擒南明永王及官员九十余人。

五月，清廷下令：凡故明宗室……若穷迫降顺，或叛而复归及被执献者，无少长尽诛之！不管是降是逃，是老是少，只要是故明宗室，抓一个杀一个！这是明令颁布的"种族绝灭政策"了！

大明宗室的生存遭遇灭顶之灾。皇族身份，曾是无上的荣耀，而今成了剥夺生存的根据。

十月，清军破赣州。明潞安王、瑞昌王聚兵抗清，并进军南京，兵败遁走。

清初散文家杨荣撰《三藩纪事本末》，记载了清初明藩无望抗战的林林总总，其中有一段涉及江西：

> 崇祯甲申，闯贼破京师，江西在籍翰林院修撰刘同升闻变，痛哭几绝，檄告江西十三郡绅士，举义复夏仇，缟素别丘垄而出。至南昌，遇职方主事杨廷麟，大集绅士于澹台祠，为怀宗发丧，涓吉誓师进发。

这段话中提到的刘同升和杨廷麟，都是血性志士。

刘同升（1587—1646），江西吉水人，字晋卿，又字孝则。明朝崇祯十年丁丑科状元。授翰林院修撰。文才过人，且兼通武略。著有《锦鳞诗集》《明名臣传》等。其父探花出身，与剧作家汤显祖是同年进士，两人曾同朝为官，意气相投，结为儿女亲家，汤显祖将小女儿詹秀许配刘同升为妻。

刘同升出仕时明王朝行将灭亡，握有兵权的礼部尚书兼东阁大学士杨嗣昌入阁，刘同升抗疏，对杨嗣昌大加挞伐，激怒崇祯，被贬。遂引病归乡。崇祯亡，福王被俘，清兵压境，南都于顺治二年（1645）破，江西诸郡唯赣州独存。刘同升携家人前往福建投唐王朱聿键，与杨廷麟一起招募士卒，起兵抗清，唐王升其为国子祭酒，又升为兵部左侍郎。自雩都至赣，与翰林杨廷麟共谋兴复，巡抚南赣。因劳而卒。

杨廷麟（？—1646），江西清江人，字伯祥，一字机部，晚年自号兼山，意在效法文天祥（号文山）、谢枋得（号叠山）"两山"气节。崇祯四年（1631）进士。其性勤学好古，闻名翰林，充讲官兼直经筵，与黄道周、倪鸿宝并以文章节义名天下，称为"三翰林"。

关外清兵为患，杨廷麟主战，上疏痛斥朝廷中主和的大臣。杨嗣昌一意主和，深恨杨廷麟，谎称杨廷麟知兵，改授以兵部职方主事，参赞卢象升军。

卢象升是明天启二年（1622）进士，后任大名知府。崇祯二年（1629），清军入关，兵逼京师（今北京），他募兵万人入卫。次年，进右参政，受命整治大名（今属河北）、广平（今河北永年）、顺德（今河北邢台）三府兵备，所部号称"天雄军"。崇祯九年（1636）九月出任总督宣大、山西军务，练兵御清。崇祯十一年（1638）冬，清军三路南攻，卢象升率诸将分道出击，与清军战于庆都、真定（今河北望都、正定）等地。杨嗣昌事事掣肘，卢象升屡战失利。但他激励将士，誓死决战。卢象升得杨廷麟，大喜，即令杨廷麟往真定负责运送军粮。

崇祯十一年（1638）十二月十一日，督师卢象升军进驻巨鹿（今属河北）贾庄，仅剩五千残卒，已断粮数日。遂派遣杨廷麟往鸡泽求助太监高起潜。高起潜，崇祯初为内侍，以知兵称。深受崇祯器重。崇祯九年（1636），任总监，分遣诸将御清军，怯不敢战，唯割死人头冒功。崇祯十一年，为监军，负责督军迎敌，却与兵部尚书杨嗣昌沆瀣一气，皆不欲战，对面临绝境的督师卢象升的求助置之不理。崇祯十二年（1639）一月，卢象升在巨鹿贾庄同清军血战而死。杨廷麟在从保定赶往真定的路上听说卢象升全军覆没，放声大哭。而朝廷的杨嗣昌本以为杨廷麟也死在卢象升军中，等到听说杨廷麟当时正好奉使在外，怅恨不已，又把杨廷麟再贬到江西。是年冬，清兵大蹂畿辅，连下四十三城。次年，清兵南下山东，破济南，俘明德王朱由枢。然后由山东回师出塞，明军皆尾随不敢击。清兵俘汉人三十六万余，获白金百余万。高起潜后于福王时召为京营提督，继降清。

李自成陷北京，杨廷麟闻之恸哭，募兵勤王。后来听说福王朱由崧在南京首建南明政权，便停止了勤王行动。弘光帝于清顺治二年（1645）五月被俘，唐王朱聿键于同年闰六月称帝于福州，改年号为隆武，继图复明。任用金声、杨廷麟、何腾蛟等抗战派，屡计出兵北伐。杨廷麟时被授以兵部尚书，协同守将万元吉据赣州。

清顺治三年（1646）四月十四日清兵攻赣州，杨廷麟死守半年。五月，部将张安在城东梅林与清军激战失败。六月，广东兵援赣州。十月四日深夜，清军登城拆垛，蜂拥入城，城陴和巷战死者如麻。黎明，清军占领赣州城。万元吉投贡江而死。杨廷麟整戎佩刀赴城西清水塘投水。当时塘内积尸平池，杨廷麟挤在群尸间沉入水中而死。追随杨廷麟以身殉国的赣州地方官兵、士绅、百姓数以千百。清将贾熊大叹："忠臣也！"以四扇门为棺，葬杨廷麟于赣州市南门外。

顺治四年（1647）八月，清兵擒杀已投诚并出家为僧的明赵王朱由椷；擒杀明麟伯王、蔼伯王；十一月，擒杀明鲁王朱以海及其子；十二月，擒杀明瑞昌王朱谊泑。

八大山人耳闻目睹的世界，是一片滔滔血海。所有这些故明宗室按照玉牒谱系，都是他的叔伯兄弟或子侄。

今天，我们难以想象甲申前后的八大山人是怎样度过了那些充满了恐惧与悲愤的日子。但我们可以断定，这血雨腥风的五年，是八大山人重新抉择人生道路的五年。为了生存，他只能改头换面，割断旧有的一切。这是一场性情的质变、一场人格的裂变、一场心灵世界的天翻地覆！对于一个正在构建自己人生图景的青年，其变化的烈度并不亚于一个朝代的改变。

这场激变的结果是：世上多了一个和尚，多了一个疯子，多了一个艺术巨人。

历史的剧变是八大山人无法左右也无法逃避的。一个艺术家的悲哀在于他无法选择自己的时代，但一个艺术家的优异也显现于他自己无法选择的时代。任何一个时代都不可能灭绝一个艺术家的基质：平庸的时代可以产生超越平庸的艺术家；而天翻地覆的时代可以造就空前绝后的艺术家。

## 六、南昌"戊子之难"

清顺治五年戊子（1648），明朝降将、已任清朝江西提督的金声桓，年初突然率部叛清归明。稍后，控制着广东的降将李成栋也叛清归明。占领湖南的清军为避夹击撤走。南方的抗清顿现转机。但南明的最后一位皇帝明昭宗（年号永历，史称永历帝）朱由榔（1623—1661）却被地方军阀挟持，毫无行动自由。清军赢得反攻时间。

顺治戊子（1648）二月，降清占据南昌宁藩宜春王府的王得仁，与金声桓谋议叛清反正之事，并密收宁藩诸宗及士人有志意者入其幕，以图举事。为此，金声桓、王得仁杀清廷巡按董成学、巡抚张于天。前明大学士、居家在新建的姜曰广，则奉南明之制，封金声桓为豫国公，王得仁为建武侯，由是，南昌城中原已降清的军队，重新打起反清复明的旗号。

消息传至清廷，四月，清军铁骑由湖口入江西。五月朔（初一），清军破九江，屠城；二日，下南康；七日，清军千骑至南昌城外西山石头口；八日，清军"铁骑满西山"，南昌"西岸哭声震野"。

七月，进入江西的清军破饶州。八月，大军分别由西而东，由南而北两个方向出发再围南昌。九江一路清军由麦源、青岚几条路直薄西山，还没扎营，已经血刃数百里了：

> 王师尾之至南昌，而令偏将自浔入搜麦源、青岚诸道，薄西山，故未下营，血刃已数十里。大兵围南昌……攻德胜门……

西山附近的生米、市汊等地尽为清军所占，南昌城被围了个水泄不通。清军驱押南昌周围的丁壮老弱掘壕筑桥，用"锁围法，东自王家渡属灌城，西自难龙山属生米渡，掘壕载版起土城。自是内外耗绝……而制其毙"，"溽暑督工不停晷，上曝旁蒸，死者无虑十余万，死即弃尸沟中，臭闻数十里"。

十月，南昌"城中粮尽，人相食，乃大出居民"，许多未能逃出南昌城的宁藩王孙纷纷以死殉难：宁藩王孙、曾任普宁知县的朱统摠赴难；宁藩王孙朱统罗女、李万镒妻朱氏，投水殉难；宁藩王孙朱鹤阜之女、新建举人程显妻朱氏，以身触树殉难；宁藩瑞昌王支新建曹建平朱氏，抱儿投水殉难；姜曰广赴契家池死。南昌城内外"死者又数十万，会天旱水涸"，赣江滕王阁附近的码头，殉难者的尸首淤塞于江，而无法行船。

清郑亲王济尔哈朗由南面的进贤门强攻，陷南昌。南昌王朱议溯一支九十余口尽遭清兵杀戮，仅朱议溯一人逃走。金声桓、王得仁死。

清军禽兽般烧杀抢掠奸淫，令人发指的人间惨剧猖狂肆虐："妇女各旗分取之，同营者迭嬲无昼夜"，淫虐而死者不计其数。先到的清军掳获当地百姓，装船外运贩卖，男女老少都按斤计价出售。除了死在路上的、水里的、自杀的，在营地死的也有十多万。开始有不愿死的，指望城破突围或守军胜利，也许有活着的可能，等到看见只能被抓了转卖，永远离开故乡，无不奋身投江赴死，悲惨的哭声惊天动地，浮起的尸体遮蔽了赣江，漫天是恐怖的阴霾：

> 扬州以上千余里，此等交易极为普遍……除所杀及道死、水死、自经死，在营而死者亦十余万。先至之兵已各私载掳获连舸而下，所掠男女一并斤卖。其初有不愿死者，望城破或胜，庶几生还；至始方知见掠转卖，长与乡里辞也，莫不悲号动天，奋身决赴。浮尸蔽江，天为厉霾。

> 江省戊己之变，百万为鱼仁者桐焉而不能救，然俱焚尽杀语，见诪谟何足怪，惟是城南三大掠，余所身经，窜魄逋魂，至今未召。

上面所有引文皆出自亲身历经而惊魂未定的徐世溥的《江变纪略》。

徐世溥（1608—1657），字巨源。江西新建人。明史补邑诸生。当时"古文名噪三吴间"，兼工书法，被清初诗坛盟主钱谦益等冠以"杓斗"举荐。明亡后山居晦迹，不复应举。著作《江变纪略》，对清兵攻破南昌城的暴行作了毫不掩饰的详细记载，特别是清兵将妇女抓来"各旗分取之，同营者迭媟无昼夜"的直露描写，更是不忍卒读。该书于乾隆四十四年被禁毁，仅有抄本传世。

这是一场惨绝人寰的灾难。南昌"戊子之难"殉难的人数，不亚于清军围困的"扬州十日"和在"嘉定三屠"当中屠杀、罹难的民众。"戊子之难"所带来的巨大惨痛，入清几十年后，都是南昌百姓和遗民士子们挥之不去的梦魇。

黎元宽在《进贤堂稿》中，更是屡屡言及"戊子之难"而痛心疾首。他将"甲申国变"、南昌"戊子之难"、郑成功败走台湾称为清初最大"三难"。

黎元宽，字左严，号博庵，南昌人。约生于明万历三十五年丁未（1607）。崇祯元年戊辰（1628）进士，明代任过兵部主事，兵部郎中，授浙江提学副使，后罢官。明亡后，于谷鹿洲讲学以终。诗文书法怪谲，人呼"黎体"。著有《进贤堂稿》。是清初著名作家、书法家。

在顺治二年（1645）以来清廷对明故宗室毫不留情地"无少长尽诛之"的数年中，明宗室被诛者难以数计。南昌城内的宁藩八支王府，或被清军占领，或化为灰烬。黎元宽《进贤堂稿》记载："……广济桥……昔为上蓝，而今为佑清，其前后左右尽矣，王侯邸第荡于劫灰……"其中就有八大山人赖以生存的祖父朱多炡的将军府。在这场劫难中，八大山人"妻、子俱死"。

南昌周围地区的"田禾、山木、庐舍、丘墓，为之一空"，成了人间地狱。

## 七、"繁华梦破入空门"

顺治五年（1648）清军对南昌的进攻，城外的西山是必经之地。五月，西山就出现了清军的先头部队。躲避在这里的八大山人，血光临头：

> 五月初七日辛未，七百骑至石头口……明日，西岸哭声震野，铁骑满西山矣。
>
> （徐世溥《江变纪略》）

清军忽然就出现在西山附近的石头口。在西山洪崖"拨尽寒灰手加额"，等着希望"敲破雪中门"的八大山人，等来的却是自石头口长驱直入的清军"铁骑满西山"。

"石头口"是南昌与西山往来的要津。又名"石头津"。

康熙《新建县志·卷十一·山川·二十四》载：

> 石头津。县西北十里水岸，有盘石。晋太守殷羡投书处，名沉书浦，又名投书渚，俗名石头口。

殷羡，字洪乔，陈郡长平（今河南省西华县东北）人。东晋时当过豫章太守。南朝刘义庆的《世说新语·任诞》有一个关于他的故事：离任履新的时候，很多人托他带信。行船到石头口，他打开那些信，发现大多数说的都是拉关系、跑人情之类俗事，于是将信都抛进了水里，说道："沉者自沉，浮者自浮，我老殷可不是给你们这些跑官的人当邮差的。"

因为这个故事，后来有了成语"付诸洪乔"，意为"所托非人"。

私拆他人信件，有侵犯隐私之嫌疑；既已受人托付却又擅自毁信，有违儒家"人无信而不立"的教诲。可他找了个不失人情的理由，说是抛书"祈福"："沉者自沉，浮者自浮"，各位认命吧。很有一点黑色幽默。这正是魏晋风度的率性而为，不拘常礼吧。

不管怎样，石头口是因此出名了。之后有许多诗人在这里留下了大作。其著名者有唐洪州都督张九龄的《候使登石头驿楼作》：

> 山槛凭高望，川途眇北流。远林天翠合，前浦日华浮。万井缘津渚，千艘咽渡头。渔商多末事，耕稼少良畴。自守陈蕃榻，尝登王粲楼。徒然骋目处，岂是获心游。向迹虽愚谷，求名亦盗丘。息阴芳木所，空复越乡忧。

韩愈的《次石头驿寄江西王十中丞阁老》：

> 凭高试回首，一望豫章城。人由恋德泣，马亦别群鸣。寒日夕始照，风江远渐平。默然都不语，应识此时情。

郎士元的《石城馆酬王将军》：

> 谁能绣衣客，肯驻木兰舟。连雁沙边至，孤城江上秋，归帆背南浦，楚塞入西楼。何处看离思，沧波日夜流。

曾几何时，"石头口"是一处富于传奇色彩、滋生诗歌的名胜，而今铁蹄践踏。死亡的刀剑带着血腥的气息，逼近了一心求生的大明王孙的咽喉。

李自成亡明，清军入关，天依旧高，地依旧广，唯朱明王孙失去了立锥之地。当时的南昌名士彭士望在诗中说：

王孙各窜伏，困苦无完裳。谁为杜子陵，见汝哀彷徨。

国破，君亡，家败，父、妻、子俱死。时年二十三岁的八大山人的人生，发生了第二次重大转折。这一次转折，带给八大山人的精神苦役，比肉体更甚。如果说，第一次转折是被动的，那么，这一次则是主动的。对于一个鲜活的生命，这样的转折，与死亡庶几无别。

八大山人面前只有两条路可走，或以死殉国，像当时许多明宗室和明遗民一样；或逃避死亡，遁于禅门苟且性命于乱世。

八大山人的选择是后一条路。

这条路的起点，就是西山石头口。

石头口有石头庙，又名太子庙。面对"已血刃数十里"的清军虎狼之师的严密追索，八大山人"髡破面门，手足无措"（八大山人《个山小像》题跋），在石头口的石头庙"胡跪"（同前），穿上僧人的衣服，"现比丘身"。

最初的动机也许只是一种乔装改扮。"现比丘身"只是呈现出比丘的形象，并不等于真正出家。随后八大山人以"比丘身"流徙于南昌周边地区的寺庙，直到在进贤介冈的鹤林寺最终落脚。横下一条心正式皈依佛门，是五年后的事。

吴昌硕有一首悼八大山人的诗，对此唏嘘不已：

繁华梦破入空门，画不知题但印存。遥想石头城上草，青青犹自忆王孙。

噩梦几乎伴随了八大山人的一生。一直到晚年，他还写下草书横幅"时惕乾称"，提醒着自己，只有时时警惕世间周围的变化，才能化险为夷，保全平安。这样的人生是怎样的压抑！

血性志士面对无可抗拒的强权以死相争，八大山人不属于这种类型。在从来不曾想到过的浩劫面前，八大山人渺小如草芥。他在贵族和充满书香的优逸环境中成长，阳光而单纯，非凡的聪明让其神经也非凡的脆弱。这样的神经无法战胜如此巨大的恐惧。他比别人有更多的恐惧，这恐惧让他的内心一片空虚。他经历着一个人可能受到的一切苦难：以数千年文明自负的汉民族遭受异族侵凌，家国沦陷，亲人一个个死去，曾经有过的繁华灯盏一盏一盏地熄灭。狰狞恐怖的黑夜来临，他孑然一身站在死亡的门前。他的心惊胆战，他的张皇失措，让人悲悯。他在突如其来的陷落面前的心理状态我们可以想象。理智的破产与崩溃，让无数人的精神从此堕入黑暗的深渊，一蹶不振。面对死的威胁，他的生命意识让他只能逃避。他只能做他所能做的事。

无论中国还是外国，历史都上演过无数这样的悲剧：低文明的民族征服高文明的民族。但历史同时又总是证明了马克思的话："野蛮的征服者总是被他们那些所征服的较高文明所征服。"野蛮可以打败文明，并不意味着野蛮在价值层面上占据优势；刀枪可以毁灭文明，并不证明刀枪就构成了文明的敌手——因为刽子手并不等于敌手。古希腊古罗马被野蛮消灭，但古希腊古罗马的文明依然是西方人的骄傲。人们景仰的是人类开创文明所抵达的高度。正因为如此，我们很难想象今天的犹太人会崇拜希特勒，而贬低被希特勒屠杀的犹太先辈。

宋代李清照说到南唐亡国之君李煜时感叹："五代干戈，四海瓜分豆剖，斯文道熄。独江南李氏君臣尚文雅。"这样的话，也完全适用于八大山人。一边是暴力，一边是斯文，暴力摧残肉体，斯文却征服心灵。八大山人不仅是文雅的，他留给后人的书画作品是神圣之物。神圣意味着至高无上，意味着所有没有能够让自己的创造达到极致的人们只能仰视。一七八八年拿破仑远征埃及，他的军队用大炮轰击狮身人面像，但这座坚固的建筑只是胡子部分被轰掉，整体没有损伤。面对金字塔，拿破仑说：文明的征服才是真正的征服。

这是一个被征服的征服者说出的真理。

明末清初的乱世中，前朝遗民逃禅出家，为一独特现象。后来的画坛大家石涛（朱若极）、弘仁（渐江）、髡残（石溪）、戴本孝、方以智等，皆由遗民而为逸民。他们人在浮屠，不僧不俗，"心之精微，口不能言，每临是讳，必素服焚香，北面挥涕。"（徐枋《退翁老人南岳和尚哀辞》）八大山人不在例外。衡量得失，顺世应时，唯委曲求全、忍辱生存。"以忍调行，摄诸恚怒；以大精进，摄诸懈怠；一心禅寂，摄诸乱意；以决定慧，摄诸无智。"（《维摩诘经·方便品》）夹缝中求生存的潜意识使他后来的花鸟画常见花草从石隙长出。

获耕庵老人"正法"之前，八大山人虽已隐遁空门，但一直未受"正法"而处于观望状态，对大明残余军队以及各地义军的反清活动心存期待。

朱明遗民中的确不乏抗击者，黄道周、杨文骢、戴本孝等战死沙场，其他大家魁硕如恽南田、程邃、崔子忠、陈洪绶、项圣谟、傅山、王夫之、顾炎武、黄宗羲、朱舜水等均以守节为反抗，兢兢于末路。

作为王室后裔，一剃了之，私身独善，节操何在？八大山人内心是有自我谴责的。直到四十一岁他还用《枯佛巢》和《土木形骸》的钤印：恨自己无武勇之能，与"木人"无异。四十六岁又启用《怀古堂》一印，恨自己不能像伯夷叔齐那样践行南山采薇之志。中晚年"驴""驴屋""驴屋驴""技止此耳"相继出现在他的题款和印章上，不仅是因为开悟，更有着一种讥讽自己笨而无能的自谑、自怜与自责在焉。他的"驴"字印自五十六岁一直用到七十五岁，并非仅止于纠缠于僧人情结，也有自我谴责的挥之不去。

八大山人是坦诚的。

八大山人当时面临的现实也是极其残酷的。

清军的残暴不难理解。让人不可思议的是大明的朱家子孙。清军入关以后，大明在南方的势力倘能集结，或可一战。然而他们却争相称帝，自相残杀。

崇祯于崇祯十七年（1644）三月十九日上吊自尽于北京，福王朱由崧于四月二十五日即在南京立"弘光"南明小朝廷。福王败，太祖十世孙鲁王朱以海在浙江绍兴立监国政权。与此同时，在福州的太祖九世孙唐王朱聿键宣告称帝，并建元"隆武"。靖江王朱亨嘉（石涛的父亲）在桂林举兵，后被唐王朱聿键执杀。鲁王则传檄声讨唐王。唐王败后，桂王朱由榔在肇庆称帝，改元"永历"。唐王的弟弟朱聿鐭在广州称帝，建元"绍武"，发兵肇庆攻打桂王。

各个小朝廷不仅相互残杀，对百姓的残暴有的甚至超过清军。据《爝火录》记载，顺治五年（1648），被围困在南昌城内的金声桓的兵将竟然以食人为乐，有计划有组织地杀人而食。他们预先派人在大街小巷的两端守望，用隐语互相联络，把男人叫"雄鸡"，女人叫"伏雌"，带刀的人叫"有翅"，结伴而行的叫"有尾"，"闻无翅无尾，即共出擒而食之"。简直成了豺狼世界。

南明小朝廷同室操戈、兄弟相残，毁却半壁江山，自己走上绝路，八大山人后来在《飞鸟图》题诗中，表达了自己的无比痛苦：

> 翩翩一双鸟，折流采薪木。衔木向南飞，辛勤构巢窝。岂知巢未暖，两鸟自竞啄。巢覆卵亦倾，悲鸣向何屋？

命运在冥冥中安排恓惶的八大山人走进介冈灯社。这是他大不幸中的大幸。戊子之难当年，八大山人带着石头口留给他的惊恐和"比丘身"躲避到南昌进贤县介冈，在这里的鹤林寺常住下来，拜鹤林寺住持、江西禅门曹洞宗大头陀耕庵老人为师，法名传綮，号刃庵。五年后获得耕庵老人的"正法"，结束了以逃生躲避为目的的"疑个布衲"（八大山人《个山小像》题跋）身份，开始了在介冈鹤林寺长达十五六年的真正比丘生活。

英国哲学家莱斯利·史蒂文森说："放弃自己的过去是需要勇气的"；"要他放弃这种信仰，也许就等于要他放弃自己生活的意义、目的和希望"（《人性七论》）。但八大山人的逃禅不是"放弃"而是被迫。他"过去"的"生活的意义、目的和希望"不是被"放弃"了，而是被剥夺了。

## 八、"山村昼掩禅关静"

介冈，江西抚河边的一个古老村庄，古属进贤县三十八都钦风乡，一九五三年以前尚隶属江西进贤县治，现为南昌县黄马乡界岗村。康熙《进贤县志》称此地"山水明秀，会毓伟硕"。

云山和钟山逶迤绵延，与南昌西山一脉相连，有鹤仙峰和白狐峰名胜。鹤仙峰昂然俯视众山；白狐峰则传晋子畋禅师现神曝衣峰上。

村西灯社鹤林寺，为松海竹林所淹。八大山人《传綮写生册》第十三幅《松》的落款即"画于灯社之松海"。今鹤林寺遗址尚余松、竹，茂盛如初。

鹤林寺原名崇化寺。明时大雄殿、毗卢阁、大悲堂、问香楼及两庑寮舍，鼎造聿新。

上有鹤仙高峰，下有茂郁树林，在佛教中，"鹤林"指佛入灭时，林色变白，如白鹤群栖，是谓之"鹤林"。

介冈村东，抚河清澈见底，岸边荷塘蜿蜒数十里。莲荷盛期，汹涌如潮，香溢百里。

避难出家的八大山人尽管满怀苦楚，还是不由自主触景生情。《传綮写生册》第十五幅《七言诗》中有一首《无题》：

三五银筝兴不穷，芙蓉江上醉秋风。于今邋抹浑无似，落草盘桓西社东。

十五的月光下，古琴泛着银光，让人兴意无穷。江岸荷塘无边的莲荷（"芙蓉"）在夜风中翻动。想起当年率领群臣祭祀后土的汉武帝，途中喜闻南征捷报，时值秋风萧飒，鸿雁南归，汉武帝乘坐楼船泛舟汾河，歌舞盛宴于中流，《秋风辞》里"箫鼓鸣兮发棹歌"的显赫富贵，是怎样让人心醉。而岁月流逝，人生易老，"欢乐极兮哀情多"的感叹，又是怎样让人心碎。

"浑无似"可有两解：绘画与实景不一样，是自谦；现在的自己与本来的自己不一样——一个王孙隐姓埋名入了佛门（"西社东"），是自艾。

其时已是佛门宗师的八大山人，在诗里把自己的出家贬损为"落草"为寇，是"盘桓"于无奈。如此僧人日后还俗也就是必然的了。

荷花由是成为八大山人美好灵感的一个不竭源泉。他之后创作了大量的《荷花图》。晚年创作的《河上花歌图》更是写尽了莲荷的风姿。

康熙《进贤县志》同时收录了当地世家饶氏族人对介冈八景"楮山晓烟""蓝津午月""青州长涨""白岭春云""石罅回澜""柏林红叶""鹤林晚钟""菊庄夕照"的具体描绘，让我们对这个"山水明秀，会毓伟硕"、文化积淀深厚的古村心生向往。

介冈始祖饶㻋，字伯乔，异林公，宋熙宁（1068—1077）中，在宋都汴梁写诗诋毁王安石的新法丢了官，来到介冈定居，繁衍生息。道光《进贤县志》对康熙《进贤县志》未曾记载的介冈始祖饶㻋特地做了补记，说："……鼻祖不可忘，山川之本也。"

千年以来，饶氏以其学识、操守、德行而在进贤介冈形成了一个"学有尚，士有进，业有成，识有义"的望族。明、清两代，先后出了七位进士，数十位举人。其中的饶宇朴为八大山人终生挚友、《个山小像》的题跋者之一。

黎元宽在《为饶季玉暨孺人李六十双寿序》中说：

> 介冈之饶氏，朱紫相望，岂不诚世家已乎？然其人物，无虑皆贵而能谦，富而能俭，宠多族大，而能无炫耀矜张……以故得全……

时至今日，当我们走进这个至今依旧偏僻的村庄，依旧能觉出其中的不凡气象。

抚河绵绵，莲荷田田。香樟松林、修竹幽篁，环护村庄。近一人高的"翰林第"石牌匾立于村头；村内"兄弟部堂""北海延鳌"之类大宅高耸；村中池塘名"七星伴月"。村子环塘而建，村北小道，依山傍田，迤逦入松竹林。山边有石人、石马，石屋式古墓。一座明清规制的青砖建筑，尚留一堵带侧门的残墙。这便是鹤林寺遗址。曾有人拆其断壁，墙体倒塌，亡。村人认作菩萨显灵，未敢造次。残垣保留至今。

曾经"楼高十里见樵渔"的鹤林寺，三百年前"三两禅和煮菜根"的传綮和尚，明末清初饶氏族人对处于生死存亡之际的大明王孙的救助，一切都真实地存在过，一切又都恍惚；一切都朦朦胧胧，一切又都依稀可辨。

如果我们知道，介冈同样并没有逃过戊子一劫，我们就会对介冈饶氏族人为庇护中国一代画圣所做的贡献，肃然起敬。

饶宇朴在《个山小像》上关于八大山人"戊子现比丘身"的题跋中的"戊子"字样，除了呈现"戊子"后面那段历史真相外，"戊子"的特别标明，也表达了饶宇朴深藏的隐痛。

进贤是南昌属下的县份。顺治五年戊子（1648）七月，进攻南昌之前的清军占领进贤，并没有放过对当地百姓的杀戮。饶宇朴之父饶元琪、二哥饶宇柟都在这场杀戮中丧生。还有多位女性赴难。

康熙《进贤县志》记载了饶元琪、饶宇柟的壮烈殉节：

"戊子七月"，饶宇柟侍奉父亲饶元琪在鹤仙峰躲避清兵。饶元琪不幸被抓住，挺立不屈，清兵怒甚，正要杀他，饶宇柟从藏匿的地方跑出来，要以身代死，结果同遭杀害。"时亢阳如火，柟父子暴尸凡二日，颜色不变如生。"

八大山人初到介冈，那场劫难留下的血腥犹存，介冈村人接纳并藏匿起一个大明王孙，需要怎样的勇气！这勇气的基础，除了共同的灾难经历，还有文化的认同。

入清后，八大山人在介冈鹤林寺"得正法"的前一年，饶氏族人重新获得新朝的进士门第。饶宇栻于清顺治八年辛卯（1651）中举人，顺治九年壬辰（1652）登进士第，授翰林庶吉士。这使饶氏族人对八大山人的庇护，有了足够的能力。尽管清廷对明宗室的追杀依然不断，但饶氏族人礼遇本村寺庙的外来和尚，是再自然不过的，只要没有告密就不会引起怀疑。

饶宇朴族弟饶植《鹤林晚钟》说的"钟吕何须说变宫，恰喜儒门收拾住"，指的就是这一义举："变宫"即"国变"；"儒门"即介冈饶氏。国变之后的八大山人，"恰喜儒门收拾住"，得到了介冈饶氏的庇护（"收拾住"）。

介冈的文化环境，是八大山人长期隐居介冈的最重要条件。他在这里沉浸于佛学与艺事，他的存世最早的书画作品"为京庵作《传綮写生册》十五开"，就产生在这里。

八大山人光照千古的瑰丽的艺术篇章，就此翻开。

在八大山人的人生及其艺术生涯中，介冈隐居是一个极为重要的时期。这个时期正是他的青壮年阶段，其人生观、世界观和艺术观的形成并走向成熟，都来源于这段相对平静的生活。没有介冈，也许就不会有后来的艺术巨星八大山人，清朝二百六十七年以来的中国书画史也许就得重写。

## 九、"解榻谈深夜月竦"

八大山人在介冈交往的最重要人物是饶氏十九世孙饶宇朴。他在《个山小像》上题写的长跋，使原本尘封在深厚的历史黑暗中的八大山人现出了眉目。

饶宇朴（1629—1689），字将文，一字蔚宗，号囧庵，别号鹿同。《饶氏十修族谱》记载他在家里排行第三，但才华和名气都甲于两个哥哥。"少聪颖绝人，读书目数行下，博古通今，与年俱进。精研艺，不以才伤格，尤长于诗、古文词：上规秦汉，下涉唐宋，卓然成一家言。又善书法，真草隶篆无体不工，有晋人遗意。"因此，许多读书人都争着与他交游。出身于两代进士之门的饶宇朴年轻气盛，颇以玉堂人物自期许，认识他的人也都以为然。每次乡试，主司及同考试官看重他的名声，很想收他为门下弟子。他始终不肯屈就。这种桀骜不驯，使他屡遭挫折，最终失意。顺治庚子年科考，乐安考场的阅卷房师（同考官）杨之麟看到他的试卷，惊奇赞赏不已，极力推荐给主考官。却因为"微疵"被排在了第二名。此后他就断绝仕念，不再参加科考。优游泉石，与方外的和尚交往，"殆有托而逃者矣"。"逃"是回避俗世，"托"是托尚老庄。

清初著名诗人施闰章（1618—1683）康熙己酉（1669）路过进贤，与饶宇朴相见，慨叹他身怀美才，却不能出为世用："婵媛嗟美人，胡为在容谷？"（《施愚山诗集·赠饶蔚宗秀才》）

与王士祯、施闰章交谊甚笃的文人陈允衡曾在介冈鹤林寺留有一首五古："两君出华胄，乘时当知遇。胡为亦操觚，往往觅佳句。屈宋多变声，李杜恒窘步。即得身后名，已失生前路。"（《江西诗征·卷六十五·国朝·一》）对饶宇朴出身名门而怀才不遇，也表现了无限的同情。

饶宇朴有著作多种行世，江西省图书馆现藏有他的《菊庄集》残本，当年曾经"一时传诵艺林焉"。《个山小像》上他的题跋是他传世的唯一书法，朗秀而有致，与八大山人"书法有晋唐风格"相类似。跋文显示出他的散文文字朴实、干净，而情采洋溢。他比八大山人小三岁，作为俗家弟子，与八大山人同师介冈鹤林寺住持耕庵老人，所以题跋署款为

"鹿同法弟饶宇朴"。

饶宇朴对八大山人的敬重是由衷的,对他来说,八大山人在介冈的存在,是饶氏家族以及他本人引以为荣的事。

顺治七年（1650）,临济派禅师晦山戒显云游介冈,在鹤林寺看见二十五岁的八大山人的书画,大为惊讶,觉得自己看到了宋代米芾《海岳庵图》《海岳名言》那样的作品:

路出湖峰野经纤,入门清绝此禅庐。疏林疑湧金焦画,宝藏犹悬海岳书。

松老千山来凤鹤,楼高十里见樵渔。招云醉月多幽胜,好摒闲谈半日余。

（释晦山《宿鹤林寺》）

米芾曾在镇江甘露寺西建海岳庵,门前横额题"天开海岳"四字,自号"海岳外史"。其子米友仁在自题《潇湘奇观图卷》中说:"先公（米芾）居镇江四十年,作庵于城之东高阁上,以海岳命名,此画乃庵上所见,大抵山水奇观,变态万千,多在晨晴晦雨间,世人鲜复如此。"米芾多次登上北固山眺望金、焦、南郊诸山,故所作金、焦两山的风景画皆"江势波浪……有气韵、有笔力。"（《图画宝鉴》）

作为明末清初的书家,晦山戒显惊叹八大山人的作品为"宝藏犹悬海岳书",顿时生出要与有"金焦画"笔力的作者喝一杯（"招云醉月"）,"好摒闲谈半日余"的念头。

晦山戒显（1610—1672）,江苏太仓人,俗姓王,名瀚,字符达、愿云。法号戒显,别号晦,又号罢翁。一六四四年崇祯皇帝身亡的当天,"……毁衣冠为法王子……"剃度出家。于顺治八年辛卯（1651）,

在庐山归宗寺受请，执掌江西云居山真如禅寺法席，当了十年住持，应请之前，在庐山住了两年。其间"探奇览胜，辄形诗文"，曾来游鹤林寺，好客的"邑人饶宇朴"照例陪同并与之唱和。

晦山戒显诗中的"疏林疑湧金焦画，宝藏犹悬海岳书"表明：

一、八大山人一旦安定下来，便开始了书画创作。

二、出手不凡。

"金焦画""海岳书"应该是对八大山人作品最早以文字形式出现的评价。尽管对八大山人的早期作品而言，这评价或许带有中国古代文人友好交往中的溢美习惯，但那份打心眼儿里的佩服是真切的。晦山戒显后来在顺治十八年（1661）"辛丑……遂移笠双峰"离开江西，再由湖北双峰到杭州灵隐，名望声震东南。但在到介冈的当时，对于同是难民、艺术上尚无名气的八大山人，一个"云游十方"无所欲求的和尚似乎没有特别恭维的必要。

> 山村昼掩禅关静，剥啄何来上客车。狮子座添刚十笏，鸡坛句好直双珠。
>
> 移樽坐久春灯乱，解榻谈深夜月竦。绕屋长松箕踞稳，龙鳞多是别朝余。

饶宇朴在与释晦山《宿鹤林寺》的和韵中，殷切地希望晦山戒显也能在鹤林寺长住下来，以使得"狮子座添刚十笏，鸡坛句好直双珠"。"鸡坛"者，交友拜盟之典。晋周处《风土记》有："越，俗性率朴，初与人交，有礼：封土坛，祭以犬鸡"，饶宇朴在诗里按捺不住兴奋地向晦山暗示了八大山人是鹤林寺的另一"珠"，是"别朝"所"余"的"龙鳞"。这"龙鳞"正自在随意得像是大不敬（"箕踞"）地"稳"坐在"长松"围绕的屋子里。

他们之间常常是"移樽坐久春灯乱，解榻谈深夜月竦"。

春夜深沉。深深的夜谈，除了佛禅，除了艺术，更有身处的苦难：大明的灭亡，宗室弟子的离乱，故园"王侯邸第荡于劫灰"以及"妻、子俱死"的噩耗等等。生灵涂炭，血海滔滔，夜月竦栗。

国破家亡的共同创痛，从佛问道的同出一门，加之诗、书、画艺的意气相投，使饶宇朴与八大山人的交往和友谊，一直保留到两人先后去世。

饶宇朴的卒年，未见明确的记载，他最后给友人所作序言的署年为"康熙己巳岁三月"，即公元一六八九年，他时年六十岁。其卒年至少在此之后。

## 十、"得正法于耕庵老人"

顺治十年癸巳（1653）。八大山人二十八岁。

之前已经来到"介冈之灯社"耕庵老人的法座下，以法名"传綮"的"比丘身"隐于介冈鹤林寺的八大山人，依照禅门的规制，经过一个长时间的认识过程——抑或说经过长时间的犹豫，在耕庵老人那里"得正法"，被正式收为入门弟子。

饶宇朴在《个山小像》上的题跋记载了八大山人遁入佛门后的灯统及师从：

> 个山綮公、豫章王孙……戊子现比丘身，癸巳遂得正法于
> 吾师耕庵老人，诸方藉藉，又以为博山有后矣……

"耕庵老人"是八大山人逃世生涯中另一位重要人物。八大山人以"比丘身"隐居介冈鹤林寺，耕庵老人的收留是必要条件之一。然后

"癸巳得正法"于耕庵老人，一直到耕庵老人在耕香院圆寂，耕庵老人是八大山人在佛门唯一的业师。这样一位先后相随二十多年的禅门长老，对八大山人一生的思想行为、艺术创作及作品，其影响都是至关重要和意义深远的。

耕庵老人（1606—1672），法名弘敏或宏敏，字颖学，号耕庵老人，江西瑞州府新昌县宜丰镇（今江西省宜春市宜丰县城区）陈姓人家的儿子。他生来就不吃荤食，天资非常高，有一次读到《楞严经》，便立志皈佛。天启六年（1626），果然在奉新从善乡头陀山定慧寺出家，由宗妙禅师剃度。后来参拜博山能仁寺的雪关道誾禅师，成为他的嫡传弟子。最终成为曹洞宗寿昌派系无明慧经的第三代法嗣。先住持进贤介冈鹤林寺，后在奉新芦田创建耕香禅院，为长老。是明末清初曹洞宗一位道行精深、法座尊显、弟子"门下如云"的高僧。康熙十二年（1673）编撰的《进贤县志》对他作了这样的介绍：

> 弘敏，字颖学。师天资高朗，机锋迅彻，而随分接引，多所拯拔。嗣博山、雪关和尚法。天界杖人以祖席属师提唱，师坚谢不就，种田博饭，隐居介冈之灯社及奉新芦田。字畊（耕）庵老人。刻有语录、诗文多种行世，与学宪黎公元宽、都科朱公徽、饶公宇栻相友善，咸敬礼焉。法嗣传繁，号刃庵，能绍师法，尤为禅林拔萃之器。

康熙二十二年（1683）赴京师的释超永，花了十年时间编撰、成书于康熙三十三年（1694）的《五灯全书》，将耕庵老人作为一代高僧，作了更为详细的介绍：

洪都奉新头陀颖学弘敏禅师，宜丰陈氏子。生不茹荤，阅《楞严经》，遂有出尘矢志。寻头陀宗妙微薙染，参博山阘，入侍寮，看船没子踪迹处话有省，随往渐主大慈掌记室……复自武林还瀛山，师为第一座。阘印以偈曰：昔年招手不思归，父子团圞信有时。满月琅玕鳞甲异，泼天风雨湿龙衣。是冬围涅槃，建牢堵。工竣，归头陀开法时受业迁塔……于无阴阳地上，建一座无缝塔，巧飞铃铎，妙叶烟云，八面玲珑，不事丹腊……可称尽善尽美……卓杖曰：眼底浑无金屑累，碌砖顽石尽生光。师生万历丙午正月二十四日，示寂康熙壬子冬十一月晦，世帮六十有六，僧腊四十有二，塔于本山。

《进贤县志》中所说"博山"指江西广丰县博山，为曹洞宗寿昌支脉，无明慧经的首座弟子无异元来在此设道场能仁寺，世称"博山禅师""博山元来"或直称为"博山"。而文中所说"雪固"，为雪关道阘。

关于雪关道阘，《正源略集》有如下记载：

信州瀛山雪关禅师，上饶傅氏子。……依景德寺傅公和尚出家。一日，见坛经"火烧海底"句，疑之。乃参博山来，来令究船子藏身公案，急切提斯……六载，大彻源底，开法瀛山。

"瀛山"即江西上饶（时为广信府）玉山瀛山寺，雪关道阘为其住持，并兼任博山能仁寺首座。

崇祯三年庚午（1630），博山能仁寺住持无异元来圆寂，首座弟子雪关道阘受请入住博山执掌法席。崇祯五年（1632），应福州请，入住福建鼓山涌泉寺。后又曾往杭州虎跑寺。最终回到瀛山寺。崇祯十年

（1637），在瀛山寺圆寂。

《五灯全书》记载的"洪都奉新头陀颖学弘敏禅师……参博山闿……"说明耕庵老人曾是雪关道闿的弟子。

雪关道闿圆寂后，耕庵老人离开瀛山回到头陀山定慧寺。博山能仁寺由无异元来的弟子雪碉道奉住持至顺治十二年（1655）离席。能仁寺的僧众于是"三请"博山的嫡传弟子耕庵老人前来担任住持。但是，耕庵老人却拒绝了（"攒皱眉而去"）。这年秋天，曹洞宗高僧、金陵天界寺住持觉浪道盛"命人走千五百里，书币踵至，情词谆切，嘱禅师主博山法席"。但是耕庵老人仍然"却而不就"，"固以辞"，"不主博山"。

觉浪道盛（1635—1659），字觉浪，号浪杖人，俗姓张，柘浦（今福建省浦城）人。少习举业，早有文名。十九岁弃儒入佛门，在福建鼓山涌泉寺出家，万历四十四年（1616）为无明慧经和尚祝寿，即在其门下受具足戒。与耕庵老人的业师雪关道闿为同辈，按曹洞宗寿昌派的法系，为曹洞宗第二十八世传人，是耕庵老人的师叔辈长老。他致书请耕庵老人继席"博山祖席"能仁寺的时候，在曹洞宗的声望已经是"展坐具阅历五十余年，声名洋溢，无间华夷"，影响极大。

这样一位大德高僧"命人走千五百里"，且"情词谆切"，耕庵老人仍然"却而不就"，致使僧、俗两道皆"咸相惊诧"，成为清初禅门轰动僧俗两界的一大事件，一时名声大噪，曹洞宗弟子以"国师"之誉，刮目相待于这位长老头陀。

耕庵老人"天资高朗，机锋迅彻"，道行精深，先是"瀛山师为第一座"，后是"随分接引，多所拯拔"八大山人这样的佛门弟子。他慈悲度人，"投诗相趋，至再至三"争取社会名流对寺庙的支持，在佛门深受敬重。他"刻有语录、诗文多种行世"，与清初大儒、文坛一流人物黎元宽、朱徽、饶宇栻"相友善，咸敬礼焉"，其学养在俗界也有相当地位。

他的俗世弟子闵鲋满怀崇敬地写了《耕庵敏禅师像赞》：

> 耕庵老汉，耕庵老汉，生平一具冰骨，历尽千槌百锻。芒鞋破衲，单丁法海，汪洋无畔。人雄蜂，喜破瑞老之双眉，却博山，不听天界之三唤。几多头出头没，但坐石上云边。冷看末后，应期定慧，也是某等牛头生按。问法者三十痛乌藤，非种草者一挥两段。如此手眼惊人，故能续洞上之嘉猷，所以瀛山门下，尊之为冠。

黎元宽的《募修永镇庵疏》记载：

> 耕庵和尚既簿主博山而不为……乃眷眷于三江一关之间，而勤勤于千佛七日之会。

"三江一关之间"的三江，指的是江西境内的章江、贡江和盱江；"三江一关之间"便是介冈。

耕庵老人何时来到介冈，史无记载，但从"癸巳"八大山人在介冈得其"正法"，可知他在"癸巳"之前，已经在进贤"隐居介冈之灯社"。

耕庵老人既深通禅理，又兼善诗文，这样一位高僧对出于宗室、渊源深厚的八大山人自然是一见倾心，毫不犹豫地"随分接引，多所拯拔"，使之"能绍师法"，终成"禅林拔萃之器"。

八大山人"癸巳得正法于耕庵老人"后，师徒二人在鹤林寺的青灯下，"教法"有本，"证法"有序，参究切磋，唱和有随。度过了一段相对平静的僧侣生活。

"勤勤于千佛七日之会"的耕庵老人时常带领僧俗弟子八大山人、

寂谷、饶宇朴在介冈周边游历吟咏。康熙《进贤县志·卷一·舆地志二·山川·十一》留有清楚的记录。

释弘敏标示八景诗：

狼籍威音臭味新，临风尝惜寻花人。香严未许从缘入，到此知谁扫客尘。

（《问香楼》）

微笑春风五叶浓，回看鸡足已迷封。水田条相分明在，剪碎烟霞好自缝。

（《袈裟岩》）

棱棱骨气巳空群，今日中流欲藉君。可怪自呈还自掩，顶门舒卷一天云。

（《摩云顶》）

梦回孤枕鹧鸪残，春雨萧萧古木寒。往事不须重按剑，乾坤请向树头看。

（《空花树》）

八大山人和韵：

十二风流曲曲新，闻香谁是问香人。若从此处寻花悟，缘起无端堕六尘。

（《问香楼》）

茫茫声息足林烟，犹似闻经意未眠。我与涛松俱一处，不知身在白湖边。

（《吼烟石》）

这样的师唱徒和，往往是业师测试弟子的品性、才情和禅学根基的常用方式。

作诗，八大山人是有童子功的。他一生的诗作证明他也是一个堪称优秀的诗人。邵长蘅说："山人有诗数卷藏箧中，秘不令人见，予见山人题画及他题跋皆古雅，间杂以幽涩语，不尽可解。"（《八大山人传》）我们现在能看到的他的诗多题在画上。早年的诗通畅自然，后来变得非常费解。其诗崇尚李白，僧道并重。

这两首和韵，是八大山人现存最早的诗。八大山人与耕庵老人唱和的诗还有《袈裟岩》《摩云顶》《空花树》《石门关》《呼青阁》《截流进》等，均已遗失，仅存诗名。

八大山人的诗，早期和晚期比中期更多若诗若偈的成分。这两首诗是很明显的偈语诗。诗步业师前韵，回答前诗所提的问题。

《问香楼》中，"十二"是佛教常用的一个数字，意在说明与佛的因缘；"香"为梵语中的"健达"，即佛的使者。以"闻香"对应"问香"，即指自己由闻香人变成了问香人；"花"，供佛的六种物品名之一。在佛看来，花有柔软之德，可使人心缓和。在这里，"花"即"佛"；"悟"即觉悟；"无端"，没来由，无缘无故。《五灯会元》卷十九："颠倒颠，颠倒颠，新妇骑驴阿家牵，便凭么，太无端，回头不觉布衫穿"；"六坐"，亦称"六根"，佛经的色、声、香、味、触、法，对应人的眼、耳、鼻、舌、身、意，则为"六尘"。六尘产生嗜欲，导致烦恼，故又叫六贼。

如此风流自在、事事如意的是谁呢？原来是那个由闻香人变成的问香人。这设问和回答，在表明诗人由"闻香人"到"问香人"转换的同时，暗含了佛门之外的悲苦——倘非身在佛门，哪来"十二风流"的曲曲新唱？接下来两句说，你之所以在"此处"（佛门）求解脱，其原因就是"堕"入了"六尘"。换句话说，你之所以遁入佛门，其原因就是被俗世怕死的观念困扰。

这类偈语诗，最典型的还有晚年《河上花歌》的"争似图画中实相，无相一颗莲花子"，说画中所见的物象，在佛家看是虚幻的无相，一颗莲花子便可包容，即"芥子里藏大千世界"。

吼烟石位于白狐峰的景山洞口，洞内有湿雾逸出，似如吐烟，又因山风大，在洞口形成吼啸声，故名。"闻经"是佛语"闻法"的沿用，即闻教法。《法华经·安乐行品》："合掌赞佛，闻法欢喜"；"林"，树林，佛教中的丛林，即寺庙；"白湖"，"湖"通"狐"，"白湖"即"白狐峰"。

清王朝尚处于平定江南的战事，明王子孙一个个被清政府擒杀，侥幸苟活着的"我"只能在吼啸般的茫茫叹息中遁入佛门，"犹似闻经"却"意未眠"。业师耕庵老人的《吼烟石》已觉察出这个"意"中对乾坤易主、山河破碎、往事成空的黯然神伤，以及仗剑复仇的冲动，因而提醒"往事不须重按剑"：乾坤很大，看远些啊。年长八大山人二十岁的耕庵老人，既是业师，又情若父执，充满了劝勉晚辈八大山人安于方外的拳拳之殷。而"我"接受业师的劝勉，已与丛林合为一体，不知身在何处了。

八大山人的诗格诗品诗境并不在师父之下。在他一生的书画上，遍布着他的既深思熟虑又狂乱随意的思想的痕迹。他的这首和诗既是对师父款款情意的酬答，也是一种自我表白：听到茫茫声息，看到满林烟雾，业已心凝形释，与万化冥和，物我两忘了。

《进贤县志》还记载了其他诗人的唱和诗：高入云中的石门关，烟霞万道的呼青阁，隔绝风尘的问香楼，铠甲嶙峋的袈裟岩，一线虚空的摩云顶，空挂澹烟的吼烟石，何知彻底的截流井……松阴如盖，孤峰独尊，古殿石门，龙象云窟，灵树空花。千山青翠，千村烟水，真如画图。让人直欲御风乘槎，飘然升仙。

已是释家的八大山人，这位"别朝"之"余"、"龙鳞"之"余"，与乡人"移樽坐久"，与云游和尚"好搀闲谈"，与师友在山野漫游作诗。介冈之外的杀戮与血污、卑劣与壮烈、遗民与新贵、天命与华夷之辨等等纷争，表面上都悠远而淡漠了。曾经那么纯真、聪明、热情充沛的公子哥儿消失了，代之而起的是一个老成、苍白、忧戚的青年僧人。

破碎的皂袜芒鞋，在扬尘的乡野踉踉跄跄；褴褛的宽布大衣，在曲折的峡谷飘飘摇摇。远处是满含了杀机的狂风，眼前是迷茫莫辨的陌路。悄无声息地，王孙遗落在林木茂密的褶皱。群星闪烁，野火远燃，新月从树梢落入潭底。匆匆的步履浸渍晨露，晨露浸渍旅程。

对于八大山人，这似乎是一段暂时放下了悲伤的日子：生活在一群善良而有教养的人们中间，每日参禅，领会佛理之余，寻山访水，吟诗唱和，渐入佛家宁静清远的境界。

当原有的一切都被剥夺之后，一颗残破的心，生长出新的生机。展开在八大山人面前的是另一处精神家园、另一层生命意义了。

然而，法名"传綮"，号"刃庵"，还是让我们看到了一个被迫的逃世者内心的挣扎："技经肯綮之未尝……恢恢乎其于游刃必有余地矣"（《庄子·养生主》），"綮"者，骨髓缝隙中的精妙，"传綮"乃传佛法之精髓；"刃"者，谐音"忍"，承传佛法精髓的人不过是一个"忍者"而已。与此同时，八大山人书画署名有"雪个"。"雪个"，雪上独一个，"个"似竹叶，雪上一竹叶，荒寒孤寂，萧然冷峭。又让人想起唐柳宗元的"孤舟蓑笠翁，独钓寒江雪"；还有"雪衲"，"雪"者，素白；"衲"者，僧衣。一身缟素，为谁哀丧！

荒园的野草枯了又生，穷乡的野花开了又谢，山雀子噪醒山寺的岁月。竹林外幽幽一潭，盛着绿荷的阔叶。钟磬在窗外颤抖，消磨了多少暗夜。茅檐泥墙下，雨痕是岁月的说明。香烟绕上禅堂，飞檐下的铃铛在午夜丁零。故国音书两不闻，夜静兀自对残灯，谁识我，茫茫苦海任浮沉。淡淡把旧页掩上，期待来日的黎明。

命运也许残酷，信念不会更易。逃遁与隐居，难免凄然。蛰伏的痛楚常人难以想象，思想的风暴在不为人知的深处汹涌。彼岸亦是此岸。冬风尽折花千树，历劫了无生死念。

深夜敲响的木鱼，是冷漠中擦出的火星。散在漫天的雨丝，忽而悠远，忽而切近，全不似庙堂里的一板一眼。

无须寻找木鱼声的来处。"一切有为法，如梦幻泡影，如露亦如电，应作如是观。"家国的沉沦，不过是无常的一种。需要的是内敛而不是宣泄。一如萌芽，将发未发的包孕，最是劲健。带了勃发的张力，氤氲一脉心香，柔弱而刚强，宁静而致远。木鱼声从黑夜穿过，让睡者听到智慧的呼唤，却又不致中断世俗的美梦。

空与无，原是存和有。走过了繁华，才知道什么是让人从心底温暖的最大方便。既不攀缘善恶，也不沉空守寂，一切时中行住坐卧动作云谓，皆有禅的境界。

法号穿透时光，让昏冥的心灵泅出神圣的金色。木鱼清越敲响，教人在心神最为清明的五更寻求精神的净化。

一面是超尘出世的青灯古佛、暮鼓晨钟，一面是奔涌不息、抑郁积聚的炼狱之火。从此，灵魂便游走在圣境与俗世的两极之间。


## 十一、"竖拂称宗师"

顺治十三年丙申（1656）夏，五十一岁的耕庵老人离开进贤介冈，前往奉新芦田创建"耕香院"。

康熙元年（1662）黄虞再修《奉新县志·卷十四·杂志·寺观》载：

> 耕香院在新乡，顺治十三年耕庵禅师卜基始创。

同治《奉新县志·卷四·建置一·寺观·七十五》载：

> 耕香院在新兴乡，顺治十三年僧敏卜基创。有八大山人匾二。

"新乡""新兴乡"皆是今奉新芦田乡。

追随耕庵老人一同前往建院的有诸"优婆塞弟子"（居士）。其中耕庵老人的俗世弟子闵甡为志其事，写了《耕香缘序》，说耕庵老人受印于瀛山雪老，"匿影孤岑，遁迹城市，已二十余年"。去年秋天，天界浪杖人命人走千五百里，书带踵至，情词谆切，请他去住持博山寺法席，他坚决却而不就，"断如也"。以至于"缁俗道流，咸相惊诧。"让佛门和俗界都大为惊异。他胸中一定有一段难测的隐情，而且事实上已经和盘托出了，只是我们太愚钝不理解罢了。今夏，我一瓢一笠经过新吴挂锡的旧处，跟"诸优婆塞弟子"商量，"为禅师结茅"。之后在芦田看中了一处"坐山面水，龙砂拥护"的"胜境"。因而感叹"此山自有天地以来，块然土阜，今遇波斯生面始开，人知为山幸矣……转为此方之人幸哉"。

释超永把耕庵老人创建耕香院载入了禅门典籍《五灯全书》。他这样评价说："于无阴阳地上，建一座无缝塔，巧飞铃铎，妙叶烟云，八面玲珑，不事丹蠖。"以其质朴无华而"成就庄严……可称尽善尽美……眼底浑无金屑累，碌砖顽石尽先光"，说是"碌砖顽石"，却尽得先人之光。

耕庵老人往奉新芦田创建"耕香院"的岁末或次年初，八大山人也一度离开进贤介冈灯社，到奉新芦田和师父一道，参与耕香院的创建。

从顺治十三年（1656）耕庵老人往奉新芦田创建耕香院，到康熙五年（1666）年底八大山人离开介冈鹤林寺，是八大山人在介冈鹤林寺生活十五六年中的后十年。这期间，耕庵老人往来于进贤介冈与奉新芦田之间，八大山人也在后期往返于两地，协助耕庵老人处理耕香院日常事务，并最终离开介冈鹤林寺，来到耕香院。

汉唐时期，佛教传入中国，朝廷将弘法场所冠以"太常寺""鸿胪寺"的官署名称，"寺庙""寺院"一直沿用至今。寺院分为两类，一类是"丛林"或曰"十方"；一类是"小庙"或曰"子孙"。"院"在"寺"下，或建筑规模较小的寺为"院"。鹤林寺以"寺"名，耕香院以"院"立。奉新芦田耕香院是进贤介冈鹤林寺的"子孙"。子孙寺院住持由师徒传承。八大山人在介冈鹤林寺"得正法"于耕庵老人，其后耕庵老人又"法嗣传繁"将鹤林寺交由八大山人住持，那么，耕庵老人身后，作为他的继席弟子，耕香院也就只能由八大山人来"法嗣"。

耕香院建院开始一年多，顺治十五年戊戌（1658），奉新头陀山定慧寺住持冲公禅师圆寂。这是耕庵老人出家的寺庙，由他继席住持是顺理成章的事。冬，人们做好了迎接的准备。闵钺作《贺头陀颖学禅师入方丈》：

> 古寺禅灯不计秋，如今亲见玉毫浮。道光的的辉千室，洞水滔滔浸十洲。善走金吾都拜下，钻窗蜂子亦衣枢。从兹莫令孤高煞，不尽慈肠呕不休。

临行之前，对八大山人的才情、悟性和禅学修养等皆极满意的耕庵老人，让跟随自己参与耕香院建院的八大山人回到进贤县的介冈，代师管理鹤林寺。

次年春，耕庵老人来到头陀山，入主定慧寺法席。但是，在"受业迁塔"一类寺庙日常事务中，耕庵老人与寺内僧众时有龃龉，仅仅过了一年，第二年的春天，耕庵老人就"留之不可，拂衣而退"。

奉新头陀山定慧寺作为耕庵老人的薙染之地，耕庵老人对其无疑是有感情的，既已前来住持，最终却又不得不"拂衣而退"，这更坚定了耕庵老人的决心：一定要将自己创始的耕香院建好，使之真正成为一座树雄幢、震法鼓、宗风广庇、甘露广沐的禅林宝刹。

耕庵老人离开头陀山定慧寺，回进贤介冈，将鹤林寺交由八大山人住持，自己则全身心投入"耕香院"建设，也为八大山人日后继席耕香院担任住持做好铺垫。

为了将一个前朝王孙"拯拔"成佛门大德，业师耕庵老人真可谓是竭尽心力。

八大山人于是由一个普通的禅和子，成为一个佛门大刹的住持长老。

剃度后的最初十年，八大山人潜心学禅，在佛门中的地位迅速上升。顺治十七年（1660）接替耕庵老人住持介冈鹤林寺时，年方三十四岁，便"竖拂称宗师"，聚徒讲经，成为禅宗曹洞宗寿昌派下的第三十世传人。

博山元来以下世系的二十字是：

　　　　元道弘传一，耕光普照通。祖师隆法眼，永播寿昌宗。

"元道弘传"即"元来""道耕""弘敏""传綮"，皆为曹洞支脉。据此，我们可以将耕庵老人在曹洞宗的诸代法系以及八大山人在曹洞宗寿昌派系博山一支的法系脉络排列如下：

曹洞宗寿山法系廪山常忠（1514—1588）嗣传无明慧经（1548—1618）；博山元来（1575—1630）嗣其衣钵乃为曹洞宗二十七世；雪关道闇（1584—1637）嗣为二十八世；松溪弘恩，瀛山成峦，耕庵老人（1606—1672）嗣为二十九世；八大山人嗣为三十世。

曹洞宗是"曹山"和"洞山"的合称。曹山在江西宜丰县东北三十里，山有荷玉寺；洞山在江西宜丰县东北五十里，山有普利院。禅宗慧能下分菏泽、青原、南岳三系。菏泽一系不传。青原、南岳两系演为临济、曹洞两宗。曹洞又称洞曹。自六祖慧能法传青原慧思—青原传石头希迁—石头传药山惟俨—药山传云岩昙晟—云岩传洞山良价，弘法于江西宜丰洞山——洞山传云居道膺和曹山本寂，本寂弘法于江西宜黄曹山。后人始立云居和曹山为曹洞宗。根据宗派源流定规，以云居和曹山本寂为曹洞始祖，又以寿昌下旁出博山无异元来为支祖，八大山人在奉新剃度为僧，嗣席曹洞宗寿昌法系博山的门庭，为曹洞寿昌法系三十世。

这便是饶宇朴《个山小像》题跋中所说的"博山有后矣"。


## 十二、"灌园长老"

八大山人于一六六〇年七月至十二月间所作的《传綮写生册》上，可以见到"灌园长老"的款署，这是八大山人继席鹤林寺即担任鹤林寺住持的标志。

作为逃难者以"比丘身"进入介冈鹤林寺的八大山人，无论有多么无奈，还是接受了既成的事实。十五六年间，他的佛门修行是认真的。佛法的修持、禅门日常的法事等佛门必有的一切活动，是他这一时期生活的主题。黎元宽的《募修永镇庵疏》记载的"耕庵和尚……勤勤于千佛七日之会",作为其衣钵的继承者,他都必须做到。

僧侣们在禅堂中过着清苦严格的生活,农禅并重,"一日不作,一日不食"。同时进行参省。早殿:每日清晨寅丑之间全寺僧众齐集大殿,做"五堂功课",念诵《楞严咒》《大悲咒》《十小咒》《心经》。八大山人晚年常书写《心经》,用《楞严经》经文内容制印章,这是一个重要的学养源头。晚殿:三堂功课,诵《阿弥陀经》和念佛名;礼拜八十八佛和诵《大忏悔文》;放蒙山施食。每日早斋和午斋,依《二时临斋仪》以所食供养诸佛菩萨,为施主回向,为众生发愿。

除了日常行事,每月望(十五日)、晦(三十日),寺内僧众均齐集一处,共诵《戒本》,自我检查有无违反戒律,谓之"诵戒"。僧侣必须遵守一系列名目繁多的禅堂规约。

寺院的纪念日颇多:正月初一弥勒菩萨诞日;二月十九日观音诞日;二月二十一日普贤菩萨诞日;三月十六准提诞日;四月初四文殊菩萨诞日;六月十九日观音成道日;七月十三日大势至菩萨诞日;七月三十日地藏菩萨诞日;九月十九日观音出家日;九月三十日药师佛诞日;十一月十七日阿弥陀佛诞日,等等。而一年最大的两个节日是四月初八日的"佛诞日"和七月十五日的"自恣日"。"佛诞日"要举行"浴佛法会",以香汤沐浴释迦牟尼太子像,旋绕佛塔,举行"天降节"。"自恣日"要举行以超度历代祖先宗亲的"盂兰盆会"。

这两个节日,是佛门的"佛欢喜日"。八大山人不论心情如何,都必须与众僧随喜同乐。

另外,还有"谶法""打七"两项例行活动,八大山人也都必须依循定制参与和修持。此外的重要佛事还有"水陆法会""焰口施食""斋天"和"放生"。

寺院是僧人的"福田","谶法"一类法事是寺院的经济来源,是寺院获得"供俸"和"供养人",得以维持并发展的必要生存手段。

住持长老是禅堂的精神支柱。八大山人不仅必须遵守这些佛门的清规制度,参与这些佛事活动,还必须以此约束和组织所有寺中僧人。他之所以被公认"尤为禅林拔萃之器",得到僧俗两界的赞誉,是以他曾严格遵守、完全熟悉,并实施这些佛门的清规制度和佛事活动为前提的。

我曾在曹洞著名禅林云居山真如寺与僧人同处多日,对寺庙生活略有感受。我们不妨一起来闭目冥想一下庄严肃穆的禅林中的八大山人。

赣中北,峰峦奇秀,溪流蜿蜒,禅坐四顾,不啻西天宝林。菩提香樟,古树参天,浓荫蔽日,护持着一处远离尘嚣的清净胜境。一大片袈裟般的阡陌田亩中间,掩映在丛林中的寺院,在一抹清冷的阳光底下,梵宇幢幢,香烟霭霭。

重重楼堂廊阁里,脚步匆匆的僧众谨遵百丈清规,一粥一饭,持午因时,亦步亦趋,悉守仪范。门、窗、柱、阶、菩萨、香案,到处一尘不染。连院子石缝中间的杂草,也拔得一根不存,而树冠高大的常青树枝叶婆娑,熠熠发光。殿宇里青烟似有若无,帷帐中佛像金光闪烁。

多静坐以收心,寡酒色以清心,去嗜欲以养心,诵古训以警心,悟至理以明心。世间法相,皆属幻化,如镜中花,如水中月,无有真实。唯清言有味。唯一心念佛,为往生资粮。佛说爱欲莫甚于色,色之为欲,其大无外。爱欲之人,犹如执炬逆风而行,有烧手之患。

三十多岁的头陀长老,面色苍白,头皮发青,虽然保持着出家人的恭谨,举手投足之间还是透露着灵动,在烛火的映照中气韵清朗,神采俊逸,只有眉目之间不时掠过一丝忧郁。

这样一个人何以要皈依三宝?一个人灵魂留在此处,却强使身体走向与此处对立的彼处,这样的分裂,会是一种快乐自在吗?

月上中天。半夜里黑炭烧完了，火将熄未熄，寒气从门、窗、瓦和地板的缝隙里逼入，蜷缩在寒衾里的人辗转反侧。只得坐起，拥紧被子，无言对窗户。

外面是走廊，走廊外面是院子，都在黑暗中。院子另一面的山墙上，上面一部分是被月亮照出的一大片惨白，下面一部分是一片嵯峨狰狞的黑色轮廓，那是装饰了兽形的祖堂屋脊和屋顶的投影。这截然相反的黑色与白色，在深如海底的静寂中强烈地冲突着，仿佛是一种撕裂人的声音，让人觉出被世界所抛弃的悚然。

远远的什么地方，蓦然响起击打声。"嗒，嗒嗒，嗒，嗒嗒"，节奏分明而均匀。细听是硬木板笃打石地的声音。"嗒，嗒嗒，嗒，嗒嗒"，声音在巡回移动，清脆得没有一丝杂音。在深深的山、深深的夜、深深的寺院里，这声音一直击打到人的心灵的最深处。

一个僧人，在万籁俱寂中，独自持着禅杖，迈过黑暗的门槛，穿过清冷的院落，踽踽地走着，坚忍而娴熟地用禅杖击打着一扇又一扇门前的石阶。庙堂永远醒着，犹如佛座前的香灯长明。

要上早课了。

钟声响起，低沉而洪亮，悠然而深长，仿佛是从地的深处生发出来，先是在楼阁之间回旋，然后又远出寺院之外，在周遭环立的山峰之间冲撞激荡。节奏由缓而急，终至如万马奔腾，排山倒海。万山之巅，庄严梵宫，这一片震人心魄的轰然巨响，仿佛是要唤醒一整个浑浑噩噩的世界。

大殿里，众僧已经集齐。除了生病的、长年坐禅的，以及在大寮、厨房和关口分派了职事的，寺庙中所有的和尚都须上大殿。殿上香烛明亮，磬钵齐鸣。僧人们一脸正色，双手合十，叩跪礼拜，念诵经文。大殿里有一种森然的气氛，压迫着人们屏息静气，不敢稍有放肆。

早课持续了两小时。外面，庙召打响了磬板，到上粥座（早饭）的时间了。

殿上的和尚们依旧双手合十，鱼贯走出大殿，悄然进入斋堂。天未明，斋堂居中的香案上闪烁着一盏昏暗的油灯，几步之外便渐近黑暗。斋堂上的条桌和条凳都是用木板极简陋地钉起来的。僧人们默然地依次坐好，等待着斋厨的职事们依次分发碗筷。

一声铃后，便响起一片诵经声。诵经毕，几个和尚分别抱着木桶，分发米粥、咸菜。接着是吸吸溜溜的喝粥声。粥勉强可以喝完，咸菜则难以入口，光是那一股酸味，就让人觉得满口牙齿松动。皈佛的道路，谈何容易，光是口腹这道关，便不好过。

又一声铃响，宣告早斋事毕。

粥座之后，僧人们上山的上山，下田的下田，打坐的打坐，扫地的扫地。

天已明亮，院中的一切都清爽。清晨的寒气凛冽，各人的口鼻喷着白气，在眉毛上凝成了珠子。褪色却洁净的海青长衫，在晨风中翩然鼓动。行走中步履正直平稳，一步落实之后，再迈第二步，上身始终保持端正，决不俯仰动摇。两只垂下的手臂略略张开，随着脚步，在身后缓缓摆动。其动静威仪，一派修行本色。

四周如屏的山峰一派苍然，肃立相峙。头上，天色清淡，纤尘不染，覆盖在群峰上像帐篷的穹顶。离太阳出山尚早，山野仍沉在梦中。二重山门之外，在禅田作务的僧人拖着悠长的声音依稀唱着：

……手把青秧插满田，低头便见水中天。六根清净方为道，退步原来是向前……

抬起双臂，伸展开来，似乎想要拥抱什么。山下的众生多在酣睡，僧人已经劳作多时。僧家与俗家分别，这也算是一种吧。

除了行事说话上的等级之外，用斋以及其他日常生活，住持同僧众平等无差。像耕庵老人那样声名远播的一代高僧，与周围的僧人并没有什么显见的异处。眉目面孔与其说是个大法师，不如说更接近一个老农民。倘有人说慕您老的高名，他便仰起头呵呵笑说："什么名不名啊，一个老朽衲子罢了。"

参禅无非是去掉自心的污染，显出自性的光明，最后见到自己的本来面目罢了。如果只是想清净，早已不是清净；怕烦恼，早已堕在烦恼中；望成佛，早已离了佛道。僧人们日日运水搬柴，锄田种地，乃至穿衣吃饭，其实都是修行佛法的功课。

守祖训，严规矩，正道风，这是他的使命所在。不向寺庙结香火，此身何处是归宿？

人从桥上过，桥流水不流……漫将无孔笛，吹出凤游云……饥来要吃饭，寒到即添衣。困时伸脚睡，热处爱风吹……烟收山谷静，风送杏花香。永日萧然坐，澄心万虑忘。有形终归灭，不灭惟真空。但看曹溪水，门前坐松风。

头陀长老行走于迷茫。香客接踵，信众熙攘。燃烛跪拜者，多少人只为祈福，多少人诚心问道？莲花盛开，多少人花篮空空，多少人芬芳满心？来来去去，多少人依旧是迷人，多少人豁然贯通？

听流水潺潺过庭前，看落叶寂寂飘阶下。斋堂里青菜豆腐和水煮，瓦檐下晨钟暮鼓答青磬。经书在案上翻动，念珠在指间轮回，袈裟飘忽在雨巷，菩萨微笑在莲座。孤独的安详但愿永恒。

## 十三、《传綮写生册》

以八大山人的智慧，应对那些日复一日、年复一年繁琐却单一的程式化的佛门事务，绰绰有余。像"勤勤于千佛七日之会"的业师那样兢兢业业地履行住持长老之责的同时，八大山人"间以其绪馀，为书画若诗奇情逸韵"（饶宇朴《个山小像》题跋），在使他日后获得巨大成就的艺术之路上精进。

禅是乱世志士的智慧修行。八大山人的走投无路而为僧，是在地狱间行菩萨道，而书画之于八大山人，同样是修行问道的途径，承载道法的器具，在笔行墨运之间了悟浮幻人生的生死流转，以背负苦难的艰难步履走寻求解脱之路。

世人目前可以看到的八大山人最早的传世作品，是他在顺治十六年己亥（1659）七月至十二月所作的《传綮写生册》。

《传綮写生册》共计十五开：瓜果、花卉、玲珑石、松等画作十二开；书法三开，楷书、章草、行书、隶书于各页题诗偈十首。

关于《传綮写生册》的创作，八大山人以"灌园长老"款署作了题跋：

己亥七月，旱甚，灌园长老画一茄一菜，寄西村居士云：半瞵茄子半瞵蔬，闲剪秋风供苾蒭。试问西村王大老，盘餐拾得此茎无。西村展玩喷饭满案，南昌刘漪岩闻之，且欲索予《花封三啸图》。余答以诗云：十年如水不曾疏，欲展家风事事无。惟有荒园数茎叶，拈来笑破嘴卢都。漪岩仍索三啸不听。十二月松门大雪，十指如槌，三两禅和煮菜根，味颇佳。因念前事为京庵兄作数茎叶于祝釐上，可谓驴拣湿处尿，熟处难忘也。京庵日侍维摩方丈，知南方亦有此味，西方亦有此味，穷幽极渺，以至于卒地折、曝地断，又焉知三月不忘肉味哉！诚恐西村、漪岩两个没孔铁槌，依样画葫芦耳。灌园长老题。

题跋交代了《传綮写生册》产生的来龙去脉：一六五九年七月，大旱。灌园长老画了一个茄子一棵白菜，寄给西村居士，题诗说："半鳞茄子半鳞蔬，闲剪秋风供芯葖。试问西村王大老，盘餐拾得此茎无。"西村居士收到画，展开玩味，笑得喷饭满案。南昌刘漪岩听说了这件事，就要向我索求《花封三啸图》。我写诗回答："十年如水不曾疏，欲展家风事事无。惟有荒园数茎叶，拈来笑破嘴卢都。"可刘漪岩不听我的，坚持要我的《花封三啸图》。十二月松门地区大雪，天气很冷，人们十个指头冻得如小槌邦邦硬，三两个禅门和尚煮菜根，吃得津津有味。我于是想到以前为西村居士画画的事，就在贺帖上为京庵兄画了几茎菜叶。可说是驴拣湿处尿，难忘熟悉的地方啊。京庵兄每天侍奉维摩方丈，知道南方和西方都有这种煮白菜根吃的味道。想尽了办法到处找，以至于死在地里的菜根都被挖出来，露出地面的菜根更是被找光了，又怎么知道孔子的三月不忘肉味啊！我是真担心西村、漪岩两个像没孔的铁锤似的实在人，又依样画葫芦——像以前一样看到给人画画就非要不可。

于是就有了这本《传綮写生册》。

《传綮写生册》是八大山人书画创作起步时期的标本，是八大山人书画艺术的源头。

瑞士心理学家荣格指出："就艺术作品而言，我们必须考察的是一种复杂的心理活动的产物，这种产物带有明显的意图和自觉的形式；而就艺术家来说，我们要研究的则是心理结构本身。在前一种情况下，我们应该尝试从心理学角度对某一明确限定的具体的艺术成就进行分析；而在后一种情况下，我们必须把活生生的富于创造力的人类当作一种独特的个性来加以分析。"(《心理学与文学》)

艺术家的成长是一个循序渐进的过程。今人只能依据八大山人作品上的题款来认识作品创作的时间，因而不得不以年份将八大山人的创作加以切割分期。然而就其创作的实际而言，随着时间的推移，不同时期、不同境遇以及思想的成熟和技法的熟练程度不一，艺术表现以及作品成就之间的差异是逐渐演变过渡的，而不是可以截然地、机械地划分的。

八大山人画是典型的文人画。通常"文人画"多取材于山水、花鸟、梅兰竹菊和木石等，借以发抒性灵情愫。标举"士气""逸品"，崇尚品藻，讲求笔墨情趣，脱略形似，强调神韵，重视文学的修养和意境的缔造。所谓援诗入画，趣由笔生，法随意转，"言不必宫商而邱山皆韵，义不必比兴而草木成吟"（姚茫父《中国文人画之研究·序》）。近代陈衡恪讲"文人画有四个要素：人品、学问、才情和思想，具此四者，乃能完善"。"知画之为物，是性灵者也，思想者也，活动者也，非器械者也，非单纯者也。"八大山人画从一开始就表现出强烈的主观写意倾向，力求神似而不求形似。事实上处在逃亡中的八大山人，也无法像其他画家那样畅快淋漓地挥洒笔墨，直抒胸臆，只能借隐晦幽涩的诗文与造型奇异的物象来抒发强烈的主观情感，并以隐喻和象征来表达寓意。

当然，这并不排除他在《传綮写生册》中表现出因为模仿的生涩带来的对写实的拘泥。受到明代画家周之冕（1521—? ）、陈淳（1483—1544）、徐渭（1521—1593）等人的写生传统的影响，《西瓜》《芋》《石榴》《水仙》《草虫》等自然物象精谨细致，稳健真实，一虫一叶都栩栩如生。《花果图》中的石榴画得有声有色，石榴籽被点染得晶莹剔透，枝叶活泼轻柔淡雅，与墨色沉厚的石榴形成强烈的对比，饱满厚重的自然质感跃然纸上。画面右侧的梅花具象地刻画出了梅花特有的高贵和傲骨。石榴与梅花的生命气息借笔墨的晕染在墨色的浓与淡、虚与实的对比中油然而生。

八大山人印章有"石癖"一款。他一生喜欢治印刻石，对各类石材爱不释手。清康乾时期著名诗人、书家陈梓（1683—1759）所著《删后文集》中，即有两篇说到八大山人的好石刻砚。

其一，《黄金鼎几记》："小春望，命门下，掇八大山人砚铭。味其字画之古雅，为神往。"

其二，《宝稽堂记》："余癸丑馆邗江，虎林周秀才携一古水坑，仅三寸余，腹镌草书云'稼穑为宝，代食惟好'，末尾曰：驴。乃八大山人真迹也。草法不令，刀法出文彭。石索值昂甚，不可得。"记载中所说的"古水坑"，是上等石材。

八大山人现存世尚有一百多方印章，是他的"石癖"的证明。

其"石癖"的另一个突出证明是好画怪石，邵长蘅《八大山人传》说："山人……亦喜画水墨芭蕉、怪石花竹……"龙科宝《八大山人画记》也说："山人……最佳者松、莲、石三种，有时满幅止画一石……"

对于中国文人士子，石是崇尚自然的审美对象，又是磊落昂扬的品性象征。经由绘画的"移情"观照，石转化为人格的结晶。苏东坡画枯木怪石，"枝干虬曲无端，石皴亦老硬，怪怪奇奇，如其胸中盘郁"。八大山人画石，更是以石之嶙峋，写胸中块垒。

《传綮写生册》中的《玲珑石》有诗《题玲珑石》，又名《题奇石图》：

击碎须弥腰，折却楞伽尾。浑无斧凿痕，不是惊神鬼。

印款：灯社、雪衲。

"须弥"即须弥山，佛典中的山名，又译为妙高山、妙光山。传说山在海中，上为帝释天所居，四周有四天王居所。须弥也可用来比喻佛。《三藏法数》载：须弥为"十山王"之一谓，此山为纯宝所成。又有：在"南瞻部洲"，处大海中，"四天王居山腰四面，仞利天在山顶。""楞伽"为锡兰岛本名，岛上有山，乃"佛说楞伽经之所在地"（《佛学大辞典》）。楞伽九山八海，山水相间，周围八山八海为铁围山，拱护中心之须弥山，山顶为帝释天所居。"楞伽"有险绝的意思，凡人不可往。《三藏法数》说："惟神通方能到。"《楞伽经》，为佛入楞伽山所说的经典，被禅宗始祖达摩用作禅宗"印心"的根据，故禅宗亦称楞伽宗。

八大山人把一块占据着画面五分之三的莫名其妙的石头，说成是来自神仙居住的地方，按主观意图将具象任意变形，甚至完全抽象，让一块玲珑剔透、洞空怪异的石头有了灵魂。诗中说：这块没有人工斧凿痕迹的天然奇石，是从楞伽山折断下来的。应该没有惊动须弥楞伽这些佛和神聚集的圣山上的神鬼吧！无疑是诗人兀傲性格和独特思维的自比。

在文人画的形成和发展过程中，无数大师做过无数可贵的探索。但是，真正让文人画从清高的文人圈子走向民众，使之得以全面普及和发展，八大山人居功至伟。

八大山人的早期作品还有《花卉册》十开，其中第四幅《怪石》即署的是"石癖"二字。画上怪石构图简练，石形奇拙古朴。用笔侧锋拖抹，所写苔点呈三角形，所皴笔法均用乱锋点擦。与《传綮写生册》中的《玲珑石》极为相似。

《巨石微花图》中，巨石严酷，小花淡然出于石缝，不可辱没，泰山压顶而心灵笃定，是一个圆满具足的世界。这是艺术的尊严，更是做人的尊严。

八大山人《传綮写生册》和康熙五年所作《墨花卷》的花鸟画，用笔较方硬，刻意模仿前人笔法，题材、布局也未脱前人窠臼，画面结构乃至物象造型皆较为单一、平板而缺乏变化，过度的写实影响了情感的表现。但是，由于笔墨功底扎实，用笔简率，墨色纯净，画面疏朗，形象生动，构图质朴天真，不求物象完整，一派不拘一格的大家气象已意蕴其中，预示了他未来的发展。

《传綮写生册》上的书法作品是现存八大山人最早的纪年书迹，其中书法三开，题识七段，有三段写在同一开上。这十段文字中有五段楷书、一段草书、一段隶书、三段行书。

这是八大山人书法创作的学习和积累阶段，一部册页中几种书法风格同时存在，行书呈现出混杂和不成熟，对前代诸多书体多所揣摩。

八大山人书法创作之初临习了较长时间的唐代著名书法家欧阳询、欧阳通父子的楷书。欧阳询书法源自二王，兼取北碑，点画瘦硬、笔力刚劲、法度严谨，史称"欧体"。欧阳通承父学，但更具隶意。《传綮写生册》上的楷书端肃严整，结构匀称，点画妥帖，法度森严。有意夸张了某些笔画，如横画收笔以及某些捺笔的隶书意味，或许是潜意识中突破规范的欲望使然，但不失稚弱。《传綮写生册》上的草书为章草，较为拙涩。隶书则显生硬。唐代楷书把运笔的复杂操作放在笔画的端点和弯折处，并且用提按的方法来突出这些部位，这种笔法影响到唐代以后整个书法史，甚至其他各种书体的书写。处于学习阶段的八大山人的隶书（也包括他的草书），用的也是这种笔法，与他后期的笔法几乎完全对立。三段行书情况不一：《西瓜》题诗笔画流畅，圆转软滑，乃当时流行书风；《牡丹》题诗接近楷书，笔画和结构倾向追求个人风格；诗《无题》字体结构各不相同，有的匀称妥帖，有的松散稚嫩。王羲之的《圣教序》、李邕的《麓山寺碑》，以及董其昌的影子闪烁其中。

清康熙年间学董字是一种时尚，八大山人自不能外。董字洒脱、清淡、自然，整幅视之，超出尘外，集中了八大山人所注目的大部分书法家的成就。在做过各种尝试之后，董其昌成为八大山人的重要选择。这使他的行书很快摆脱了混杂局面，上升到新的水平。八大山人早期的行草已颇得董氏神韵，疏朗、雅致、流畅，但较董字单薄。他学董字大约到四十多岁，四十二岁所作《墨花图》上的题识五段，结字、笔致全学董其昌，学得形神兼备，是纯正的董字。

总之，八大山人早期的书法创作既显示出他对各种笔法和造型的敏感，也显示出他开拓视野以创造个人风格的愿望。《传綮写生册》为以后若干年在书法创作上对古人书风的集大成奠定了坚实的基础。

《传綮写生册》的绘画和书法，其艺术水准较之于他晚年的经典作品都有较大的距离。从三十四岁时的《传綮写生册》到四十九岁的《个山小像》的十数年之间，八大山人的书法多临习，花鸟多模仿，审美物象与主观意识之间存在着拼合的痕迹，且幅度小巧，缺乏他后期作为一个成熟艺术家主体意识的宏大和高远。这只能说明，大师同样是在不断的摸索与锤炼中形成的。从三十到五十岁长期师法董其昌学习黄庭坚之后，八大山人又反复临习《兰亭序》，并且终生不倦。

永远有新的学习对象，这正是八大山人成为伟大艺术家的一个重要原因。

八大山人早年的这套画册，对于研究八大山人及其艺术风格的形成、艺术观念的建立，有着极其重要的意义。

在《传綮写生册》上，八大山人用题诗题跋多方面地总结了国难以来的感受，成为对难忘岁月的一种深切纪念。遁世的八大山人，在自心的炼狱中经历着常人不可想象的困苦煎熬，国破家亡的痛楚，无依无着的悲凉，一个王室子孙纠结的碎梦，"汩渤郁结"。司马光的父亲、宋代司马池一生只留下一首禅偈般的诗《行色》："冷于陂水淡于秋，远陌初穷见渡头。赖是丹青无画处，画成应遣一生愁。"八大山人正如此诗所言，将人世深重的羁旅行愁，宣泄遣散于丹青。书画为诗，长歌当哭，抑塞之情溢于绢素。

《传綮写生册》款署"灌园长老"。八大山人当时已是鹤林寺住持，这个身份为他这一时期作品的流传，提供了保存、收藏、流传的空间。《传綮写生册》先传入地方官府，而后进入宫廷。得以躲过诸多劫难，保留至今。

《传綮写生册》外，佛门内外流传和收藏的还有不止一套类似题材的作品。

# 十四、"临川十咏"诗会

对八大山人来说，住持地位并没有带来太多的欢喜，相反，他当时的心境似乎更渴望抒发。成为鹤林寺住持这一年的下半年，八大山人忽然作了多幅画，题了多首诗。在这些画和诗里，委屈、辩白、无奈、自勉，五味杂陈：

尿天尿床无所说，又向高深辟草莱。不是霜寒春梦断，几乎难辨墨中煤。

（《题墨花》）

诗借墨花之黑，比喻当时的处境。"尿天尿床"，是释迦牟尼的话，即昏天黑地。要不是当初因为"霜寒春梦断"了，怎么会搞得像现在这样"墨中煤"似的难以分辨。

《传綮写生册》中的《题双西瓜图》三首题画诗，以八大山人特有的语言符号和词汇方式，表达了画作隐藏的意蕴：

> 无一无分别，无二无二号。吸尽西江水，他能为汝道。
>
> （《题双西瓜图》之一）

"无一无分别"，禅宗六祖慧能有："烦恼即是菩提，无一无别。""无二无二号"；禅宗二祖慧可有："法佛无二……佛法无二"；"吸尽西江来"是禅门话头"吸尽西江水"的活用。

画上画的是两个西瓜，穿插重叠。诗是现在所知八大山人在画上具有正确纪年的最早题画诗。诗里说：无与一没有什么区别，无与二也不存在差异。那么，一与二的差异又在什么地方呢？西瓜秧吸进西江水，结出了一个又一个西瓜。就是从无到有，从无到一、到二。

八大山人在这里点触的是禅学的"无一观"，"是一是二，无一无二"是禅宗世界观的根本命题。禅宗始祖达摩、二祖慧可、三祖僧灿直至六祖慧能以及历代许多著名禅师，对此皆有阐发。在禅宗看来，"有"是幻觉是梦境。世界万物的存在，是因为有"我"，"我"不存，就什么都没有，彻底否定了一切客观事物的存在，更否定了一切求生存的努力。八大山人说的"无一无分别"是本质的、具象的，而"无二无二号"是非本质的、抽象的。万物万法并不平等，一切应从"无一无分别"的具体出发。这个本质与非本质、具体与抽象的命题，是逻辑性的，但他又用"吸进西江水，他（佛祖）能为汝道"作了非逻辑结论。

宋人普济有诗："待汝一口吸尽西江水，万丈深潭穷到底。掠约不是赵州桥，明月清风安可比。"曹洞《潭州道吾真禅师语要》："上堂，一切智智清清，无二无二分。"又道"无法可说是名说法"。《五灯会元·卷三·庞蕴居士》："问曰：'不与万法为侣者是什么？'祖曰：'待汝一口吸尽西江水，即向汝道。'"佛法的旨要，言语是难以尽说的。

这就是矛盾的八大山人。

　　和盘拓出大西瓜，眼里无端已着沙。寄语土人休浪笑，拔开荒草乱如麻。

（《题双西瓜图》之二）

"眼"，六根之一。"眼里着沙"，禅典。"土人"，当地人，佛门同修。"拔开荒草"，即拔草，禅家话头。

这首诗题于《双西瓜图》的偏中的左上方，行草出之，杂有章草和汉隶笔意，用笔沉稳。三首题画诗中，这一首位置显著。谈玄说妙的神秘主义色彩中透出对现实处境的悲凉。

"眼里着沙"，是人性蒙垢的象征。眼睛不容异物，却"无端""着沙"，摧残人性！（同修们）别笑话啊，在（我）心里，纷繁尘世，正是斩不尽、杀不绝的荒草乱麻。

西禅守净禅师有一段偈子："闭却口，时时说。截却舌，无间歇。无间歇，最奇绝。最奇绝，眼中屑。既是奇绝，为什么却成眼中屑？了了了时无可了，玄玄玄处亦须玄呵"；万松老人《评唱天童觉和尚颂古从容录》第七十三则"师云：眼里着沙，不得底太局狭生！曹山道：若是世间麓重贪嗔痴，虽然断却是轻；若是无事无为净洁，此个重无以加也"；曹洞《筠州洞山悟本禅师语录》：师与密师伯经由次，见溪流菜叶，师曰："深山无人，因何有菜，随流莫有道人居否？"乃共议拔草；龙湖普闻禅师：（唐）僖宗时，辞石霜去至邵武城外，见山郁然深秀，遂拔草，至烟起处，有一苦行居焉；《碧岩录》卷三条："雪窦出他们云门，所以一时拔却，独存云门一个。这韶阳知重拔草，盖为云门知他，雪峰道：南山有一条鳖鼻蛇落处，所以重拔草。"

然而，若是心灵"净洁"，又何必"重拔草"；若是世间"重贪嗔痴"，虽然"拔""断"也是"轻"啊。

整首诗是对摧残人性的黑暗现实的抗辩。虚空的谈玄说妙，根植于这黑暗现实的基础。隐含的情感寓于特定的艺术情境，看似平淡，品则无穷。八大山人诗，除了时时浮出的古淡闲雅，更多的是丝丝缕缕的清袖苦寒。其诗好隐喻，多微言，无一语拾人牙慧，是他竭尽心血的戛戛独造，所谓"亡国之音哀以思"者也。


从来瓜瓞咏绵绵，果熟香飘道自然。不似东家黄叶落，漫将心印补西天。

（《题双西瓜图》之三）


"瓞"，小瓜。"瓜瓞"，大瓜小瓜。"瓜瓞咏绵绵"源出《诗·大雅·绵》："绵绵瓜瓞"。"东家"，东邻。"黄叶"，杨树叶。"心印"，禅不立文字，不依言语，直以心为印。

这首诗题于《双西瓜图》的左侧。咏的是瓜熟蒂落，果熟飘香，表白的是遁入空门的被迫。女娲炼五色石以补苍天，断鳌足以立四极，杀黑龙以济冀州，积芦灰以止淫水，做出如此宏大事业，才能真正补天。而自己做了和尚，如黄叶离枝，只能在西天（佛门）觅"心印"罢了！

《传綮写生册》中的文字显示出八大山人对禅语的运用已经熟稔。

对于这位艺术大家来说，佛门经历极为深远和莫大地影响了他后半生的人生观、世界观以及艺术观。他的书画题跋和诗偈中，充满禅理、禅义、禅机，禅门典故、话头、机锋随处可见、层出不穷。他不像其他禅门高僧，以对话或教训的方式阐释自己的禅学观点，而是以此与自己对话，直抒胸襟，成为其人生观的最好代言。《传綮写生册》中《墨花图卷》画物细琐，但对禅妙的体悟，却是点睛之笔。《墨花图卷》把枇杷称作"佛珠"，哲思的敏睿，无往不适。

佛门各宗习用的名词术语以及习用的方法不尽相同，但目标与精神旨趣无异。什么叫禅？六祖说："外不着相是禅，内不动心是坐。"六祖慧能从《金刚经》开悟，《金刚经》里讲"不取于相，如如不动"。"不取于相"就是禅，"如如不动"就是定、就是坐。六祖的话跟经里的话是一个意思，禅就是不被外界诱惑。我们六根接触外面六尘境界，无论是顺境、是逆境，决不受它动摇，不受它干扰，这是禅。永远保持着清净心，不生妄想分别执著，这叫定，也叫坐，坐就是定。所有法门无高下之别，一门里面就具足一切门，所以说一即一切，一切即一。差别只在各人的根性。

四念处皆是禅。观经云：

> 以观佛身故，亦见佛心。佛心者，大慈悲是。以无缘慈，摄诸众生。

但"念"归"念"，实行起来谈何容易。

四十岁后的八大山人，渐生挣脱派别纠缠之念。看来他在人事方面遇到了麻烦和不快。

佛门并非净土。像八大山人这样剃度不久就获得师父赏识、在僧界的地位迅速上升而又心高气傲的人，遭人妒忌和倾轧排挤是意料中的事。当初他剃度出家，原是为了摆脱那个血腥纷争的外部世界，寻求明净的精神家园，如今面对佛门内部的纷争和倾轧，内心不免再度彷徨。

在《传綮写生册》题跋中记录的《答赠南昌刘漪岩》的诗中，一声"十年如水不曾疏，欲展家风事事无"的叹息，流露了几多失落。

历经灾难，其身犹存，遁入佛门，凡十余年，一帆风顺地当住持，称宗师，聚徒百余人，"尤为禅林拔萃之器"，却忽然"欲展家风"，并有憾于"事事无"了。

大雄宝殿飞檐上的风铃，轻轻地摇响，在万籁俱寂中仿佛撞着人心。

深深的夜，深深的山，深深的寺院，淡月疏星，遍地清冷。佛座前长明着香灯，僧人的影子在从半空直垂地面的经幡之间飘忽。

数百年前的一个夜晚，谪居中的苏东坡"解衣欲睡"，见"月色入户"而"欣然起行"，"念无与乐者，遂至承天寺寻张怀民。怀民亦未寝，相与步于中庭"，见"庭下如积水空明，水中藻荇交横，盖竹柏影也"，因而感叹"何夜无月？何处无竹柏？但少闲人如吾两人耳"。除了不在一个地方以及无人同行，八大山人在鹤林寺经历的所有夜晚，跟苏东坡经历的那个夜晚，无论意境还是感受，都几乎是一种重复。

佛门主张"沙门者，学死者也"，劝世人将"死"字挂在额头上，直面死，思维死，从而超越死，似乎是把人生看得很彻底了。然而，既然死可以超越，又何必主张因果轮回追究死后的去处呢？人们真正需要宗教的是在宗教中寻求平静。佛家的虚空无我，无非是去除一切私念，解脱种种卑下欲求而达成内心的和谐。人只要真能做到心地光明，就是极乐世界。唐朝的无名禅师就讲：

春有百花秋有月，夏有凉风冬有雪。若无闲事挂心头，便是人间好时节。

但别说世上，便是佛门中，"心头"真正没有"闲事"的人又有几个？

使八大山人变得阴沉的，应该还不单是所有那些给他带来的困境。一种与生俱来的固有的暴力重新在他的内心苏醒，再也不肯放松他了。那暴力便是他的祖传的书画翰墨"家风"和他的承传这种"家风"的不可抑制的才华。

或"雅擅诗翰，遍交海内贤豪"，或"精于绘事，擅长山水，兼工花鸟"的先祖们似乎在冥冥中召唤他决然做出明智的抉择，到纯艺术的精神天地中去安顿自己的心灵，将自己从先祖的基因继承的"仙才，隐于书画"。

顺治十八年（1661），中国发生了一些重大的事件：

顺治帝死于天花。临死前的遗诏除命皇三子玄烨即帝位外，以十四事罪己，其中有一条是"重用汉官，疏远满臣"。

郑成功收复台湾，被荷兰殖民者非法占据三十八年之久的台湾回归中国。

康熙帝即位，是日颁诏大赦，以第二年为康熙元年（1662）。

王学斗枒孙奇逢写出了清代第一部学术史专著《理学宗传》；陆世仪著《思辨录》；弓长编撰成《龙华经》；金圣叹"哭庙案"发；庄廷鑨私著明史案发；江南"奏销案"发；"咒水之祸"发，南明永历王朝四十二名大臣和太监被杀，永历帝于次年初被缅王送回云南，后被吴三桂绞杀。台湾郑氏政权继续沿用永历年号；五荤道收元教创立；八卦教创立。

在江西奉新，耕庵老人创建耕香院已历五年，虽距全面竣工尚有五年，已初现"面水枕山，幽砌崇丽"的景象，首载于地方文献《奉新县志》。很久以后的同治《奉新县志》在关于耕香院的记载下面，增加了"有八大山人匾二"。"八大山人"已是地方的光荣了。

康熙元年壬寅（1662），住持介冈鹤林寺第三年的八大山人应邀南下临川参加"临川十咏"诗会。

"临川十咏"的发起组织者是苏剑浦。

苏剑浦，名"本眉"，字"剑浦"。前明曾执掌临川军事。后"乃或迫于势时"，离开临川。"剑浦使君，本邹鲁之文学，畅王谢之风流，兼宗图经，旁征者逸，微言卓尔"（李来泰《和苏剑浦临川十咏》小引），是一个喜好诗词歌赋的文雅之士。

八大山人因"为书画若诗奇情逸韵，拔立尘表……"而声誉鹊起，风雅的苏剑浦"书传伯子"，热情邀请他参加"临川十咏"诗会。

这次诗会，地方名流云集，其中，李来泰、丁弘海、饶宇朴等，都有文字证明后来与八大山人还有直接联系。

李来泰是当时诗坛的重要人物，当过学政，"所拔皆孤寒知名士"，其操守和诗才被世人所称道。他是饶宇朴的岳父。诗集《莲龛集》有许多写介冈的诗。其中《次张菊人赠韵》的"鹤林心事故人知"，指的是他与八大山人的交往。

丁弘海，江西南昌县人，比八大山人小一岁。当过"抚州府学教授"和河北获鹿县令。博学能文，尤工诗，以诗文名世。有《删后诗集》、《砚北笔存》传世。他是饶宇朴的好友，是他"偕南州诸子骑驿往复"，促成了八大山人的这次临川之游，并且"喜得同声唱和"。

十八年后，丁弘海与八大山人再次在临川同游，参加康熙十九年庚申（1680）清明节的"梦川亭"诗会。

八大山人参加这次"临川十咏"诗会，是已知他最早的一次到临川。

诗会期间，八大山人接触广泛，同许多官员、名人"和韵"酬唱。

康熙十九年（1680）由县令胡亦堂主编而成的《临川县志》收录了八大山人这一次的"临川十咏"诗，分载于各卷当中。

卷四·城垣《拟岘台》：

名山恍见日飞来，此地宁输古啸台。东阁云峰遥拟岘，南楼月户几家开？袭轻带缓风流子，碣短川长老大才。记得城头工筑始，叠朊情愿出蒿莱。

同上卷·《金栀园》：

白云红叶醉青霞，皂盖朱幡两门华。官酿葡桃川载酒，亭开全栀玉为茶。瑶琴几弄麻山雨，诗卷还携梦水涯。惆怅秋风茂陵客，到来惟见野棠花。

同上卷·《墨池》：

江左才名江右闻，乌衣子弟美将军。林泉独秀山阴道，秦汉全输晋代文。野外烟光萦雉堞，天边鸿爪戏鹅群。风风雨雨池亭上，都是王家破砚云。

同上卷·《玉茗堂》：

卢桔墩头几百章，特将玉茗署新堂。汤家若士真称傲，南国斯文尔正狂。蛱蝶名花歌妓院，褊衫大帽羽人床。谁家檀板风前按，羌笛何堪并玉琅。

卷五·山川《羊角山》：

细细松苗养鹿茸，棱棱羊角露奇踪。依然叱起初平石，可是飞来天竺峰。洞府不传鱼腹字，仙家偏到赫蹄封。只今何处寻消息，古寺莲花听讲钟。

卷十·群祀《王荆公故宅后即故宅为祠》：

归到钟山问半峰，浮云深锁百花丛。故园桑梓仍盐阜，野老耕耘话相公。槐冷堂空罗有雀，笛催梅落调成宫。只今犬吠驴鸣地，犹忆沙堤晓雾蒙。

同上卷·《陆象山祠》：

中宋诸儒负大名，青田者宿焕丹楹。奕图晓尽先天秘，教铎弘开不夜城。释菜上丁宜共祭，衣冠俎豆俨先程。漫嗟祠壁空苔藓，鹿洞传经有后生。

卷十三·坡梁《文昌桥》：

桥上谁携酒一壶，桥边谁忆古洪都。绿杨花好前朝市，急管风吹雨后湖。银汉云章长叶彩，斗杓星聚岂能无。也知茂宰随天象，舡载嶙峋起壮图。

同上卷·《千金陂》：

> 来时曾望大江阴，去日还从砥柱寻。历代羊城环二水，一时牛角馨千金。钱塘几得潮儿戏，丛竹犹初汉帝深。遮莫楼钟唤颜李，毳毳社鼓正蛮音。

卷二十八·寺附《翻经台》：

> 白马驮经出禁林，几番劫火到于今。漫窥青豆翻经典，且咏红泉坐石阴。珠藏揭开灯月朗，楗捶击罢地天深。独怜秘阁书多少，何必区区译梵音。

八大山人的"临川十咏"，全然没有"太平歌舞"的景象，而是一片萧索之情："惆怅秋风茂陵客，到来惟见野棠花。"（《金栀园》）

与"茂陵"有关的典故很多，特别著名的有大雪之夜驾舟访友，天明到了人家门前却又折身返回，说的是"乘兴而来，兴尽而返"的"茂陵仙客"东晋王羲之第五个儿子王子猷、上了《史记》列传的"茂陵书生"司马相如，等。但我以为八大山人《金栀园》里的"茂陵客"，出处应在唐温庭筠的咏史诗《苏武庙》：

> 苏武魂销汉使前，古祠高树两茫然。云边雁断胡天月，陇上羊归塞草烟。回日楼台非甲帐，去时冠剑是丁年。茂陵不见封侯印，空向秋波哭逝川。

苏武奉命出使加冠佩剑，正是潇洒壮年。等到被匈奴放归，回朝进谒，楼台依旧，甲帐却没了踪影。封侯受爵的时候只能缅怀已经长眠茂陵的君主，却不得相见。空对秋水哭吊先皇，哀叹逝去的华年。

其凭吊前朝垣断圮废的伤感跃然纸上。

而《文昌桥》的"桥上谁携酒一壶，桥边谁忆古洪都。绿杨花好前朝市，急管风吹雨后湖"，比起唐王勃"阁中帝子今何在？槛外长江空自流"的空洞的才子感慨，其中隐含的深深的黍离之悲是切切实实的：携酒一壶，上下流连文昌桥，遥望不见故园"古洪都"，情何以堪。

八大山人的"临川十咏"，与之前在介冈和韵业师耕庵老人的《问香楼》《吼烟石》一样，平仄严格、对仗工整、层次清晰、含义丰富、切题切韵、风格古雅，完全没有十二年后《个山小像》"间以幽涩语"的题诗题跋的隐晦和吊诡。

这时候的八大山人生理和心理还是那么年轻。他的地火般的伤感还没有到爆发的时候。


# 十五、"观世意如何"

康熙六年丁未（1667），在耕庵老人十一年的劳顿奔波下，奉新芦田耕香院终于落成。

从顺治十三年丙申（1656）夏耕庵老人离开进贤介冈，前往奉新芦田"卜基始创"耕香院，到耕香院落成的康熙六年丁未，耕庵老人一直住持着耕香院建设。其间，于康熙三年甲辰（1664）向好友黎元宽"投诗相趋，至再至三"，请他作了《资圣寺天水和尚舍利塔记》。

黎元宽的碑记，不仅讲了"耕香院"的来历，更高度评价了耕庵老人："……其品应在上上。"

八大山人在耕香院参加了落成仪式。一年前他就离开进贤介冈鹤林寺，到奉新芦田耕香院定居了。

这显然是耕庵老人的安排。这一年，离耕庵老人圆寂只有七年，耕庵老人有意让八大山人在自己身后以鹤林寺住持身份继席担任耕香院住持。

倘若耕庵老人有可能知道，想让八大山人以佛门宗师而终其一生，只是他的一厢情愿，将会多么遗憾。

随着到奉新耕香院定居，八大山人佛门内外的交往日渐增加，作品的流传更为广泛。这一时期有关他的资料中，有不少他为人作画和与清朝官吏交往的记载：

康熙五年丙午（1666）十二月四日，八大山人在耕香院"为橘老兄戏画于湖西精舍"，作《墨花图》，后成《墨花图卷》。

为吴云子画梅于扇面。吴云子是清初著名的砚工。其"砚体做八棱形，整体造型端庄质朴，线条简洁凝练。其中似隐含有易理"。清廷道台周体观为画题诗，在诗序"雪公画梅于吴云子扇头，旷如野殊，有幽人之致，为题短句"中，称僧号"雪个"的八大山人为"雪公"。

康熙十年（1671），为孟伯书《题画诗》轴。款署"个山"。这是在八大山人现存的作品中第一次出现的署名。

八大山人的书画作品逐渐外传，并日益受到了人们的关注和器重。《墨花图卷》之后，又陆续有《卢鸿诗册》《荷花册》《藤月花卉册》等作品问世。

作为禅门宗师，八大山人与外界交往不用正经八百的法号，先在介冈是"灌园长老"，到奉新后是"芦田綮""芦田释雪个"。

这明显是一种游离的迹象。

内在的骚动是必然的，契机的出现则是偶然的。

这一年，裘琏从南昌往新昌（今江西宜丰县）看望在那里任县令的岳父胡亦堂，路过奉新芦田，拜访了耕香院画僧八大山人。

裘琏（1644—1729），浙江慈溪人，清代戏剧家，人称横山先生。早年从黄宗羲学，以诗名。科场失意五十多年，七十二岁方成进士，授翰林院庶吉士，旋致仕归乡。徜徉山水，著述不懈。有《横山初集》诗十六卷、文一卷，其中收入涉及八大山人的诗。雍正七年（1729），八大山人去世二十四年后，八十五岁的裘琏突然被捕，原因是他小时候曾经戏作《拟张良招四皓书》，内有"欲定太子，莫若翼太子；欲翼太子，莫若贤太子""先生一出而太子可安，天下可定"等语句，当时颇为传诵。而今有人告发他那是替废太子胤礽出谋划策。次年六月，裘琏卒于京师狱中。少年戏笔，老年得祸，真所谓"人生识字忧患始"。此不赘。

康熙九年（1670）"庚戌之秋"，裘琏岳父胡亦堂"自京师抵家"，"及冬趋任新昌"，担任新昌县令（胡亦堂《二斋文集·豫章行纪》）。裘琏"庚戌冬""宦游宜丰"，陪同岳父到任。次年夏天裘琏再由南昌往新昌，途经奉新芦田与定居耕香院的八大山人相见。

他在诗里写了这次拜访的感受：

> 兰若千峰外，寻幽此数过。溪声咽石细，树色抱云多。入座驯鸥鹭，临窗冷薜萝。忽闻钟磬罢，观世意如何？

八大山人留给裘琏的印象，显然不是想象中心如止水的佛门长老。一句"观世意如何"，让我们看到此时八大山人的视线已经离开青灯黄卷，投向了滚滚红尘，是在"观世"，而不是在避世、遁世了。佛门中的八大山人，已是心不在焉。

改朝换代的动荡期已经过去，清朝的统治渐趋稳固，清廷取消了对明宗室斩尽杀绝的政策，改名易姓隐伏者返归不究。生存环境的改善，对生存的意义提出了新的追问：我是谁？我生为何事，我死为何求？何者是我灵魂的依托？在接下来的十余年中，八大山人留给我们的是这一连串的追问。

结交裘琏对于八大山人来说，是由"观世"进而"入世"的转折点。

八大山人和裘琏的初识就颇为投契。八大山人为裘琏的亡母书写《生妣刘儒人行略》并作跋，八大山人在《行略》中有"……云水偶逢，属书行略……"句，把他们这次相遇称作"云水偶逢"。分别时，裘琏作《赠别雪公上人》五律二首，邀请八大山人秋天去新昌做客："莫负渊明里，还来看菊花。"

在八大山人与裘琏的交往中，最值得注意的是两个人远不止谈经论画，几乎是一开始就触及到了八大山人还俗的事。在现有的资料中，裘琏是八大山人第一个倾诉还俗愿望的人。

八大山人接受裘琏分别时的邀请，不久就去了新昌，并且随后去了多次。康熙十一年壬子（1672）秋，裘琏在新昌作《同诸子过雪公兰若》五律一首；十二年癸丑（1673）春作《留雪公结庐新昌》《坐雨同个山》。明确地讲到了八大山人离开耕香院另外"买山"结庐的话题。

在《留雪公结庐新昌》一诗中，裘琏写道：

莫问龙溪水，何如濯锦湖。人因陶令在，宅似子真无？山意寻幽杖，云心静洗盂。买金开精舍，到处谷名愚。

龙溪水在奉新县治西二十里，濯锦湖又名白泽湖，在新昌县治东二里。新昌有陶渊明故里古迹，还有早于陶渊明的梅子真故宅。

　　梅子真，即梅福，寿春人，曾为南昌尉。西汉元始年间，王莽篡汉，梅福弃妻子隐居宜丰山中。"愚谷"的典故出自汉刘向的《说苑·政理》：齐桓公出外打猎，因追赶野鹿而跑进一个山谷时。看见一老人，就问他说："这叫作什么山谷？"回答说："叫作愚公山谷。"桓公说："为什么叫这个名字呢？"回答说："用臣下的名字做它的名字。"桓公说："今天我看你的仪表举止，不像个愚人，为什么起这样一个名字呢？"回答说："请允许臣下一一说来。我原来畜养了一头母牛，生下一头小牛，长大了，卖掉小牛而买来小马。一个少年说：'牛不能生马。'就把小马牵走了。附近的邻居听说了这件事，认为我很傻，所以就把这个山谷叫作愚公之谷。"桓公说："您老人家确实够傻的！为什么把小马给人家呢！"桓公回宫，第二天上朝，把这件事告诉了宰相管仲。管仲整了整衣服，向齐桓公拜了两拜，说："这是我夷吾的愚笨。假使唐尧为国君，咎繇为法官，怎么会有强取别人小马的人呢？如果有人遇见了像这位老人所遭遇的凶暴，也一定不会给别人的。那位老人知道现在的监狱断案不公正，所以只好把小马给了那位少年。请让我下去修明政治吧。"孔子说："弟子们记住这件事，桓公是霸主，管仲是贤明的宰相。他们尚且有把聪明当作愚蠢的情况，更何况那些不如桓公和管仲的人呢！"后人则把"愚公谷"引申为隐居或与世无争的地方。

　　裘琏在诗中说：别问龙溪水是不是一定比濯锦湖好，新昌的山川名胜不让奉新，到处是愚谷那样的好地方。殷殷期待八大山人在新昌"买山开精舍"，表示他岳父胡亦堂这样倾慕"陶令"的政府官员一定会给他很好的关照。

　　八大山人对新昌印象似乎也很不错，已经是梅雨季节了，仍流连忘返。在流经新昌县城太和门外的若耶溪即盐溪边，与八大山人同坐观雨的裘琏吟道："不断黄梅雨，长看白泽湖。盐溪山色好，比得富春无？"

（《坐雨同个山》）将盐溪比作东汉著名隐士严光（字子陵）隐居的富春江。这是对八大山人进一步的劝说了，真是苦口婆心。

　　然而，八大山人似乎用不着裘琏如此费心。所谓"冰冻三尺非一日之寒"，八大山人早就坐不住庙里的蒲团了。五年前他画《墨花图卷》题诗《桃花》就写道：

　　　　天下艳王花，图中推贵客。不遇老花师，安得花顷刻。

　　桃花并不名贵，体容弱质，多蒙世俗轻薄之毁。但诗人却在画册中将其推崇为"贵客"，奉之为"艳花王"。说是桃树如果没有花工的修剪，就不可能有"顷刻"的艳丽。反过来，一旦遇到"老花师"，就可以艳极一时。

　　自遁入佛门以来，这是八大山人与世俗社会打交道最多的时期。他越来越强烈地感觉到佛门的封闭与局限，他需要回到人世间的广阔舞台。

　　八大山人在新昌逗留近半年，还俗的念头日益迫切和明朗。这念头，几乎是毫无保留地表现在了这一时期的诗文中。

# 十六、《个山小像》

　　康熙十一年壬子（1672），十一月晦，耕庵老人在奉新耕香院圆寂，世寿实岁六十有六，僧腊四十有二。

　　当时在榻前的闵铖作了《挽耕香禅师》：

年来几度过耕香，寒即烧炉渴即汤。已惜时人成世谛，等闲埋没老婆肠。不近人情铁面皮，天生懒病却难医。自从一出瀛山后，到处相招只皱眉。三炷臂香彻骨真，千秋不冷此缘因。如今欲报浑无策，只向堂前拂影尘。深深拜倒泪纵横，岂是区区去住情。记得许多曾托事，敢辞孤掌负前盟。

按说，闵铖的哀伤应该也是八大山人的哀伤。从顺治五年（1648）二十三岁于仓皇落难中被耕庵老人收留为弟子，顺治十年（1653）"癸巳得正法于耕庵老人"，顺治十七年（1660）住持鹤林寺，至今二十四年过去，这位耿介渊博的老人全心全意地把他从一个世俗青年，栽培成一个"能绍师法"的"禅林拔萃之器""不数年竖拂称宗师，住山二十年，从学者尝百余人"的佛门大法师，无论是写诗的才情还是对业师的亲情，八大山人都远高于闵铖。然而，我们却没有看到八大山人哀悼业师的一言半语。

饶宇朴在《个山小像》的题跋中讲到，耕庵老人圆寂前将耕香院"法嗣"给了"传綮"。八大山人在耕庵老人圆寂后，又以鹤林寺住持的身份在耕香院"继席"住持。同样让人困惑的是，在他定居耕香院的多年里，我们也没有看到任何记录他在这一时期的佛事活动资料。

假如我们还原本来的八大山人，我们就不难理解，从根本上说，八大山人最终都只是一个纯粹的艺术家，或者换句更极端的话说，他从来就没有把自己全身心地交给艺术之外的任何事业、包括他从事了二十多年的佛门事业。他被迫进入佛门，某种程度是一种自戕。耕庵老人寄寓佛门期望的善待，可以说完全是一种错爱。耕庵老人的这种错爱越是真诚深厚，八大山人的心理负担就越是沉重。父执般的业师溘然长逝，对他或许是一种解脱。在他蠢蠢欲动的心里，那盏一直摇曳不定的佛门的灯点燃不了几时了。

这段时间，天下尚不太平。

从康熙十二年癸丑（1673）三月尚可喜请撤藩归老始，到七月吴三桂、耿精忠殊请撤藩，十一月吴三桂兵反，"三藩之乱"爆发。南昌地区原明朝降清的将领耿精忠，随吴三桂叛乱，反清后又再降清。其间，南昌周边地区均在叛军的控制之内。

住持奉新芦田耕香院的八大山人去新昌住了些日子，到康熙十三年（1674）秋天才返回耕香院。第二年端午后两日，八大山人肖像《个山小像》在耕香院画成。

《个山小像》的创作在八大山人的人生中，是一个里程碑式的事件。它标志着八大山人人生的又一次重大转折。

从《个山小像》产生的康熙十四年（1675）到康熙十七年（1678），八大山人在不同情势和心态下先后在画上密密麻麻记满了自己和友人题写的文字，这些文字如谶语，如天书，呈现出一段段艰苦的心路历程。成为研究八大山人生平最重要的信物。正是因为上世纪五十年代初发现的《个山小像》，世人才得以撩开了笼罩在八大山人身世、生平上的层层面纱，使人们对八大山人的初步认识以及深入研究有了可能。

在《个山小像》中，八大山人才华恣肆，自己用篆书题"个山小像"四字、山谷体行楷七言诗一首，以及"个山小像，甲寅蒲节后二日遇老友黄安平为余写，此时年四十有九"等用董体行草、行书、楷书、行楷、隶书所作跋文六则。将自己的在明宗室的身份、佛门的行踪、所修法门、世系等作了隐晦但准确的交代。又请好友饶宇朴、彭文亮、蔡受为《个山小像》作像赞和跋，假友人之手，叙己之本末，交代了自己的身世。所有这些，使《个山小像》成为不朽的艺术精品。

现在，我们逐一来看看这些沉痛的题跋。写此跋时的八大山人已是禅门宗师，其用语取了标准的禅门偈语方式，且用了诸多禅门典故。我们阅读和理解需要一点耐心。

八大山人在《个山小像》上写下的第一段自跋是：

> 雪峰从来，疑个布衲。当生不生，是杀不杀。至今道绝韶阳，何异石头路滑。这梢郎子，汝未遇人时，没邋遢。

这段跋文先后涉及三位禅门祖师及公案故事，即：曹洞宗的雪峰义存（822—908）、临济宗的石头希迁（700—790）和云门宗的云门文偃（864—949）。

禅宗"始迦叶，终曹溪，凡三十三祖"，最早由菩提达摩传入中国，至五祖弘忍下分为南、北二宗。南宗慧能一脉形成禅宗的主流，其中以南岳、青原两家弘传最盛。南岳下数传形成沩仰、临济两宗；青原下数传分为曹洞、云门、法眼三宗，世称"五家"或"五灯""五叶"。其中，曹洞宗的特点是冷静绵密、推理曲折、敲唱为用；临济宗的特点是迅猛激烈、棒喝齐施、振聋发聩；云门宗的特点则是孤危险峻，意在言外，曲高和寡。八大山人兼修过曹洞临济两宗，而云门宗与曹洞、临济二宗紧密相关。

"疑个布衲"，讲云门文偃初次谒拜雪峰义存，经过禅门方式的反复考察才被接纳。

唐代黄滔的《福州雪峰山故真觉大师碑铭》对雪峰义存的行状，有详细记载：雪峰义存禅师俗姓曾，福建南安人。其祖而下"皆友僧新佛，清净谨志"。十二岁"从家君游莆田玉涧寺"。十七岁落发。后来继承南禅青原法系下的曹洞派，成为南禅第六代宗师：从"厥初大迦叶之垂二十八叶，至于达摩，达摩六叶止于曹溪（慧能，638—713），分宗南北。

德山（宣鉴，782—865）则南宗五叶大师嗣，其今（至义存）六叶焉"（《泉州千佛新著诸祖师颂》）。雪峰义存著有《雪峰义存禅师语录》《雪峰清规》等传世。门下高僧辈出，身边的弟子常达近两千人，有多位外国来华的留学僧。其弟子文偃是云门宗创始人，其三传弟子文益是法眼宗的创始人，其再传弟子泉州招庆寺僧静、筠编《祖堂集》，为禅宗最早的灯录。

云门文偃禅师俗姓张，姑苏嘉兴（今浙江嘉兴）人，唐懿宗咸通五年（864）出生。《五灯会元》卷十五文偃本传详细记载了文偃参学雪峰义存的过程。

文偃来到雪峰的山庄，见到一个僧人，问"上座"今天上山去吗？僧说是的。文偃说，那请你带一则"因缘"去问"堂头和尚"（长老），只是不要说是别人说的。僧人答应了。文偃说，你到山上见到（雪峰）"和尚"上堂，等众僧到齐了，你就出来"扼腕立地"说："这老汉颈项上的铁枷，为什么不脱掉？"僧人上山，一一照文偃说的做。雪峰见这僧人这么说话，"便下座"拦胸一把抓住那僧人，说，你这话是哪来的？快点道来！僧人不回答。雪峰推开那僧人，说，这不是你的话。僧人说，是我说的。雪峰于是让"侍者"们去把绳子和棍棒拿来。僧人只好承认：不是我说的，是下面山庄上来的一个浙江和尚教我来说的。雪峰马上让庙里所有的和尚都下山去迎接"五百人善知识"（高僧）来。文偃第二天上山来见雪峰。雪峰刚见到他就问：因为什么得到？又从哪里得到？文偃"低首"不语，表现了他的禅理机锋和对雪峰义存禅学主张的理解，从而获得了与雪峰义存的"契合"。文偃在雪峰义存那里悟道后，在雪峰义存身边待了一年，因为禅机的出类拔萃，深得雪峰义存的器重，成为雪峰义存的继席传人，"密以宗印授焉"。其学说后演化为南禅云门一宗，因住韶州（韶阳）云门山光泰禅院，故后世称"韶阳云门"。

"韶阳煳饼"是云门宗的话头。云门宗经典《碧岩录》上有："僧问云门：'如何是超佛越祖之谈？'门云：'煳饼。'"

"煳饼"是一种胡麻做的普通糕饼。所谓超佛越祖之谈，不过就是吃一个煳饼，跟吃穿屙屎拉尿一样。这个回答意在破除弟子的执著。云门文偃的"韶阳煳饼"与赵州从谂的"赵州茶"一样，都是禅门流行的典故。

"道绝韶阳"，直接的意思是认同禅林对云门文偃"道行孤峻"的评价。云门宗险峻高古，如同曲调艰深的古乐"云门曲"，被禅林誉为"云门天子"。

"石头路滑"，讲的是石头希迁、马祖道一和丹霞天然三位禅师的公案。这则公案记载在《五灯会元》卷五中：

邓州丹霞天然禅师，本习儒业，将入长安应举，方宿于逆旅，忽梦白光满室，占者曰："解空之祥也。"偶禅者问曰："仁者何往？"曰："选官去。"禅者曰："选官何如选佛？"曰："选佛当往何所？"禅者曰："今江西马大师出世，是选佛之场。仁者可往。"遂直造江西，才见祖，师以手拓幞头额。祖顾视良久，曰："南岳石头是汝师也。"遽抵石头，还以前意投之。头曰："着槽厂去！"师礼谢，入行者房，随次执爨役，凡三年。忽一日，石头告众曰："来日铲殿前草。"至来日，大众诸童行各备锹镢铲草。独师以盆盛水，沐头于石头前，胡跪。头见而笑之，便与剃发，又为说戒。师乃掩耳而出，再往江西谒马祖。未参礼，便入僧堂内，骑圣僧颈而坐。时大众惊愕，遽报马祖。祖躬入堂，视之曰："我子天然。"师即下地礼拜曰："谢师赐法号。"祖问："从甚处来？"师曰："石头"。马祖曰："石头路滑，还跌倒汝么？"师曰："若跌倒即不来也。"乃杖锡观方，居天台华顶峰三年……

　　因为这段话直接关系到八大山人对自己遁入佛门过程的叙述，故全文照录，为便于更多读者理解，直译成现代汉语：

　　邓州的丹霞天然禅师，本来是个儒生，那一年去长安赶考，住在旅店里，忽然在梦里见到白光满室。为他占梦的人说这是"解空之祥"。"解空"，指悟解诸法的空相，"解空之祥"则是说这是你将悟解佛法理体空相的祥兆。一个偶然遇到他的禅者问：先生你要去哪？他说：考官。禅僧说：考官哪如考佛。他问：如果考佛该去哪儿呢？禅僧说：江西出了个马祖道一大师，是考佛的好地方。先生可去那儿。于是他直接去江西，见到马祖道一后什么也没说，直用头巾扑打额头。马祖道一对他顾视良久，说：南岳的石头希迁是你师父。于是他又去到石头希迁那儿。石头希迁让他去服杂役，他敬礼拜谢，住进尚未剃度的出家人的大寮，干了三年杂役。忽然有一天，石头希迁通知大家第二天到大殿前铲草。第二天，大家都各自带了锹镢之类工具来铲草。只有他装了一盆水，到石头希迁面前洗头，一下滑倒，像胡人那样跪下来。石头希迁一见就笑了，便给他剃发，又为他说戒，他便正式成了和尚。石头希迁说的"铲草"，其实就是剃度，别的行者悟性不够，都没懂，就只有等下回"铲草"了。他剃度后掩着耳朵跑出来，再到江西拜谒马祖道一，感谢他的指点之恩。行参拜礼之前，他直接进入僧堂，骑在祖师的圣像上，众僧大惊，赶紧去报告马祖道一。马祖道一躬身来到僧堂，看着他说：我的弟子天然。夸他无凡无圣，一片天然之心。他马上下地礼拜说：谢谢师父赐我法号。马祖道一问：你从什么地方来？他回答：石头（石头希迁）。

马祖道一又问:石头路滑,(你)还跌倒吗?他说:如果还跌倒就不来了。后来在浙江天台山主峰华顶峰驻锡三年……

邓州丹霞天然禅师(739—824),是唐代著名禅师,法号"天然",因曾驻锡南阳丹霞山(今南召县丹霞寺),故称丹霞天然,或丹霞禅师。籍贯不详。

关于这位丹霞天然禅师,有两个很著名的故事:

一个是唐宪宗元和年间(806—820),丹霞天然来到洛阳龙门的香山寺,与寺里的伏牛自在和尚结为莫逆之交。后来又到慧林寺,正值寒冬,丹霞天然把殿里的木佛烧了烤火取暖。院主气急败坏:"你怎么敢烧佛呀?"

丹霞不慌不忙地用棍子拨着火,说:"我在烧取舍利子。"

院主叫道:"木佛哪有什么舍利?"

"既然没有舍利,那就再弄他两尊来烧!"

事后丹霞天然什么事也没有,院主却眉毛脱落。据说对佛、佛经妄加谈论的人是要掉眉毛的,这是因果报应。禅宗提倡相信"业果无我",一切的果报都是自己的业力所造。免除果报就得既空人我,又空法我。人我是执著自己,法我是执著有物。这两种"执"都受报应。院主就是有法我执。丹霞天然烧木佛,是法我皆空。在禅宗看来,佛是鼓励这种人的。

另一个故事是,有一天大雨刚停,丹霞与一位道友赶路遇见一位美女,穿着丝绸衣服,在一段泥泞的路前犹犹豫豫。丹霞就把那位女子抱过了那段路。然后继续赶路,天黑时那位同行的道友对丹霞说:"出家人应该不近女色,你为什么那么不检点呢?"丹霞很惊异:"你是指那个女人吗?我早就把她放下了,你还抱着吗?"

丹霞天然禅师因此广为人知。

八大山人袭用"石头路滑"公案，是说自己遁入佛门与丹霞禅师在入世的路上忽然出家没有什么不同（"何异"）。"石头路滑"中的"路滑"，深层意思是指世界的往来转化，圆融无往。使修行者在觉悟的时候，对一切差别都能以一种天真平和的心境泰然处之。在禅门理论中，"石头路滑"是石头希迁禅风的概括。八大山人借此为自己的逃禅做了辩护。

丹霞天然出家前是个将要去长安应考的儒生，对他出家，其动机和决心不能不加以确认，所以马祖道一问"还跌倒汝么？"实际问的是"你（剃发）后悔吗？"于是丹霞说：若跌倒就不来了，即我若后悔就不来你这里修行了。这样的身份转换与当时的决断，八大山人是与之相似的。

丹霞天然由石头希迁来再拜马祖道一时，马祖道一正在江西进贤的开元寺说法。八大山人"石头路滑"之后，也是在进贤"再拜耕庵老人并得其正法"，因而有了末一句"这梢郎子，汝未遇人时，没邋遢"的话。

这段跋文，是连接《个山小像》所有跋文的不可缺少的环节。透过这些来源清晰的公案故事，结合《个山小像》上的所有题跋内容，我们就比较容易理解这段看似晦涩难懂的文字了。

首先，"当生不生""是杀不杀"是指"戊子之难"让"当生"的妻、子没能活下来，而自己这个被追杀的大明王孙却成了幸存者。

接下来，说困在生死存亡的险恶中的自己无路可走，"至今道绝韶阳"，只有遁入佛门。与丹霞天然在石头希迁面前"石头路滑""胡跪""薙染"为僧一个样。

最后的"这梢郎子，汝未遇人时，没邋遢"，是说自己在"未遇人"剃度之前，不过是个没落的邋里邋遢的"梢郎子"，哪里还会有什么后悔呢？对应了马祖道一和丹霞天然"若跌倒，即不来"的对话。

"这梢郎子，汝未遇人时"，出于《五灯会元》中报慈藏屿禅师对僧人提问的回答："这梢郎子未遇人在。""梢"，即末梢，暗寓自己是明宗室的末代子孙。"未遇人"的"人"是可依靠信赖的人。

现在我们把这段跋文从头梳理一遍：八大山人先说自己（个）的佛门出身，是"从"曹洞宗师雪峰义存而"来"。雪峰义存是曹洞青原行思（？—740）的法脉，也是八大山人的佛门祖脉。拜谒之初佛门的疑惑，就像当年雪峰义存对前来拜见的云门文偃那样"疑个布衲"。叙述了（戊子之难中）"当生不生，是杀不杀"之后，八大山人借"云门天子"的绝唱为隐语，既说"韶阳云门"曲高和寡，修行的人不多（"道绝韶阳"），又说自己眼下的"道绝"，走投无路，只能取丹霞禅师同样的"石头路滑"方式，像他"胡跪"于祖师石头希迁座下那样，为"韶阳湖饼"而遁入佛门。

在交代了自己的禅门和遁入佛门的缘由后，八大山人思绪不可遏制，连续作了后面的三跋：

> 生在曹洞临济有，穿过临济曹洞有，洞曹临济两俱非，羸羸然若丧家之狗。还识得此人么？罗汉道底。个山自题。

这段跋文交代自己初涉禅门，是"生在曹洞"而"临济有"。

明清之际的江西，五灯禅门唯曹洞与临济最盛。临济宗是怀让弘法南岳等地后转入江西洪州，再转河北正定临济寺，由义玄建立的。又派生出黄龙、杨岐二宗，黄龙发创于南昌，杨岐发创于宜春。南岳系的马祖道一曾在南昌传法，其弟子怀海又在奉新百丈山制定《百丈清规》，影响及于海内外。宋吕潚《如净禅师语录序》云："五家宗派之中，曹洞则机关不露，临济则棒喝分明。"

禅门各宗派之间壁垒分明，但根基却是一致的。八大山人由奉新为僧，受曹洞传人耕庵老人"正法"，是"生在曹洞"，初奉曹洞为宗。但他对佛门理论尤其是禅宗是下过功夫的。曹洞、临济都是禅宗五灯中最慧黠最有个性者。临济的迅猛峻烈，与他生性中的桀骜乖张有某种程度的契合，"生在曹洞临济有"很鲜明地表现出他对临济的欣赏。他曹洞临济两宗兼习，略无挂碍。说自己在曹洞、临济之间穿来穿去，"两俱非"，相对于哪个宗派，都像是"羸羸然"（又瘦又累）的"丧家之狗"，是自谦。"穿过"意为参透，在"曹洞"和"临济"之间互为参透。曹洞家风细密，善机锋妙语，为"应"势；临济宗"大机大用""虎骤龙奔，星驰电激""杀活自在"，动辄棒喝，是为"攻"势。八大山人其实深谙禅机，平衡其间，大开大合。"还识得此人么？罗汉道底！"是故意反问。"罗汉"在这里指同门僧友：反正（我）就是这样一个在"曹洞""临济"之间跑来跑去的丧家狗，你们还有什么可说的呢？

　　　没毛驴，初生兔，蹉破面门，手足无措。莫是悲他世上人，到头不识来时路。今朝且喜当行，穿过葛藤露布。咄！戊午中秋自题。

这段跋文包括了两层意思，首先是对八大山人在"石头口""现比丘身"的准确诠释：

彼时的自己不是"不识来时路"，而是没有"来时路"可走了。"道绝"的八大山人、这个明宗室的"梢郎子"，成了"邋遢"的"没毛驴、初生兔"，唯一的选择是以丹霞禅师那样的"路滑"方式逃生，"蹉破面门，手足无措"，"胡跪"于"石头口"的寺庙，"现比丘身"。

跋文中"石头路滑"的"石头"与清军"千骑至石头口"的"石头"

不无内在联系。"石头口"让八大山人铭心刻骨。他就势与俗世一刀两断，走向"四大皆空"，就是在这里开始的。

另一层意思则表明了自己今后要像没毛的驴犊子、初生的小兔子那样，"蓦破面门，手足无措"开始新的生活。"到头不识来时路"，再也不会回到佛门这条熟悉的路上来了。这个"不识"，准确地说，不是"不认识"，而是"不想认识"。"今朝且喜当行"，我要走了，斩断"葛藤"纠缠，冲出丛林羁绊，即"穿过葛藤露布"。最后的一个"咄"字，既是最终摆脱"葛藤露布"的心理释放，又是彻底还俗之念的决绝。

> 黄檗慈悲且带嗔，云居恶辣翻成喜，李公天上石麒麟，何曾邈得到你。若不得个破笠头，遮却丛林，一时嗔喜，何能已。中秋后二日又题。

这一跋钤印有"掣颠"。题完前跋之后的两天，八大山人的内心一直不能平静。回顾三十多年来的佛门生活，难免伤怀。

"黄檗慈悲且带嗔"的"黄檗"，是临济宗的创始人黄檗希运（765—850），福建人，唐后期高僧。自幼在江西高安的黄檗山出家，后投于百丈怀海禅师门下。悟得大机大用，并得印可后，重回檗山，自此，"四方学徒，望山而聚，睹相而悟，往来信众常千余人"，"自尔黄檗门风盛于江表"。《黄檗希运禅师传心法要》和《宛陵录》，是后世研究早期临济宗思想的重要史料。

"慈悲且带嗔"，即以"嗔"的手段达到"慈悲"的目的。这说的是临济宗的家风。佛家慈悲为怀，黄檗却用棒打促人省悟禅理，后世人云"带嗔"。临济宗又常以"喝"（叱喝）示人禅机，二者合起来称"当头棒喝"。黄檗希运是禅宗"洪州禅"向"临济禅"发展过渡，并最终形成"临济宗"的关键人物和先驱，其所承马祖道一发端的"喝""棒"的开悟手段，成为后来临济宗的不二法门。

"云居恶辣翻成喜"的"云居"，指曹洞宗师江西云居山的道膺禅师（848—902），俗姓王，玉田（今河北玉田县）人。云居道膺是洞山良介（807—869）的弟子。少年时在范阳（今河北涿县属）延寿寺出家，初修小乘戒律，后往终南山的翠微寺参无学禅师，继往筠州（今江西高安县属）参洞山良介，终于彻悟，领会洞山的宗旨。良介评介他"此予以后千人万人把不住"，许为门下弟子中的领袖。后至江西永修云居山创真如禅寺。讲法三十余年，大振曹洞宗风，风靡海内外。

"恶辣"是江西方言，意思接近"厉害"。八大山人以此称道曹洞宗开悟手段的凌厉。"恶辣"终成正觉，翻为喜悦。"喜"乃大成之喜。

"李公天上石麒麟"一句，要从著名的佛印了元说起。

佛印了元（1032—1098）是北宋时云居寺住持，字觉老，号佛印，江西饶州浮梁（今江西景德镇市浮梁县）林氏子。两岁学《论语》被称为"神童"。长大后在宝积寺日用出家，受具足戒，遍参诸师。十九岁，入庐山开先寺，列善暹之法席，又参圆通之居讷。长于书法，能诗文，尤善言辩。与苏东坡、黄庭坚交情颇厚，常以章句相酬酢。神宗钦其道风，赐号"佛印禅师"，在云居寺四十年。

《云居山志·卷五·事迹·塔院》记载：有一天，佛印请世俗画家李石麟为自己画肖像，称李石麟为"李公天上石麒麟"。请李石麟画像，是佛印为后事作交代。那之后不久他就在与客人交谈之间圆寂，"轩渠一笑而化"。

八大山人从佛印禅师的这则故事，想到自己即将离开佛门，也是一种"死"——作为僧人的那个自己将要"死"去。《个山小像》与李石麟所作佛印禅师像有同样的意义。正因为这样，八大山人将这段题跋作为对《个山小像》最后的题跋，也作为对佛门的最后交代。

"何曾邈得到你"的"邈"是南昌方言的"瞄"，"何曾邈得到"就是望尘莫及："前辈大师们，我哪里比得上你们呀！"言外之意其实是，我是赶不上你们了，我要走了，我要离开佛门，做不成你们那样的高僧大德了。若是用一个"破笠头"就遮住了在禅林的面目，那时我就太高兴了（"一时嗔喜"），且喜而不能自抑（"何能已"）。

八大山人的题跋中以"赢赢然若丧家之狗"的自嘲表白了对自己境遇的感慨。这自我调侃真正调侃的是自己的丧失了家国的大明宗室子孙身份：自己何曾完全献身佛门，忘绝尘世啊。

过去的二十多年，一直在苦苦追寻，想要通过皈依佛门来安顿动荡不羁的灵魂，但是今天，当面对自己的画像审视自我的时候却发现，佛门并不能让自己的心灵得以休歇，并不是可以依托灵魂的地方！奉佛而非佛，奉佛而疑佛，这疲惫不堪、彷徨无依、"赢赢然"的"丧家之狗"是谁？是我吗？我又是谁？

八大山人对自己的写照是：

> 独余凉笠老僧，逍遥林下，临流写照，为之怃然。

以至后人包括《中国佛教人物辞典》据此将八大山人列为不明法系僧。

毋庸讳言，八大山人的皈佛是出于被迫；他在佛门的成就源于他非凡的智慧，而不是虔诚的信仰。邵长蘅在《八大山人传》中说得很对："恐山人见复明无望，故皈归佛法。"八大山人身上，毕竟流动着帝胄的血液，这决定了他不可能像常人一样安于平庸。"竖拂称宗师"，"住山二十年"，"……从学者常百余人"，加之之前从"现比丘身"开始游走寺庙的十年，佛门对他来说，毕竟太过寂寞。随着清政府的高压政策的逐渐松动，包括他在内的曾经像冬眠一样蛰伏的明宗室遗民太需要出头喘息了。

《个山小像》作者"老友黄安平"，在目前见到的任何相关史料上都无影无踪。有影视作家将其编派成一位女性，为提高收视率和充实钱袋子增加噱头。我赞成学界的"伪托"说，《个山小像》应该是八大山人的自画像。

《个山小像》先后由友人题跋和八大山人自跋的九段文字、十三方印章，皆紧扣像主的身世、经历、事件，总结了一段艰难人生。充分利用《个山小像》对遁入佛门前后情况作出的全面交代，正是他在还俗前对一段被迫扭曲的人生作的最后交代。

仅从题跋之多，即可见八大山人对《个山小像》的重视。印章中的"西江弋阳王孙"，公开了前明宗室的身份，毅然表明：他将要告别长久的逃遁，以全新的姿态面对历史和社会。

《个山小像》上的六段题识，是我们今天能集中见到的他在一部作品中书体最全面且现存时间最早的作品。每一题跋字体各不相同，从题识的时间来看，八大山人这六段题识是他四十九岁到五十三岁之间完成的，距离《传綮写生册》的三十四岁将近二十年了。《传綮写生册》中的隶书和楷书都相对工整，草书和行书都没有达到成熟，尚未受到董其昌和黄庭坚的影响。而经过二十年勤学苦练，他凭借对董其昌的学习，在书法技巧和鉴赏力等方面所达到的水平，与前一阶段不可同日而语。他五十一岁所作的夏雯《看竹图》的题和跋无论是笔法还是墨法都可谓是对董字惟妙惟肖的表现。五十六岁所作的《梅花图册》的题诗更是回到典型的董其昌风格，纯熟、自信，几可乱真。

一旦把握了董其昌，便又不满足，而把视线投向了更多的大师。其书法涉猎愈广，"而事事不为古人所缚"。早在一六七一年作《行书诗轴》

的时候，结构和章法仍取董氏样式的同时，用笔减少了提按，线条变得厚重，就与董其昌有了微妙的区别。这种"压而不提"的笔法表明，八大山人在学习董其昌时，也为将来的发展埋下了伏笔。到了《个山小像》上的题识，以及后来的《酒德颂》（约一六八二年）对黄庭坚和米芾的直接模仿，明显表现出离开董其昌的意图。

艺术家风格的定型，因各人抱负的不同而不同。歌德就说，一个好的艺术家"不应该过早停止自己的发展时期"（《歌德谈话录》）。有抱负的艺术家，必然会为达成自己的独创性风格而不懈追求。八大山人无疑是这一类艺术家，他根本不屑于仅止于步人后尘。

《个山小像》中的八大山人瘦削而清癯，神色安详但眼神忧郁，透出一丝令人不易察觉的迷茫。竹笠、长衫、芒鞋，于端肃中优雅尊贵自现。

八大山人的自画像展示出最为真切的生命美，柔弱的身躯中蕴含着旺盛的生命力，这种生命力在他的笔墨中得到迸射。像是启发灵魂的箴言，经历了时间，并从时间的缝隙留下痕迹，等着我们有一天走到跟前，用呈现的方式启发我们。画像无言地告诉我们，只有对艺术的倾力投入，才有可能让他获得心灵的超越。

从俗世而至出世，复从出世而至入世，变局已是必然的了。

## 十七、"兄此后直以贯休、齐己目我矣"

八大山人题写《个山小像》上那些跋文的头几年，他那颗沉落在佛门中的心就已经驿动不已，回归世俗社会的念头越来越明确而强烈。

康熙十四年（1675），八大山人年届半百。他经常走访的新昌县，县令胡亦堂因病解下印绶，辞免官职。好在耕香院常有人慕名前来拜访。八大山人当然高兴，只要趣味相投，即便很年轻，他也照样热情有加。康熙十五年（1676），比他小二十二岁的林木文来耕香院看望他，带来了同乡画家夏雯的《看竹图》请他题跋。夏雯，字治徵，又号南屏山樵，钱塘人。善人物、山水及花卉、虫鱼、鸟兽，应手飞动。首创以缣绢作山水、人物、花鸟、虫鱼，名为"挚画"，极工巧，人争仿之。

林木文是浙江嘉兴人，名枚，亦名之枚，字木文，号松亭，又号锦石山樵。他出生的那年，八大山人正在江西南昌的"戊子之难"中煎熬。著有《泷江集》。道光庚戌刊行《梅里诗辑》卷十八选了他十五首诗，其中介绍说："松亭父逸，里中老塾师也。能为古文。所著有《钝斋集》……所刻《合组集》卷八，皆骈偶之文;《泷江集》七卷，古今体悉备。"他的另一位同乡、清初著名文人周箕曾经真诚恳切地给他写信，教诫他不要恃才自满。可见他当时颇有才名。他早几年就与八大山人有了交往，书画造诣也得到八大山人的赏识。他曾在国子监受业，却似乎未曾谋得一官半职，以"里中老塾师"身份困顿终生。八大山人看重的是才华和志趣，至于对方地位高低，他并不在乎。为《看竹图》作的题和跋、卷首"看竹图"隶书与卷尾董体行草，成为八大山人该年唯一流传的作品。

当时解绶后处于候职中的胡亦堂在《看竹图》上题写了五言诗。胡亦堂待人平和，尤尊重文人。八大山人对他的友谊一直保持到晚年，这应该是一个缘故。

除了林木文这样的晚生后学，八大山人的朋友中不乏当时的文人。因为年龄相近，他们的话题也就多了一些更私密的内容。其中，蔡受、叶祖徕是经常来耕香院走动的两位。两位中，叶祖徕的史料我尚未见，关于蔡受，《宁都人物志·卷二·古代人物》有明白的记载：

蔡受（约一六七〇年前后在世）字白采。邑廩生。江西宁都人。诗文具别调，图篆字画无师授，笔墨所至神通其妙。康熙戊午（1678）应亲王安藩大将军聘至长沙幕中，敬礼有加。曾为王移火灾，用兵占验多奇中。王曰："以子之才，不当寄疆场发迹之任耶！"拟凯旋奏大用之。后因病告假归卒于道。著有《鸥迹集》。

蔡受"诗文具别调，图篆字画无师授，笔墨所至神通其妙"。与八大山人这次相聚约四年后应聘去长沙做了一个亲王的幕僚，有法术，善占卜，很受敬重，亲王说以他的才能是可以在疆场发迹的。正准备打完仗"大用之"，他却因病告假，死在回家的路上。

八大山人为林木文题写《看竹图》的第二年，蔡受、叶祖徕来耕香院看望八大山人。他们无疑也说到了八大山人的还俗。不止是裘琏说的"买山开精舍"，甚至进一步讨论了为八大山人"说媒""娶妻"。

朋友们规劝：你妻子儿女早年亡故，倘若你不再娶，那就断绝了祭祀先祖的香火，这样是不可以做先祖后代的，你就不有所畏惧吗？所谓不孝有三无后为大啊，为了传宗接代，应该再婚。

陈鼎的《八大山人传》记录了这一规劝：

斩先人祀，非所以为人后也，子无畏乎？

陈鼎，字理斋，安徽桐城人，一作镶宁人。生卒年不详。官广东香山县丞。善画山水，具王翚之能，而兼王时敏之逸。官游广东，与镛、璞，粤人称"三陈"。嘉庆十八年（1813）尝作山水图，道光二十三年

（1843）又曾为薛慰农（时雨）作茂林叠翠图。

胡亦堂门人、有《虎溪渔叟集十八卷》收入《四库全书》的临川人李伍漠（1636—1712）在所著《壑云篇文集·卷二·廿二·却助续引》一篇有"兹者同人为之计及续嗣……山人闻之……"云云，也谈到了朋友们为八大山人计议"续嗣"的事。

此文称八大山人，当作于一六八四年，即八大山人五十九岁之后。

我们可以很容易就想象得到，如果没有八大山人本人已经表露出来的愿望，朋友们的如许热心，对于一位长老、一代宗师、一个在佛禅事业上极为成功的僧人，岂不是一种唐突？

事实上，八大山人更早在《墨花图卷》中的题诗借《桃花》说事，下意识里就潜伏着对女性的渴望。

在中国的文化传统中，桃花是女子的典型形象之一。唐五代崔护的"去年今日此门中，人面桃花相映红。人面不知何处去，桃花依旧笑春风"脍炙人口；与女子相好叫"走桃花运"。胡亦堂《梦川亭诗集》中与八大山人酬和的《咏瑞香花诗》就有"人走桃花运"的句子。

把八大山人的"蓄发谋妻子"仅仅解释为不"斩先人祀"，为了传宗接代，并不确当。因为这样的解释忽略了八大山人的生命激情，尤其是作为一个情感丰沛的艺术家的生命激情，也忘记了一个从小在脂粉堆里长大的贵族子弟对女色的迷恋。

在八大山人的心灵深处，从来就没有同俗世一刀两断过。他所兢兢沉浸于其中的书画艺术，说到底，只是生命欲求表达的另一种形式。一旦有适当的机缘、在适当的人面前，这种欲求就表露无遗。

八大山人的思想深处，风暴已经生成。

康熙十六年丁巳（1677）秋，五十二岁的八大山人"携小影重访菊庄"（饶宇朴《个山小像》题跋）。请饶宇朴为"小像"题跋。

这年胡亦堂"疏上得请，竟补临川"（《临川县志·梦川亭落成记》），二月，到任临川知县，即请八大山人去他的临川衙署做客。

八大山人没有即刻动身前往。他知道，他这一去，就有可能走出决定性的一步。但他还有些必须做的事没有做。

去临川应胡亦堂之邀前，八大山人先去了一趟进贤介冈饶氏族人居住的菊庄，与老友饶宇朴相聚。

从二十多岁隐居介冈，到四十多岁画《个山小像》，再到五十多岁疯癫还俗，以及其后书画出现"八大山人"名号，三十多年中，每当八大山人人生的重大节点，我们都可以看到饶宇朴的身影。

饶宇朴几乎见证了八大山人从进入介冈到最后还俗的全部过程。他们情同手足，赤诚相待，逗趣，开玩笑，从无芥蒂：

冲天荷柱忆头陀，三笔参差十指拖。令弟晚年殊泼墨，荷花荷叶法如何？

（饶宇朴《题八大山人画荷》）

饶宇朴的这首题画诗将八大山人画的"荷"，与其堂兄朱统𨨏画的荷相比较，语气轻松，无拘无束。

无论是为了倾诉还是寻求见证，在做出还俗这样重大的人生决定时，八大山人都不可能将饶宇朴置于事外。

见到饶宇朴，八大山人开门见山：兄弟你以后就要直接把我看作贯休、齐己那样的人了。把这句话换成当下流行的鄙俗化表达就是：哥们儿，我不想在庙里老实待下去了。

没有任何思想准备的饶宇朴吃惊得几乎跳了起来。在随后的《个山小像》题跋中，记录了八大山人的这段原话——"语予曰:兄此后直以贯休、齐己目我矣"后，连自己当时的一声惊叫"咦！"也保留了下来。

八大山人对饶宇朴说到的贯休（832—912），俗姓姜，字德隐，号得得和尚，蜀王王建又赐号为禅月大师。唐末五代有名的诗僧和人物画家，有《禅月集》行世，人物画气韵颇高。原为安徽婺州兰溪口太平登高里人，因家贫，七岁在本县的和安寺出家为童侍，十七岁来江西进贤、庐山传经。《新建县志》说他曾与齐己在南昌禹港盘龙寺同拜石霜为师。道光二十九年重修刊本江西《新建县志》和同治十年重修刊本《广信府志》载：贯休曾挂锡南昌梅岭的云堂院，并在西山作十六罗汉像。齐己（861—937），俗姓胡，名得生，自号衡岳沙门，湖南益阳人。幼入长沙大沩山同庆寺，为寺司牧牛。"聪敏逸伦……而性耽吟咏……""……与郑谷等人酬唱，积以成编，号《白莲集》行于世，笔迹洒落，得行字法，望之知其非寻常释子所书也，颈有瘤，人号'诗囊'也。"中国佛教文化研究所印行有《诗僧齐己》。

将要出现的八大山人，就将是不在寺院修持求道、而以诗书画云游十方的唐代头陀贯休、齐己那样的人了。

身处修行条件优越的寺院，又是头陀长老、一代宗师，只有更加精进于佛禅事业的道理，竟然冒出如此反常的念头，饶宇朴把自己的疑问如实地写在了《个山小像》的题跋中：

裁田博饭，火种刀耕，有先德攫头边事在瓮里，何曾失却耶？

"裁田博饭"是禅家常用语。北宋《杨岐会老语录》有："杨岐会老跨三脚驴，入水牯牛队中，拽把牵犁，种田博饭……"《万松语录》有："争如我这里种田博饭吃！"

按禅门观念，"裁田博饭，火种刀耕"就是参禅修道，一个人只要从事"攫头边事",参悟自然之道,即如鳖在瓮里。

"攫头边事",是沩山灵祐禅师法嗣仰山慧寂禅师时的一个公案:"……又问:'和尚还持戒否?'师曰:'不持戒。'曰:'还坐禅否?'师曰:'不坐禅。'公良久。师曰:'会么?'曰:'不会。'师曰:'听老职僧一偈:滔滔不持戒,兀兀不坐禅,酽茶三两碗,意在攫头边。'"(《五灯会元》)

"攫"是"抓"或"取"的意思。"意在攫头边"直接的字面意思是"目的是抓头边",即思考的样子。

仰山慧寂是沩山灵祐的嗣法弟子,师徒二人共同创立了禅宗五家中的沩仰宗。仰山慧寂认为,戒不须持,禅不须修,只须饮茶、劳作。于自然活动中"攫头边事",默契天真,妙合大道。

"在瓮里"是禅门话头,"瓮中之鳖""唾手可得"的意思。《五灯会元》卷十九《径山宗杲禅师》有:

　　……僧曰:"瓮里怕走却别那!"

综上所述,我们对"有先德攫头边事在瓮里"这句话,可以作这样的理解:"有先德"的"先德",指八大山人的业师耕庵老人;"攫头边事在瓮里"的"瓮",指得道高僧耕庵老人遗留给八大山人赖以生存、修行的"耕香院"。

饶宇朴的这段题跋文字根源在《大慧(宗杲)年谱》。

大慧宗杲(1089—1163),俗姓奚,安徽宣州人。宋代临济宗杨岐派僧,字昙晦,号妙喜,又号云门。十七岁,在东山慧云寺出家,翌年受具足戒。宋徽宗末年同为临济宗杨岐派的圜悟克勤禅师住持河南开封的天宁寺,大慧挂单入室。大悟后,嗣圜悟之法,圜悟以所著《临济正宗记》付之，并跋示法语："只欲深藏山谷，仿法古老火耕刀种，向攫头边收拾，攻苦食淡，兄弟不食涧饮，草衣茅舍，避世俟时升平……"次年有一天，诗人徐师川来到寺庙，先是说大慧"这老汉脚跟未点地"，即修行未纯熟。大慧回应："瓮里何曾失却鳖？"说自己原本就是"脚跟点地"的，就像瓮中的鳖，怎么可能跑掉？徐师川改变了看法，又说："且喜！老汉脚跟点地。"大慧于是说："不要诽谤乱说佛陀才好呢！"（"莫谤陀好！"）

"圜悟老汉"，即宋代禅师圜悟克勤，大慧宗杲的业师，与佛鉴慧懃、佛眼清远齐名，被誉为丛林三杰。宋政和末年，圜悟克勤奉召住金陵蒋山，大振宗风。宋高宗赵构幸扬州时，诏其入对，赐号"圜悟"，世称圜悟克勤。有禅门第一书《碧岩录》十卷、《圜悟瑾币语录》二十卷传世。

"脚跟点地"在禅门中指佛子们以"脚跟"坚着于大地而不动摇，用以比喻"本来自我"，是修持临济宗所具有的四种自在力的一种。与此相对应的是"脚跟未点地"，即脚下未稳——修行未纯熟。

饶宇朴借用这些公案向八大山人表示疑问：既然"有先德"耕庵老人遗留了"攫头边事在瓮里"的奉新耕香院，干吗"脚跟"不"点地"，要放弃呢？

然而，不论有多么困惑，一旦确认了八大山人还俗的决心，饶宇朴立即就欣欣然：

予且喜，圜悟老汉，脚跟点地矣！

饶宇朴的喜悦是那么感人。他几乎是欢呼似的说："我太高兴了，你这'圜悟老汉'，脚跟点地了！"

皈依了佛门的饶宇朴并不是僵化的教条主义者。他是那么深刻地懂得八大山人，他亲见了八大山人的"能绍师法，尤为禅林拔萃之器"，"诸方藉藉，又以为博山有后矣"；亲见了八大山人在修行参证之间"间以其绪余，为书画若诗，奇情逸韵，拔立尘表"；他在题跋中赞叹说："予尝谓个山子，每事取法古人，而事事不为古人所缚"，特地写进"海内诸鉴家亦既异喙同声矣"，及时记录下"海内诸鉴家"对八大山人作品的推崇。在与八大山人几十年的交往中，饶宇朴真正进入了八大山人的内心，深知其欢乐与痛苦，并与之共着欢乐与痛苦。因为这一切，他是那么由衷地希望八大山人获得一个伟大艺术家应有的人世间的幸福。

何况，"行住坐卧中皆行佛道"，也是禅门的真谛啊。

饶宇朴把"脚跟点地"这一句写在了《个山小像》题跋的最后，对朋友做了完全的肯定。什么是真正的朋友，这就是。

过了好几年，八大山人"颠狂返俗"之后，饶宇朴还拿这件事跟八大山人逗趣：

依稀枯木与寒岩，三十年前露一斑。石骨松心君见否？郎当笑倒厌原山。

（饶宇朴《菊庄集·卷十二·题八大山人画》）

"笑"八大山人当年在"厌原山"（西山）被迫遁入佛门的"胡跪"。

八大山人从介冈菊庄回到奉新耕香院两个月后，先是"丁巳重九后二日雨窗戏作"，又"丁巳重九后三日画"，四天之内，将此行的感受，用一套八开的《梅花册》和一开书法表达出来。

《梅花册》第八开上的题诗是：

　　三十年来处士家，酒旗风里一枝斜。断桥荒藓无人问，颜
色于今似杏花。

　　理解这首诗的关键在首句"三十年来处士家"中的"士家"：魏晋
时期，兵士及其家庭称为"士家"，其社会地位略高于奴婢而低于平民。
八大山人说，自己逃禅三十年来小心谨慎得简直就像奴婢，"断桥荒藓"
间独自在"酒旗风里"歪歪斜斜，没人理睬。"于今"前景（"颜色"）"似
杏花"一样明艳起来了。走向新生活的行动真的要开始了。

　　接下来，在《梅花册》的第九开书法中，八大山人继续写了自己的
暗喜：

　　泉壑藏无人，水碓春空山。米熟碓不知，溪流日潺潺。

　　深藏的"泉壑"与空山中的"水碓"，没有人的痕迹，"米熟"了，
碓毫无知觉，就像"溪流"那样日复一日"潺潺"不休。

　　然而，还俗毕竟是一次重大选择。佛门的破戒，有可能带来世俗法
律的严惩。八大山人不能不有所畏惧。即便这种说法不成立，一个已经成
为佛门宗师的名僧并且在世俗社会声誉鹊起的名流，要突然从根本上转变
角色，无论对佛门还是对俗世，都不可能不给出一个说得过去的解释。

　　于是在《梅花册》的第九开书法的起首，八大山人钤盖了"掣颠"
印章。这一印章目前仅见于八大山人在"丁巳""戊午"这两年为还俗作
准备的时间段的作品中，八大山人还俗后，这一印章再不见启用。八大
山人当时是在告诫自己：时机尚未成熟。要克制住任何与佛门规制不符的
行为和举止，保持外界看来正常的假象。以使自己的还俗能瞒天过海。

《梅花册》题诗是康熙十六年（1677）八大山人遗留的唯一作品。《梅花册》上"颜色于今似杏花"与"掣颠"印章同时出现，流露出他当时的万般无奈。

康熙十七年戊午（1678），重访菊庄的第二年，八大山人接着饶宇朴的题跋在《个山小像》上再题三则（前文已详叙）。之后，将《个山小像》永久地留在了奉新耕香院。

曹洞宗寿昌派系下的释门弟子将本派宗师的画像，辗转珍藏了近三百年。使后世的政府机构得以完璧征集。

今朝且喜当行，穿过葛藤露布。咄！

（八大山人《个山小像》题跋）

今天总算要出发了，脱去一切桎梏，走自己的路！

然后，八大山人满怀着一肚子的心事和憧憬，前往临川，去赴胡亦堂之请。

也许是因为裘琏远在外地的缘故，八大山人这一连串为"还俗"所作的准备没有告诉他，但他却从别人那儿知道了人们与八大山人为"媒"的事，从他当时任职的浙江慈溪作了《寄个山紫公二首兼索画》诗寄八大山人，其中有"梅花开几度，不寄岭头春"，嗔怪八大山人忘记了好友（"不寄"）。

# 十八、"梦川亭"诗会

康熙十七年戊午（1678），在临川县令胡亦堂衙署做客的八大山人，事先毫无迹象地忽发"颠狂"。"秋正",由临川返奉新耕香院。

蔡受、叶徂徕来看望他。蔡受当时接受了亲王安藩大将军之聘准备去长沙幕中,八大山人很感动,在叶徂徕的扇面上画巨月一轮、月心兰一朵,其月角作梅花,并题了诗。又让叶徂徕要求蔡受也在画上题诗。从"丁巳"的"重九后五日"到"戊午"的"秋正"作《扇画》,相距仅十个月。

八大山人的《题画扇》为:

> 西江秋正月轮孤,永夜焚香太极图。梦到云深又无极,如何相伴有情夫。

蔡受的答诗是:

> 三五年头欠一春,同心之伴语情亲。媒人悄悄冥冥立,记得今朝廿五辰。

诗下有注:

> 雪师为徂徕叶子作扇画:巨月一轮,月心兰一朵,其月角作梅花。题诗云……复呼叶子属予为词。予答之云……有索解者。予曰:巨月一轮,三五也;同心之伴,月心兰也,用《易》"如兰"(《易经》:同心之言,其臭如兰);媒人者,梅花也;悄悄冥冥,在月角也。兰梅瓣各五,合之三五,则廿五也。是日即廿五日,扇作。

> （蔡受《鸥迹集·卷二十一·题画杂体》）

蔡受的诗及注，对八大山人《扇画》的题诗，做了本质性意义的阐释。

八大山人为叶祖徕的题诗，当然可以看作是单纯地写景抒情，但其中隐喻着的男女之事也是显而易见的：秋月当空，是那么孤独，整夜点燃着香烛期待"太极图"那样的阴阳调和。"云"雨之"梦"深到没有尽头，怎样才能有人来陪伴情欲涌动的大男人啊？

朋友们深深地为八大山人祝福。临行前蔡受恋恋不舍，为八大山人题《个山小像》：

个，个。无多，独大。美事抛，名利唾。白刃颜庵，红尘粉刲。清胜辋川王，韵过鉴湖贺。人在北斗藏身，手挽南箕作簸。冬离寒云夏离炎，大莫载兮小莫破。

蔡受这首诗充满了对八大山人的崇拜："个，个。"天地之间只有这一个。抛却美事，唾弃名利，白刃割断红尘只不过是时势使然的特立独行。他真正的价值是超群绝伦的才华，比"诗佛"王摩诘清远，比"诗狂"贺季真俊逸。藏于北斗而能力挽南箕，历经严冬酷夏而寒热不能伤。如同鬼神，语小莫破，语大莫载，浩浩渊渊，不可穷究。

遗憾的是，这首题诗竟成了与八大山人的诀别。蔡受此一去就再没有回来，死在从长沙告病回家的路上。

康熙十八年己未（1679）四月，胡亦堂兴建的"梦川亭"落成（《临城县志·梦川亭落成记》），八月中秋，胡亦堂沿袭十八年前苏剑浦召集的"临川十咏"诗会，召集了"梦川亭"诗会。

胡亦堂（？—1685），号二斋，浙江慈溪人。顺治辛卯举人。工诗歌古文。康熙丁巳由新昌知县调知临川。同治《临川县志》将他作为"名宦"加以记载，说他在"闽寇蹂躏之后"，帮田地荒芜的农民申请蠲免税负，又"多方招徕捐给牛种，躬亲劝垦，民渐复业"。在临川任上，"捐资修筑"倒塌的文昌桥，"重新府县两学并诸廨宇，迁建城隍神庙，创立社仓义学，加纂县志，会刻《临川文献》，百废具举，每岁科两试童子，亲为甲乙，所赏拔多甲科才"。

其政声看来是不错的。

胡亦堂于康熙九年（1670），由浙江慈溪来江西任新昌县令，至康熙十四年（1675）年，因病解绶调治。康熙十五年（1676）三月十日之夜，胡亦堂做了个"涉川之梦"，随后得到了补临川知县的任职。康熙十六年（1677）二月朔，在前往临川就任的途中，沿途竟然"所经无不一如前梦"。胡亦堂的这个离奇说法，只不过是为他后来兴建"梦川亭"找了个借口。

胡亦堂最早来江西的康熙九年，离苏剑浦召集"临川十咏"已过去整整九年，距离他本人将"涉川之梦"变成现实，兴建"梦川亭"并落成，还有九年。其间，八大山人与胡亦堂女婿裘琏在耕香院相识，然后得以与时任新昌县令的胡亦堂相识，结下了真诚的友谊。

胡亦堂自然隆重地邀请了八大山人参加"梦川亭"诗会。一度"病颠"回了奉新耕香院的八大山人接受了邀请，在梦川亭落成不到两个月便来到临川。这是他在临川参加的第二次文人雅集。

八大山人先后参与了康熙元年苏剑浦与康熙十八年胡亦堂召集的两次诗会。如果说苏剑浦那次邀请，八大山人尚初有名气；那么这一次，已成为佛门头陀长老多年、书画创作成就斐然的八大山人则是一定范围内受到仰慕的名流了。

这次诗会，众人皆颂扬胡亦堂任临川县令的几年里，处处一新，一派"指日太平歌舞地"的为政功绩。同样当过知县的张瑶芝说:"太守开园重有兴,未应寥落四时花";二儿子胡梃柏说:"愿分五色琅玕彩,开到江郎梦里花";丁弘诲说:"纵是园亭零落久,河阳新种满城花";饶宇朴说:"园圃废兴成往迹,棠阴时覆清蹊花。"

但是,十八年前第一次诗会留下了"临川十咏"的八大山人,这次诗会上的诗作,史料上却一字不见。是写了没有留下来,还是根本就没写,不得而知。

八大山人在这次诗会上受到的普遍尊重是确凿无疑的。

诗会期间,丁弘诲直呼八大山人"个山"名号,十八年后的"渊源师友"相聚,使得丁弘诲生出"董帷犹昨,强半春光,颇宜关栎;看到秦楼楚榭,繁华旧梦,黄粱一觉"的感慨。这感慨,既是对岁月易逝的感叹,也是对八大山人的怜惜。

丁弘诲之外,诗会上的其他人皆以"公"称八大山人。

胡亦堂本人对八大山人更是优礼有加。

《临川县志·卷八·廨宇·十一》有丁弘诲的《五集梦川亭和韵》:

使君招我绍香亭……酒气拂拂指间出,破衲携来百尺云。点睛□□僧颣笔,大幅小幅烟雾浓。一时二妙争化工,画图近在□窗外,山水全收砚席中……添禅欲结东西社,卧客常分上下床。

"破衲"八大山人与县令胡亦堂的友谊非同一般:一个是"携来百尺云",一个是与他"常分上下床"。

胡亦堂子女名字中皆有"梃"字,裘琏是其长女胡梃桢之婿。

长子胡梃松,字徂来。次子胡梃柏,字新甫。二子皆有对苏剑浦召

集的"临川十咏"的"追咏"。其中胡梃松所作的《金栀园》,有涉八大山人的诗句:

> 风月主人兴不浅,王孙清赏情何涯?我思所存在池馆,欲拨老干寻梅花。

直言不讳地说父亲"风月主人"胡亦堂与八大山人"横秋再伴"时,兴致勃勃("兴不浅")地为八大山人"寻梅(媒)花"。

## 十九、"予家在滕阁"

这次离开耕香院,八大山人再也没有回去。从此走上了还俗的不归路。

同八大山人一起受到胡亦堂之请来到临川的,还有许多当时颇有声望的名人,他们聚首在王安石、汤显祖的故里,发思古之幽情,览名胜以唱和。康熙十九年庚申(1680)胡亦堂在编修《临川县志》时,将苏剑浦召集的"临川十咏"唱和诗,和他本人这一次召集的"梦川亭"诗会的追韵唱和诗选载进了《临川县志》,以《前题》之名分载于各卷。使我们得以看到八大山人的吟咏临川古迹的诗作,这应该说是做了一件大好事。

这一次,八大山人在临川待了"年余"。

作画、下棋、赏月、看花、赏雨、饮酒,与胡亦堂、丁弘海、饶宇朴等同游临川古迹。但八大山人情绪很不稳定,总会毫无来由地忽发大笑不止,忽又终日痛哭。

"颠狂"一再发作。

胡亦堂曾记载，他和八大山人游览临川的东湖寺和多宝寺，八大山人一直默默不语。回家后，开始的十多天，和八大山人说话，他只点头作答，"默默不语，人署旬余引之使言点头而已"。腊月的一天夜里，他与八大山人下棋，到了决定胜负的关键一步时，八大山人突然开口说话了。胡亦堂很高兴，为此特意写了首诗。

有关八大山人在临川的行踪，邵长蘅《八大山人传》中的记载过于简略："临川县令胡君亦堂，闻其名，延之官舍，年余，意忽忽不自得，遂发狂疾……一夕，裂其浮屠服焚之，走还会城……"使后世的研究者们把胡亦堂将八大山人"延之官舍"和八大山人后来的"遂发狂疾"视为因果，因而依据各自的想象和意识形态取向，得出截然不同的结论，特别极端地甚至认定胡亦堂软禁了八大山人并胁迫他为清廷效力，造成了八大山人的"遂发狂疾"。

稍晚发现的胡亦堂著作《梦川亭诗集》证明，"软禁"一说是完全没有事实依据的信口开河。

在康熙十六年丁巳（1677）和康熙十九年庚申（1680）之间，胡亦堂写了大量的诗，他后来以《梦川亭诗集》结集出版。诗集中直接写到八大山人字或号"雪公""个山"的诗有十六题二十八首；旁证与八大山人有关，或能证明八大山人在临川行踪的诗有七题九首；直接间接写到八大山人行踪的诗有二十三题三十七首。其中收入胡亦堂主持纂修的《临川县志》中的六首标明是与"释传綮雪个"或"本朝释传綮"的同名和韵。八大山人本人对这些诗看得很重，在一七〇三年其七十八岁时，将珍藏了近三十年的《梦川亭诗集》郑重推荐给正在编辑《国朝诗正》的朋友朱观。朱观收入《国朝诗正》的五首，都有"雪公"字样。这五首诗是：《中秋同诸子看月亭上》《者树轩同雪公雨座》《过东湖寺同雪公》《题雪公所画鸡蟹纸灯》《闻雪公自多宝庵转而飞锡东湖,诗兴大发,入署尚未有期,俚言代柬,兼以相招》。

朱观在《国朝诗正》跋中写道:

慈水二斋胡君,以名孝廉,作宰多异绩,内升主政,其任临川爱民如子,尝于署中建梦川亭,听政之暇,吟咏其间,八大山人当披缁,时与为契合,故集中所载雪公(八大山人有"雪个""雪衲"号)唱和尤多。癸未夏(一七〇三年,时八大山人七十八岁),山人出其《梦川亭诗集》见示,予受而卒读,足征仕学兼优,因选录数首,以见一斑。

朱观,字自观,号古愚。清江南徽州府歙县人。被乾隆盛赞为奇才并赐名的清代著名蒙古族学者法式善编撰的史料笔记《陶庐杂录》记载:"新安朱观,字自观,选《国朝诗正》八卷,裴之仙序之,刻于康熙五十三年。观有《岁华纪胜》《群芳纪胜》诸书。"朱观工诗,往来徽州、扬州、南昌之间,与八大山人、石涛为友。生年约在清顺治丙戌(1646)年,至清康熙五十四年(1715)尚在世,年逾七十。他在跋中说胡亦堂与"当披缁"(僧人)的八大山人在临川"时与为契合",言之凿凿。

《梦川亭诗集》中所有那些与八大山人相关的诗篇,传神地为我们展示了八大山人在临川生活"年余"的一幅幅图景。

康熙十八年己未(1679)六月二十六日,八大山人与胡亦堂、丁弘诲等老友聚集梦川亭。胡亦堂说八大山人是"名僧嘉客":

太常沉醉希醒日,世无弟子谁入室。酒樽偶设亦寻常,却引新诗高累帙。山川灵奇发歌咏，移泉注谷杯中并。柏竹芬香入宾筵，桃李惊花从筋政（时欧阳二门人在座）。亲君爱君每忘频，一追义山与庭筠。更有法师拟渡海，畜马放鹤应其人（适雪公并至）。君才八斗诚难得，名僧嘉客如旧识。秋光冉冉已相逼，再过青天当有色。

（《六月二十六日三集梦川亭次丁循庵原韵》）

六月二十六日至七月十四日期间，八大山人在临川尽兴漫游，自多宝庵而飞锡东湖，与朋友们游红泉，燕集明水寺，每夜观荷，诗兴大发，因不确定什么时候能回临川衙署，便请人带口信给胡亦堂。胡亦堂写诗记下了这件事：

浮杯从北渡，拄杖又东湖。云水双鞋阔，沧桑一衲孤。绿池龙问字，绀宇鹫飞图。苦恋新诗健，如来来也无。

（《闻雪公自多宝庵转而飞锡东湖，诗兴大发，入署尚未有<br>期，俚言代束，兼以相招》）

康熙十八年（1679）中秋夜，八大山人与胡亦堂、刘仲佳等人集于胡亦堂县衙署梦川亭赏月，饮酒赋诗，对弈，及至漏尽更深，月过中天：

临川今夜月，亭上看应同。兴不南楼浅，樽宜北海空。朝对暾开晚（是日秋阳甚炽），秋口恰春融。弃醉谋诸妇，酕醄明镜中。

此月明明照，无云处处同。朋高能满座，亭迥况横空。鹊起惊公干，蟾开寂懒融（时刘子仲佳、上人雪公并在座）。清光惟恐负，强住玉壶中。

藤萝月在望，清韵久相同。问客应无寐，来函竟不空。平
欺川水练，兼带谷风融。期尔明宵再，销愁一口种。

往复凡为四，其为咏月同。故应鹊报晓，何处雁书空。平
仄劳清切，方圆戏麋融（座客有月下对弈者）。却嫌更漏逼，
几口过天种。

（《己未中秋偕署中诸子看月饮梦川亭有赋得四首》）

康熙十八年己未（1679）八大山人游东湖多宝诸庵后，忽然沉默，
回到胡亦堂的衙署十多天不说话，谁引他说话，他只是点头而已；十月，
在胡亦堂署中写关于玉茗梅花戏的诗，兼以述怀，表白"还山之意"；
腊月二十六夜，在下棋时突然开口说话。胡亦堂极为惊喜，立即赋诗以
记。八大山人这次喑哑约有半年之久。下棋显然是他的嗜好之一，对弈
起来专注而忘我，以致不自觉地解除了好几个月来的喑哑。这样看来，
八大山人的喑哑与说话，受情绪左右。这一次的喑哑，与"有还山之意"
无疑有直接的关系，改变人生的决定和实施这决定的犹疑二者的冲突是
巨大的，给心理带来莫大的压力；二十七日，似乎是继续着头天夜晚突
然开口说话的好兴致，八大山人情绪颇佳。是夜，巴山的张叔昌至临
川，胡亦堂置夜宴，八大山人欣然作陪；除夕，在胡亦堂衙署燕集席上，
八大山人写了诗，诗中突出地说出"予家在滕阁"。

"滕阁"即滕王阁，这里代指南昌，甚至代指八大山人怀恋的家园，
那才是他梦魂牵绕的地方。胡亦堂为之次韵，并在后面一首拈韵中特意
注明"汝是山中个"。有八大山人的"予家在滕阁"在前，胡亦堂所说
的"山中"，当然暗示的是大明王室。这就客观上为八大山人的"有还
山之意"作了注解，八大山人后来的"走还会城"南昌也就有了逻辑上

的依据。当朝官员胡亦堂对这位前明王孙理解并满怀善意：

军持未可踢，见冻早知寒。赏茗花称王，题梅阁负官。空能飞锡杖，幻欲吐铜盘。安得书生遇，将无笑野干。

[《雪公赋玉茗梅花戏和兼以述怀（时雪公有还山之意）》]

多事憎尘鞅，无言静法华。高僧能见性，开口坠天花。隐坐棋当局，藏锋印画沙。青莲谁咒得，阿堵在三车。

一子系输赢，归宗大发声，弄拳殊有会，柱杖得无生。六出嫌多见，三缄太不情。广长舌自在，道腊即年庚。

[《腊月二十六夜偶于棋局中得雪公开口（雪公游东湖多宝诸庵后，默默不语，入署旬余引之使言点头而已，是夜不觉发声，故有此作）》]

腊后今朝到，年前此夜同。巴山联客雨，汝水待春风。醉酒口陶令，能诗约远公（时个山在座）。几回眠不得，咄咄又书空。

（《腊月二十七日喜张叔昌至》）

除夕无愁晦，屏灯送岁还。喧阗歌且舞，图画水并山。乱后亲朋在，春交雨雪间。当筵惟取醉，有酒且潺潺。

（《除夕景屏燕集席上次雪公韵》）

曾传天宝事，长忆物华楼。汝是山中个，回思洞里悠。杉松几长大，椒柏此迟留。莫道章江隔，浮杯即渡舟。

（《予家在滕阁，个山除夕诗中句也，为拈韵如数》）


康熙十九年庚申（1680）上元至十六日，八大山人在临川为庚申上元节画宫灯"鸡蟹纸灯"，胡亦堂很兴奋，说朱翁和韩滉都比不上：

羽水族各分，飞走殊情性。雪公传其神，仿佛名所命。翅鼓象司晨，行横靡直径。想当落笔时，造物皆听令。朱翁化不如，韩滉图莫并（滉善画人物、异兽、水牛，而尤妙于螃蟹）。张镫玩愈佳，居然此道圣。

（《题雪公所画鸡蟹纸灯》）

二月初三迎春后，八大山人在胡亦堂衙署作有咏瑞香花诗，胡亦堂和之：

百洁花差似，幽香韵自殊。开帘堆锦绣，籍地作氍毹。那管莺啼早，相随蝶梦俱。庐山分种遍，不但艳洪都。

烂漫能欺叶，□□怪压头。凝烟魂欲返，泡露意如愁。春色宣和殿（陈子高咏瑞香，宣和殿里春风早，红锦熏笼二月时），繁花谢朓楼。紫罗裳恰似，对此复何求。

称奴何不可，欲聘少良媒。露申离骚咏（楚辞露申即瑞香），云袭暗麝来。所难香在骨，别有晕为胎。谁把嘉名易，教人梦里猜（张图之改瑞香为睡香）。

大寒曾有信，结蕊已多时（荆楚岁时记，小寒三信，梅花、山茶、水仙。大寒三信，瑞香、兰花、山矾）。和韵三追尾，拈花四然髭。江梅浮欲动，玉茗淡难移。最是撩人气，春来日正迟。

紫艳阳春发，西轩遣兴多。不才空偃蹇，在格漫婆娑。影入帘笼绿，妆凝沙幂酡。壶中几春色，还付雪儿歌。

（《和雪公咏瑞香花韵》）

此树丛中老，迷离不记年。千枝长供佛，密叶近参禅。丝舞高天外，云深矮无边。如何又厄闰，秋恨少人船。

（《赋得千叶黄杨示雪公》）

八大山人原诗不见，但从胡亦堂和诗可以看到，八大山人诗中的"瑞香""不但艳洪都"，且"凝烟魂欲返，浥露意如愁"。从"不但艳洪都"到"称奴何不可，欲聘少良媒。露甲离骚咏，云裘暗麝来，所难香在骨，别有晕为胎。谁把嘉名易，教人梦里猜"，到"影入帘笼绿，妆凝沙幂酡。壶中几春色，还付雪儿歌"，八大山人借花喻人。"瑞香"是某一位他心仪的女子。

在临川盘桓了"年余"的八大山人娶妻的愿望是迫切的，那个"不但艳洪都"的"瑞香"简直让他神魂颠倒。他作于约六十岁前后的《花卉册》又名《花卉草虫册》上有一首题诗，从字面上看，写的是相亲：

芙蓉好颜色，老大昆明池。薄醉忘归去，燕脂抹到眉。

（《芙蓉》）

芙蓉即荷花。说的是女子：这个女子颜色甚好。"昆明池"用的是汉武帝的典。汉武帝要打通去印度的道路，被越巂昆明所阻，便仿照昆明滇池，元狩三年在长安近郊挖池，以习水战。诗人借来说自己老大不小了又来相亲。因为"芙蓉好颜色"而"薄醉"忘归。酒晕（"燕脂"）从脸颊红到了眉毛。可见诗人相亲的满意程度。

陈鼎的《八大山人传》说："个山驴慨然蓄发谋妻子。"乾隆《广信府志·寓贤》载："八大山人……去僧为俗人，往见临川令，愿得一妻……"《永丰县志》的记载明确而肯定：八大山人"去临川，谋得一妻子"。都证明了这个命运多舛的明宗王孙的再次娶妻生育。

关于八大山人临近晚年的大喜，我们在现有面世的资料上没有看到他本人以及胡亦堂和其他朋友的任何文字表达。而随后发生的事情却显示，八大山人的这次婚姻，并不是事先想象的那么美妙。虽然道光《新建县志》记载他"老死无子，一女适南坪汪氏"，但有生育并不等于婚姻的圆满。

也许是直觉使然，也许是八大山人已经明确表示了离开的愿望，康熙十九年（1680）清明前，胡亦堂与八大山人唱和的诗中，开始流露出某种忧郁。《川亭雨望和雪公》的"最怜吟泽畔，忧患过吾生"，已经有了惜别的意味。清明后一日，胡亦堂写了七言绝句《清明后一日怀雪公并示工抽上人》，对八大山人充满怀念之情，让我们知道，八大山人已离开临川了。

胡亦堂还有些诗作虽没有写明与八大山人有关，但从其他人的诗作可以得到旁证。庚申康熙十九年春清明前，八大山人与胡亦堂、丁弘海游览当地孔庙，见到一口大唐时宝应寺留下的大钟，胡亦堂写有《大唐钟三首》，诗中没有写到八大山人，但同行的丁弘海的和诗《和胡二斋古钟歌》（载《临川县志》），说到了八大山人对大唐钟"一见夸灵异"：

　　大唐敕建宝应寺，募铸洪钟称重器。摩挲古色仍陆离，节度押衙留姓氏。寺废多年改学官，悬钟离位高穹隆。但遇兵兴响清越，以占科名甲湖东。此钟久远推神物，今为圣贤昔为佛。谁知木铎吉蒲牢，大叩小叩教多术。甲寅兵燹曾楼颓，钟职已死角声哀。个山一见夸灵异，倡酬顿使生面开。危公待矣钟无恙，再作钟楼费工匠。振兴文教有贤侯，楼成为我铸诗上。

诗中说：八大山人与胡亦堂、丁弘诲一干人在临川名胜游览，凭吊古代名人，在大唐敕建的宝应寺残址，见到当年募铸的大唐洪钟，八大山人咏叹"此钟久远推神物"，历经久远年代，已不仅是"重器"，而是"神物"了：因为寺庙改作了学宫，民间传说此钟可"以占科名"。虽然现在"钟职已死角声哀"，但八大山人大"夸灵异"。由此而促成了胡亦堂后来的重修树声楼，并将此"神物"古钟陈悬，"使生面开"（胡亦堂《临川十咏》）。据一九三六年江西省政府统计室编《江西年鉴》记载，这座钟楼及钟在编年鉴的时候尚存。

先是蔡受、叶徂徕在奉新耕香院与八大山人讨论："斩先人祀，非所以为人后也，子无畏乎？"然后是八大山人"重访菊庄"对饶宇朴说"兄此后直以贯休、齐己目我矣"，然后是胡桢松记录的这一次八大山人的临川之行时父亲胡亦堂为八大山人"欲拨老干寻梅花"；友人们对八大山人的忧虑溢于言表，一块儿商量着请他画画（"点染绘事"）来让他排遣心里的悲苦："今八大山人盖常有无声之悲矣……某与日午（饶宇朴之侄饶焞）、仲衡、石友诸同志聚而谋曰：山人点染绘事"（李伍漠《却助续引》）；胡亦堂的《梦川亭诗集》多处描述了八大山人在临川的日常行为和书画创作，然后，诸多地方志都有八大山人"愿得一妻""往见临川令，谋得一妻子"的记载文献。

上述种种，相当清晰地再现了八大山人这一次在临川生活的真实状况，为我们了解八大山人在临川的交往、情绪，乃至还俗，提供了明确的线索。

临川是八大山人去僧还俗的桥梁。

而"予家在滕阁"，则是八大山人在这一段日子里从心里发出的呐喊，是对远逝岁月的怀念，更是对将要开始的新生活的响亮宣言。

## 二十、"走还会城"

胡亦堂在临川任县令四年，从康熙十六年（1677）"丁巳二月由新昌县即调临川"，至康熙十九年庚申（1680）十二月，"奉旨行取"，应"今天子召天下邑令之贤且能者，以补谏职，胡令奉征书治装"北上进京，此后再没有来过江西。

同治九年（1870）重修《临川县志》卷首《旧序》载，胡亦堂自称："……迫于北上，骤尔登梓……"胡亦堂所谓"北上"，即康熙十九年十二月抚州知府陈洪谦序中所言："今天子召天下邑令之贤且能者，以补谏职。"康熙二十年元月詹惟圣亦作序言："今且以内诏行矣。"据此可以断定，胡亦堂在这一年年底离临川任北上京师。

胡亦堂最终离开临川的这一年，八大山人五十五岁。

有一天，八大山人突然在自己的门上大书一个"哑"字，从此对人谈话，不是做手势，就是做笔谈，决不再开口。重演三十六年前甲申之变后的哑剧。长期郁闷之后，八大山人终于发病"颠狂"，哭笑无常。有人请他喝酒，他就缩着脖子、拍着手掌"哑哑"地笑。又喜欢猜拳赌酒，胜了也"哑哑"地笑，多输了几次就拳打胜者的后背，更"哑哑"地笑个不停。醉了就叹息抽噎哭泣。一天晚上，突然撕裂了自己的僧服，并且焚毁。

发生这一切的时候，胡亦堂还在临川任上。他以及其他的朋友要么习惯了八大山人的反常，要么不知所措。他对八大山人有过怎样的奉劝，八大山人是否接受他的奉劝，无从知道。我们现在能够看到的是他在这一年清明后一日写的那三首七言绝句《清明后一日怀雪公并示工拙上人》：

　　三春花事雨频催，桃叶难寻渡口杯。直待昨朝风日好，驾
言飞锡踏青□。

　　金钱为戏说开元（开元间妃嫔每于春时掷金钱为戏），多
宝庵中一探源。流水春风□□的，参禅正不在无言。

　　人意天时新得晴，清明物候果清明。不知何处寻芳（以下
残缺）。


所以"怀雪公"，盖因"雪公"去矣。

八大山人的突然消失，不为人知。人们再发现他的时候，他已在离
临川二百多里外的南昌。他在独自徒步奔走的茫茫路途上，怎样踉踉跄
跄，趔趄潦倒，我们不难想象；我们难以想象的是，是什么在引领着一
个"颠狂"状态的人一步步走向自己的故园？

对八大山人以"颠狂"行状还俗，与八大山人熟悉的朋友们多有疑
虑。裘琏说"予疑其有托云然"，石涛说他"佯狂"。是是非非只有八大
山人自己最清楚。

把八大山人人生这一阶段言行举止的反常绝对认定是"佯装"，其实
也不尽准确。八大山人的"无声之悲"，即内在的痛苦是实实在在的。国
破家亡的创伤无法平息，而生活本身的苦闷已经迫不及待地降临，尤其
是降临到这样一个情感敏感脆弱的前朝皇族贵胄头上。无法排遣的苦闷
和伤感，无情地烤炙着柔软的肉体，扭曲着日常的言语和行为。这痛苦
伴随着八大山人的终生，让他一日活着一日不得安宁。尤其在一群终日
饮宴吟唱、洋洋自得的人们中间，八大山人心中更觉得空虚恍惚不得意。

二十余年的参禅悟道，意义何在？反思、自责、追问，痛苦不堪，

直令神志崩溃。

对朱明故国和宗室骨肉的怀念，使八大山人无论在晨钟暮鼓的佛门，还是在酒足饭饱的官衙，都无法得到解脱。终至借助"颠狂"病态，决然返俗，回归到这个世界的第一个驿站。南昌街头于是有了一个亦哭亦笑、喜怒无常、不僧不俗、能挥毫泼墨的疯疯癫癫的明皇世孙。

然而，这个"明皇世孙"的身份，只有他自己知道了。

草合离宫转夕晖，孤云飘泊复何依。山河风景元无异，城郭人民半已非。满地芦花和我老，旧家燕子傍谁飞？从今别却江南路，化作啼鹃带血归。

（文天祥《金陵驿》）

四百年前，文天祥被元军押解回到南京。短短四年的战乱之后，山河依旧，而城郭面目全非，旧时人民多已不见。南宋王朝的最后一个无望却顽强的抵抗者回到故地，只能是发出啼血杜鹃的悲鸣。

同样是回到故地，八大山人从二十岁逃离南昌，到而今三十多年过去，清廷政局已稳，一个善于遗忘的族群，已从"连奴隶也做不稳的时代"进入"做稳了奴隶的时代"，有几人会记得其实消散并不太久的血雨腥风？会记得其实也并不怎么美妙的前明王朝？会将一个蓬头垢面、衣衫褴褛、瘦骨伶仃的疯子乞丐同那个业已惨然消失的王朝的宗室后裔联系起来？

旧游南日地，城郭倍荒凉。梦里惊风鹤，天涯度夕阳。山川照故国，烽火忆他乡。何时酬归计，飘然一苇航。

（八大山人《甲寅仲夏豫章杂感》）

回到南昌后的八大山人，最初每日在街市上徜徉，戴着旧布帽，披着破长袍，鞋子破烂，露出脚跟，甩开袖子，敲打着肚皮在市肆间狂行疾走，忽而伏地抽泣，忽而仰天大笑，忽而号叫痛哭，忽而高歌乱舞，"颠狂"之态种种不一。街市上没有人认得出他。人们讨厌他的扰乱，就用酒将他灌醉，他的"颠狂"也就停止了。对跟在他身后追逐笑闹的孩童们，他似乎毫无知觉。

八大山人回来了，在颠沛流离了三十多年后，在燃烧了三十多年在自己身上留下的一切之后，他回来了。他狂乱地穿行在大街小巷，一个人哭着，笑着，舞着，唱着。仿佛被长久拘禁的囚徒，终于得到自由，用一种极端的方式庆贺心灵的解放。

"一日之间，颠态百出"的八大山人，几乎就是南宋高僧济公诗里写的那个和尚："远看不是，近看不像，费尽许多功夫，画出这般模样。两只帚眉，但能扫愁；一张大口，只贪吃酒。不怕冷，常作赤脚；未曾老，渐渐白头。有色无心，有染无著。睡眠不管江海波，浑身褴褛害风魔。桃花柳叶无心恋，月白风清笑与歌。有一日倒骑驴子归天岭，钓月耕云自琢磨。"所不同的是他的激越与作为：他的悖逆，他的自嘲，他的放浪形骸，他的狂乱其外而悲乎其中，最终皆化为他恣肆怪伟的艺术创造。

八大山人的疯癫一次又一次发作，虽然时而清醒，但一旦发作便无法控制。他的精神所受到的苦役，比肉体更甚。悲观主义侵蚀他，这是一种进入膏肓的疾病，精神为苦痛所纠缠，陷入种种迷乱。他在一种悲哀的"颠狂"的状态中生活。没有一个人比他更不接近欢乐而更倾向于痛苦的了。他在无边的尘世中所见到所感到的只有痛苦。他的绝望的呼声，响彻了他的若有神助而又极端偏执的艺术世界。

朱容重，即邵长蘅《八大山人传》中提到的"其侄某"，在大街上认出了疯疯癫癫的族叔，把他带到自己的家。

朱容重（1620—1679），宁献王朱权的十世孙。清初著名书画家。清《书林纪事》对他的记载是："字子庄，明宗室。好古能文，尤精八法，作各体书，国中凡赠送庆诵以文章介兕觥勒金石者，靡不以其书为重。匪第以其书，盖重其人也。"张庚的《国朝画征录》说他"乱后隐居南昌之蓼洲，能诗工书，善兰竹小品"。《南昌县志·卷三十三·人物四》载："朱议□，更名容重，字子庄，奉国中尉，国变后混迹尘市。能诗工书画，善画兰竹小景。居蓼洲，四方之士游豫章者，不得其笔墨以为阙，造请无虚日。年七十九卒。"有学者考证其卒年实为七十六岁。

朱容重与八大山人同为朱权后裔，同出一脉，但派系世系不同：八大山人为弋阳王支"统"字辈，为朱权第九世；朱容重为石城王支"议"字辈，为朱权第十世。朱容重比八大山人大六岁，但在辈分上与八大山人是族内的堂侄叔。

从二十三岁削发为僧，到五十五岁焚裂袈裟回到故地，八大山人在佛门中耗费了三十二年时光，用一生中最好的年华演绎了一部在世俗与解脱中无望地挣扎的凄凉故事。痛苦是无穷的，它具有种种形式。有时是由于物质的凌虐：灾难、疾病、命运的乖蹇、世俗的恶意。有时它深藏在内心。这种痛苦也许更加可悯，更加无可救药。

因为一六七七年八大山人用的那方"掣颠"印，对八大山人是真的疯癫，还是大彻大悟？是自我保护，还是另有所图？后人疑虑重重。

在当时人的记载中，没有看到有人真正相信八大山人患了"病癫"或发"狂疾"。人们最多是认为，所谓"疯癫"，一是心理变态。比如在临川期间的"忽痛哭、忽大笑竟日"。二是愤懑发泄。比如他回到南昌后的作品里，经常可见对降清官吏的嘲讽和笑骂。血统上的渊源，会带来心灵上的归属。朱明王朝的破灭，给他带来的飘零、郁愤和悲凉是铭心刻骨的。也有人解释为"道谛"。有《五灯会元》中百丈祖师"适来哭，如今笑"在先，八大山人的"哭"与"笑"，也可说是一种顿悟。

我比较接受的说法是："将八大（山人）之狂癫视为一稠密的、剪不断理还乱的意志和非意志的、外在的和内在的各种因素的混合。"（高居翰《八大山人绘画中的"狂癫"》）将八大山人作品的怪异隐晦和他的"颠狂"行为加以联系，确认"狂癫"究竟是怎样构成了八大山人诗、书、画在形式和主题中的异常特征。事实上，八大山人的绘画并未使用特别怪异的笔墨，而是选择了在题材和造型上的另辟蹊径，以独有的图像元素，赋予绘画语言独特的，甚至是矛盾的意义和方法。

八大山人的另一大病症是喑哑。在旁人的记载和他自己的花押、闲章中也多有喑哑的证明。其喑哑的原因，不外有二：

一是家族遗传。可信的资料记载，八大山人的祖父才华超群，但行为却异乎常人。常常当众歌唱、哭泣，令在场的人觉得莫名其妙。喜欢游览名山大川，常常独往独来，应景写诗，刻在石头上，说要让后世知道曾有过他这个人。他有五个儿子，第四个儿子是八大山人的父亲，非常漂亮，且聪慧异常，但是个聋哑人："工书画，名噪江右，然喑哑不能言。"（陈鼎《八大山人传》）"生有喑疾，负性绝慧。"（《书史会要》卷四）

八大山人没有像父亲那样聋哑，相反，少年时期的他甚至"善诙谐，喜议论，娓娓不倦，常倾倒四座"（陈鼎《八大山人传》），表达能力相当可以。他真正出现"口疾"，是在甲申之变之后："人屋承父志，亦喑哑，左右承事者，皆语以目；合则颔之，否则摇头。对宾客寒暄以手，听人言古今事，心会处，则哑然笑。如是十余年……"（同前）从病理的角度看，突然的惊吓、恐惧、悲伤是完全可以引发潜在的病源的。

二是自我设定。明朝遗民视与清朝的妥协为耻，多取沉默的拒绝姿态。

八大山人的哑默，奇僻而近于怪诞。他口吃，但他不仅不避讳，反而坦然地在作品中落"个相如吃"（和司马相如一样口吃）的款。从五十六岁到五十九岁（1681—1684）的数年间，他的画上用"口如扁担""其喙力之疾与"两枚闲章，极力张扬。这又让人觉得，他的"哑于言"是语疾，更是智慧。禅宗反对语言，语言即知识，知识即分别。一有分别，真实的世界就会悄然隐遁（"说似一物即不中"）。南禅因此主张"不立文字，教外别传，直指本心，见性成佛"。佛祖拈花，迦叶微笑，说的就是在沉默中解会。"口如扁担"，即闭嘴不言，体现的是禅宗的"不立文字"。八大山人引用过禅语"无一无分别，无二无二号"；石涛说过"头白依然不识字"，都讲的是不以知识，而以智慧来认识世界。即便是诉诸文字的诗偈题跋，也多是曲折难解，让人丈二和尚摸不着头脑。

有人说八大山人"浮沉世事沧桑里，尽在枯僧不语禅"，是极精到的见解。作为艺术家的八大山人，一生都在奉行这个"不语禅"。

不语，哑，其实是一种特殊的言说。一个有语言表达能力的人长久坚持"不语，哑"，无异于自虐。八大山人的"哑"与"颠"互为表里，这种特殊的"说"，比寻常的说更有其力，令人惊异于明朝遗民寻求独特语言形式的坚忍。有人因此称八大山人为"沉默的智者"。

但我觉得"智者"的说法颇轻佻。疯和哑是八大山人言行的两个极端。要么装疯卖傻，要么装聋作哑，一个人几近崩溃的精神被压抑钳"掣"到这种程度，那就不是所谓智慧，而是炼狱了。

应该说，上述两种可能性不仅是存在的并且是统一的。国亡家破，郁愤填胸，不能自已，加之先天疾患，语言表达的异常再自然不过。可以说，"哑默"是八大山人用以对抗现实政治的一种防御性选择，更是内在痛苦达到极点带来的语言窒息。

一个遭受巨大打击的心灵，于恐怖愤懑中苟且生存。一度削发为僧，幻想以遁世抚慰身心的灼痛。然志不可屈，心不能平，终又还俗，于茫然绝望中"初则伏地呜咽，已而仰天大笑，笑已，忽跌，踊跃，叫号痛哭。或鼓腹高歌，或混舞于世，一日之间，颠态百出"（陈鼎《八大山人传》）。终至于为艺术所拯救，成就一代旷世奇才。

# 第三章 疯癫还俗期：从『个山驴』到『八大山人』（1680—1690）

## 二十一、"青山白社梦归时"

朱容重家在南昌城惠民门外的蓼洲。八大山人在崇祯十六年癸未（1643）小春的"寇乱"时就曾举家在这里避乱。

朱容重在蓼洲一直居住到去世。这有他作于康熙三十四年乙亥（1695）夏杪的《昼锦堂记草书卷》款署"书于蓼渚之来萃楼"为证。"止留其家"的八大山人在这里住了至少八年，约在康熙二十七年戊辰（1688）移居与蓼洲一河之隔的惠民门内的西埠门。

在族侄家住了一年多，清康熙二十年（1681），五十六岁的八大山人渐渐平静，病情有了好转。疯狂过后，蓄发还俗。在方外绕了一圈，人生的轨迹重又回到原点。

八大山人在南昌居住的时间是一生中的一头一尾，即：第一阶段：从明天启六年（1626）出生在南昌弋阳王府，到崇祯十七年（1644）的甲申国变，十九岁去西山守墓避祸之前。第二阶段：从清康熙十九年（1680）在临川病癫后"走还会城"南昌，到清康熙四十四年（1705）去世。

之后不久，八大山人又在自己的"个山"名号后面加了个"驴"字。

> 既而自摩其顶曰："吾为僧矣，何不以驴名？"遂更号曰："个山驴。"
>
> （陈鼎《八大山人传》）

八大山人自己抚摸着头顶说，我已经做了和尚，为什么不用驴命名呢？便改号为"个山驴"，并刻一"技止此耳"印，明明白白告诉世人，自己当和尚乃是"黔驴技穷"。接下来出现在世人面前的是一系列和驴相关的印款与题名：或单称"驴"，或合称"驴屋""驴年""驴书""驴汉""驴屋驴"。这样的自嘲自谑、自轻自贱其实是对昨天的彻底否定。

从此八大山人作画，只写天干不计地支，没有过去，没有未来，不名不姓，无挂无碍。只是那"圜中一点"，在宇宙大化中自在漂流。

> 青山白社梦归时，可但前身是画师。记得西陵烟雨后，最堪图取大苏诗。
>
> （《为孟伯词宗书七绝轴》）

这是八大山人书写过的题画诗。白社遗址就在南昌，《水经注》载："赣水又历白社，西有徐孺子墓。"又雷次宗《豫章记》云："徐稚家在州南十里，今号白社。"诗即用此典。

梦醒归来，非僧非道非儒，"前身是画师"，冠以"驴"名，卖画为生。

三十六年之后，八大山人重游南昌绳金塔、珠林庵，触景生情，无限感慨。五月作《绳金塔远眺图》轴，又名《山水轴》，为目前所见最早有明确纪年的"驴"款山水画。辛酉至甲子署款多作"驴"或"个山"。

> 梅雨打绳金，梅子落珠林。珠林受辛酸，绳金歇征鞍。萋萋望云籽，谁家瓜田里？大禅一粒粟，可吸四海水。
>
> （《题绳金塔远眺图》）

绳金塔，旧名千佛院，南昌最著名的寺院之一。在南昌进贤门外，唐天祐年间修建，因寺内有绳金塔故名。相传有异僧掘地得铁函金绳四匝，内有古剑三把和金瓶舍利三百。塔经历年修缮，今仍在。塔下建有一寺，名"塔下寺"，又名"绳金塔寺"，寺今不存；"珠林"，即珠林庵，在南昌进贤门外。旧为观音阁。康熙十五年（1676）布政使刘楗改今名，有赠珠林庵体莹诗。十八年（1679）布政使王新命添建罗汉殿。乾隆十五年（1750）僧源椿重修。江南梅子黄熟时，阴雨连绵，当地人称作梅雨；梅子早春开花，未熟时青色，成熟后变黄，即黄梅；云籽（云子）原为道家神仙的食物，后泛指饭食；大禅，了明和尚（？—1165），宋僧，秀州（今浙江嘉兴）人，俗姓陆。身长八尺，腹大数围。世传其为布袋和尚后身，晚岁颇有异行。人皆图像供之，号大禅佛。

黄梅成熟的时节，绳金塔来了一场梅雨，已经成熟的黄梅被打落在珠林。如果我们把绳金塔视作南昌城甚或大明王朝的暗喻，将珠林视作佛门的暗喻，那就不难明白八大山人隐藏在诗里的意思：

灭亡大明王朝的铁骑就像这场将刚成熟的黄梅打落到"珠林"的梅

雨。落在珠林的黄梅，受尽了辛酸，而大明王朝早已"歇"了（其实是没有了）"征鞍"。流落佛门的诗人疲惫无望，在草树茂盛的丛林年复一年地修行和饭食，最终会落到谁家的瓜田？但愿像大禅那样，虽然只是一个微不足道的和尚，却以容纳世界万物的胸怀，放下"四海水"那漫无边际的烦恼布袋。

这是对还俗后的人生道路的思辨。稍后几年，诗人终于真正获得解脱，那是他"尝持"《八大人觉经》，并以"八大山人"为名号之后的事情了。

还俗之初的八大山人，写了大量关于娶妻、诉说婚姻不满或描写朋友介绍妻室的诗。

关于八大山人的婚姻和家室，我所知实在有限，本应回避不叙。但八大山人自己念兹在兹，我绕不过去。

清康熙二十一年（1682）十月，五十七岁的八大山人作《古梅图》轴。题诗三首：《题古梅图轴三首》，又名《题墨梅图轴》。

其一，《无题》：

> 分付梅花吴道人，幽幽翟翟莫相亲。南山之南北山北，老得焚鱼扫□尘。

款识：驴屋驴书。印章：字曰年。

"梅花吴道人"，元朝画家吴镇（1280—1354），字仲圭，号梅花道人。不仕元朝，一生以卖画算命为生。"幽幽"语出《诗经·小雅·斯干》"秩秩斯干，幽幽南山"，深远貌。"翟翟"语出《诗经·卫风·竹竿》"籊籊竹竿，以钓于淇"，"籊籊"指竹竿的光滑光亮。"莫相亲"，不亲密；"南山之南北山北"语出《后汉书·逸民·法真传》"若欲吏之，真将在北山之北、南山之南矣"，相隔甚远，南辕北辙；"焚鱼"源于佛家语

"焚香"，祈祷燃香以助降神；"□尘"，原文缺一字，当为佛教语中的"客尘"，意指尘世的烦恼。《维摩经·问疾品》有："菩萨断除客尘烦恼，而起大悲。"注为"心遇外缘，烦恼横起，故曰客尘。"八大山人侍佛几十年，这类词汇烂熟于心。

其二，《壬小春又题》：

得本还时末也非，曾无地瘦与天肥。梅花画里思思肖，和尚如何如采薇。

款识：壬小春又题。印章：驴。

"本、末"：树的根部和梢部，在这里"本"指社会，"末"指众生。"末也非"，像树枝一样凋残；"曾无"：无须再说。地、天与上句本、末相应。地瘦了，天（枝叶）哪能"肥"；"思肖"即郑思肖，宋末元初诗人兼画家。南宋亡后隐居苏州，坐卧必南向，自号所南，字忆翁，示不忘宋室。善画竹、兰，写兰时不画土，而画露根兰花。人问其故，他回答说："土地都被人抢夺去了，你难道不知吗？"八大山人画梅颇受郑思肖的影响，所以画梅花想起郑思肖。"和尚"，自指。"采薇"，周灭殷后，殷孤竹君之二子伯夷、叔齐不食周粟，在首阳山采薇而食，终致饿死。

其三，《无题》：

前二未称走笔之妙，再为《易马吟》。

夫婿殊如昨，何为不笛床？如花语剑器，爱马作商量。苦泪交千点，青春事适王。曾去午桥外，更买墨花庄。

夫婿殊　驴

"前二未称走笔之妙，再为《易马吟》"即前面两首诗没有说明白此番用笔的妙处，再写《易马吟》。《易马吟》其源在唐代陈翰《异闻集》中以伎婢换骏马的典故。"再为《易马吟》"就是再写娶妻之事，因为前二首都没有明说，所以这首要说明白。

"夫婿"，是妻子对丈夫的称呼。古乐府《陌上桑》有"东方千余骑，夫婿居上头"。"夫婿殊"则见《玉台新咏·日出东南隅行》："坐中千余人，皆言夫婿殊。"殊，即卓特，与众不同。

古时"笛"为竖吹之箫。"笛床"，典出《世说新语·任诞》："王子猷出都，尚在渚下。旧闻桓子野善吹笛，而不相识。遇桓于岸上过，王在船中，客有识之者，云是桓子野，王便令人与相闻，云：'闻君善吹笛，试为我一奏。'桓时贵显，素闻王名，即便回下车，踞胡床为作三调。弄毕，便上车去。客主不交一言。"

王子猷有一次坐在船上听见岸上有人吹笛子，有人告诉他那是桓子野，王子猷早就听说他善于吹笛子，连宰相谢安都夸奖过，便让人请他吹一曲。桓子野当时已经很显贵了，他也早闻王子猷的大名，立即下车，坐在折叠椅或曰折叠床上为王子猷吹了三首曲子。吹完了，便回到自己的车上。自始至终主客两个人没说一句话。

两人既知音相谐，不必多言。

"如花"，美女。"剑器"，古舞曲名，杜甫有《观公孙大娘弟子舞剑器行》。中吕宫曲、黄钟宫曲，皆有"剑器"舞名；"爱马"，"爱妾换马"的简称，乐府杂曲词名。

而诗人这里说的是完全相反的意思。

这是一组主题和内容皆相联系的组诗。此时的八大山人正为家事大伤脑筋。画《古梅图》时的八大山人内心一片混乱和纠结，国仇家恨，古人今人，书画妻室，搅作一团。忽而自负，以不事新朝的吴道人、郑思肖自诩；忽而自责，又恨自己没有不食周粟的伯夷、叔齐那样的骨气。而这些混乱和纠结都来自娶妻后的烦恼。

《古梅图》题画诗一开始就告诉读者，"梅"者，"媒"也。这比喻前几年给叶祖徕的《题画扇》中就用过了。以"梅"喻"媒"，不只是八大山人个人之好，时人亦同。

第一首，开篇就说"幽幽翟翟莫相亲"，疏远，没法亲近，南辕北辙，"老得焚鱼扫口尘"，烦恼没完没了；第二首，"和尚如何如采薇"，一个和尚怎么能像古代的王子那样呢？干脆就是想要一走了之，跑去山野吃野菜过日子。这两首诗，表面看，讲的是王朝的不幸，但诗人却是要用王朝的不幸映照家庭生活的不幸。但这意思别人恐怕难以领会，因而，第三首，诗人先加了个注，特地说：前面两首没有说明白我为什么写这些的妙处（用意），所以要再写《易马吟》，写出"爱妾换马"的原因。接下来诗中说：

"夫婿"（自指），为什么会和昨天不一样了？那是因为两人已经好不到一块（"不笛床"）了；"如花语剑器，爱马作商量"，是与媒人的诉说：美人在那里跳《剑器》舞（无休止抱怨），我在这里唱"爱妾换马"曲（作重新娶妻的商量），如此夫妻还过得下去吗？诗人最后转而奉劝妻子：别哭了，与其这样"苦泪交千点"，不如趁年轻去侍候那些富贵人家（"青春事适王"）吧。至于我自己，早打算好在"午桥"外买座"墨花庄"了。

"午桥"，即午桥庄，唐代裴度的别墅。白居易有《冯和裴令公新成午桥庄绿野堂即事》。其地在今河南洛阳县南；"墨花"：砚石久受墨渍而成的花纹。唐李贺《杨生青花紫砚歌》有"纱帷昼暖墨花春，轻沤漂沫松麝熏"，写的是帐帏之事。诗人对今后的日子已经另有打算了。

这首诗款署"夫婿殊"三字与"驴"字稍留空间。"驴"是僧名，与"夫婿殊"不便连贯，是一个特殊的夫婿。

对八大山人《古梅图》上的题诗，有所谓学者在诗以外赋予了许多大而无当的意义：将诗中的请人做媒读作了诗人的讽刺仕清"贰臣"；痛骂他们以人格去换爵禄如用声伎女婢换马，不顾"苦泪交千点"的亡国之恸，甘愿"青春事适王"而求荣；诗人自己则不慕高官厚禄和豪华别墅，甘居"墨花庄"陋室。更有甚者，将这首诗中的"夫婿"理解为指代明室，"夫婿"卓特超群，为什么不为他坐床吹笛？由此对以名节易禄位、像婢妾一样服侍新朝的人加以斥责。也有解释为代梅立言，而梅又以女子口吻发言。首联称赞夫婿好（殊）；次联慨叹以婢易马；第三联吐露"青春事适王"的精神痛苦；末联表示不羡慕豪奢，安于寒素。体现出梅花的高洁，展示了不事二主的民族气节和铮铮傲骨，等等，这些政治臆说，反映的是学术上的极端浅薄和与艺术全不相干的政治僵化。

当然，我们的确也可以说，三首诗中的第三首是用特地说明的男女家事掩盖前面两首过于明显的反清内容。所谓"易马"未必一定就指的是换老婆，而是江山的改朝换代。对于八大山人幽深莫测的内心世界，任何一种极端的结论都有可能失之武断。

同年，八大山人又作《瓮颂》诗六首，并用山谷体书写成一个长卷：

《毕瓮》——
深房有高瓮，把酌无闲时。焉得无闲时，翻令吏部疑。

《汲瓮》——
汲冢字淹留，伸唇那到喉？阿兄在地底，小弟上楼头。

《春瓮》——
若日瓮头春，瓮头春不见。有客豫章门，佯狂语飞燕。

《醋瓮》——
人海岂妨酸，零沽复伙掇。走却孟襄阳，祸兮云盍醋。

《陶瓷》——

小陶语大陶，各自一宗祖。烂醉及中原，中原在何许？

《画瓷》——

停舟问夏口，夏口无一画。三人瓮里坐，是事颇奇怪。

## 同年再作诗十首，书以狂草：

女郎初嫁时，口口称阿母。女郎抱儿归，口口称儿父。

……

强言共寝食，十日九不具。桐华夜夜落，梧子暗中疏。

……

无心随去鸟，相送野塘秋。更约芦华白，斜阳共钓舟。

……

小猎禽青龙，大围纵苍狗。亲手捕其麟，花前送春酒。

……

美人罗带长，风吹不到地。低头束玉簪，头上玉簪坠。

……

流苏三重帐，欢来不知曙。谁遣乱乌啼，恨杀亭前乌桕树。

……

明月乌鹊台，玉骑阊阖至。空林一时飞，秋色横天地。

……

桂树及冬荣，瑶草待春发。惟闻鸾鹤声，寥寥上烟月。

……

江风吹短梦，忽堕天边影。何处老龙吟，觉来蓑笠冷。

……

倦翼晚犹度，寒潮夕上夕。鸥来稀钓艇，来去亦无期。

这一时期八大山人婚姻题材的诗作如此集中表明，婚姻给八大山人晚年生活带来的恐怕更多的是烦恼。

东畔荷花高出头，西家荷叶比轻舟。妾心如叶花如叶，怪底银河不肯流。

（《荷花》）

这首诗又题《茨菇》。茨菇，即慈姑。白居易《旅道池上作》诗："树暗小巢藏巧妇，渠荒新叶长慈姑。"李时珍说慈姑一根生十二子，如慈姑的爱育诸子，故名。可做食用或药用。

"东畔荷花高出头，西家荷叶比轻舟"，乍看似是写荷花亭亭玉立的风姿。其实，荷花乃女子：东家的妻室多么好，西家妻室多么妙。只有自己的"妾心如叶"，犹如荷叶那样摇来摆去飘忽不定，以至于"怪底银河不肯流"，不能像"荷花"那样多子、像慈姑"一根生十二子"那样"爱育诸子"。

不管题《荷花》还是题《茨菇》，出典都在于"多子"，其诗眼则在于"妾心如叶"。"妾心如叶"说的是"有花不结果"。诗人晚年的婚姻只剩下艳羡别人的一声叹息。

才多雅望张京兆，天上人间白玉堂。到底鸾台揽明镜，也知牛女易时装。

（《题画眉》）

张京兆，即张敞，西汉平阳人，宣帝时为京兆尹，有风流儒雅的声望。曾为其妻画眉，时长安有"张京兆眉妩"之说，后引申为夫妻亲昵的典故。

唐宋以来称翰林府为"玉堂"，在这里引申为宫殿、富贵人家；"鸾台"，原为官署名，唐代改门下省为鸾台，张敞曾任大中大夫职，故以"鸾台"称之。鸾台职责略同侍中，掌驳正违失之事。张敞在朝廷把持明镜，是个手握重权的皇帝近臣；在家又有穿着打扮入时的爱妻相拥，神仙富贵的福分集于一身，真好比是住在天上人间般的白玉砌成的殿堂里。

诗人题画眉鸟，思想跳跃到张京兆为妻子画眉的佳话上。借对张京兆的羡慕，表达了对自己家庭生活的不满。

没有更多的史料可供佐证八大山人的这次婚姻，我们只能隐约感到，八大山人大约在一六八〇至一六八一年前后的这一次婚姻是短命的。以他本人的诗所描写的状况，那样的家庭很难长久维持。他那些诗充满了对女方脾气不好、没给他生儿子之类的指责，但我们可以想象得到，以八大山人那样的乖戾变态，他可以是一个伟大的艺术家，却未必会是一个称职的丈夫和父亲；他的艺术成就可以使他彪炳于艺术史册，却不足以支撑一个幸福家庭；他是画圣，却不是情圣；我们说他伟大，并不等于说他完美。我从他那些关于妻室乃至女性的诗里，读不出对女性的尊重。相反，感觉到的是他的冷漠与自私，丝毫不顾及对方的感受，即便赞美也是基于美色。别说他一肚子不满意，要"爱马作商量"，纵使他怎样了得，纵使有"三从四德"管着，世上又有几个"瑞香""芙蓉"一样妙曼的女人会心甘情愿、忍气吞声跟一座又冷又硬的纪念碑过一辈子呢！何况他还那么又老又穷，疯疯癫癫，成天除了醉醺醺地抓着一支破笔胡涂乱画，还会什么？哪个女人嫁了这样的男人都算是倒了八辈子血霉，不"如花语剑器""苦泪交千点"才怪了。站在女性的立场，我同情这样的妻子。这样的婚姻对双方都是绝对的不幸。

八大山人生就的是艺术家的苦命。他的思想、情感和精力，只有投入对无尽痛苦的表现——那个让世人难以理解的艺术天地才会焕发出奇异的光彩。

正是在这一时期，八大山人开始了对艺术成熟期的趋近。

## 二十二、"八大山人"

康熙二十二年（1683），八大山人五十八岁。

清朝派汉人降将施琅进攻台湾，郑克塽投降，监国宁靖王朱术桂自杀殉国，明朝残余势力覆灭。

康熙二十三年（1684），五十九岁的八大山人作《花竹鸡猫图六页册》，末页猫图署款"八大山人甲子一阳日画"；七月朔，作《行楷黄庭内景经》册十二开，亦署款"八大山人"。这是"八大山人"名号的最早见用。

在中国古代画家中，八大山人的名号突出的多。至一九八六年，研究者已收集到八大山人用过的印章八十九枚，除一方朱文竖方印"个山"没有收录之外，几乎都囊括进来了。其中许多是有年代可考的：

一六五九年：释传綮印、刃庵、刃庵綮之印、净土人、灯社、雪衲、丁字、钝汉、枯佛巢。

一六六六年：法堀、耕香、雪个、土木形骸、白云自娱、萧疏淡远。

一六七八年：怀古堂、鹿同、西江弋阳王孙、灯社綮衲、掣颠、个山。

一六八四年：画翁、鳝篇轩、八大山人。

一六八九年：画渚、八大山人（有框屐形印）。

一六九〇年：涉事。

一六九二年：在芙。

一六九三年：艾。

一六九四年：黄竹园、在芙山房、可得神仙、㐅区兹。

一六九六年：遥属。

一六九九年：何园、驴。

一七〇二年：拾得、真赏。

一七〇五年：手屈一指、八大山人（屐形印）。

有些虽无明确纪年，但经常钤用：裸堂、八还、个相如吃、二九十八生、白画、学学半、山、浪得名耳、止八大山、驴书、人屋、夫闲、技止此耳，等。

八大山人的名号大多用在印章上。他的名号印章，是我们今天大致断定他的作品创作年代的依据，也是我们把握他的思想和处境变化的依据。

初为僧时的"传綮"："传"是辈分，也是传承；"綮"是大义妙门。"刃庵"："刃"，是妙悟之刃，禅宗所谓"两头共截断，一剑依天寒"。"雪个"：茫茫雪中独一个。以"雪"表"雪恨"，亦无不可。"个山"：《个山小像》蔡受有跋——"个山个山，形上形下，圜中一点。"这些名号还俗后仍沿用。至六十岁以后，除"个山"外其他才不再见用，并将"山"字略去，独用"个"字。"个，个"，"无多，独大"，孑然一身，立于"圜"中。

五十六岁前后署"驴""驴屋""驴屋驴"自嘲。以名号自嘲是当时士子通习，也有佛典依据："种种形貌，喻如屋舍，舍驴屋入人屋……本源之性，何得有异？"世上万类，形貌不同，本源之性其实无异。五十九岁后，不再用"驴"号。此后二十年，笔墨渐趋平和，寄托日益遥深。

所有名号中，晚年的"八大山人"争议最多，至今未有定论。"山人"好懂，就是在野者。八大山人终生未仕，自是"山人"；"八大"却历来众说纷纭：

> 八大者，四方四隅，皆我为大，而无大于我也。
>
> （陈鼎《八大山人传》）
>
> 山人为高僧，尝持八大人觉经，遂自号八大山人。
>
> （龙科宝《八大山人画记》）
>
> ……或曰："山人固高僧，尝持《八大人觉经》，因以为号。"余每见山人书画，款题"八大"二字必连缀其画，"山人"二字亦然，类哭之笑之，字意盖有在八大山人题《八大人觉经》跋也。
>
> （张庚《国朝画征录》）
>
> 有故家子示以赵子昂所书八大人觉经，山人喜而跋之，因以自号。世乃谓山人隐哭笑二字，非也。
>
> （《江西通志》）

上述除陈鼎以外，都认为是因为有了《八大人觉经》，才有"八大山人"这个名号。

两种不同的说法中，陈鼎的说法容易引起疑虑。清初大行文字狱：顺治二年（1645）的黄毓祺诗案；顺治四年（1647）的释函可私撰逆书案；顺治五年（1648）的毛重倬等坊刻制艺序案；康熙二年（1663）的《明史》案；康熙五年（1666）的黄培诗案；康熙十九年（1680）的朱方旦中补说案，等等，令人毛骨悚然。前明宗室八大山人如此高调，恐难免杀身之祸。他的佛门挚友南昌北兰寺住持澹雪就因"狂大无状"入罪，死在狱中。

龙科宝和张庚的说法似乎较为接近八大山人的本意。龙科宝是与八大山人有过直接交往的人；张庚（1685—1760）是清代的绘画兼绘画理论大家。长古文词，精鉴别，绘事则攻学山水，出入董源、巨然、黄公望。习之既久，领略益深。浦山志于丹青，师古人而又师造化，遍游南北，探访名迹历十余年，著有《强恕斋集》《浦山论画》《国朝画征录》等。他们对八大山人的理解应该不至于太感情用事。

八大山人为《八大人觉经》题跋在康熙三十一年壬申（1692），时年六十七岁。题跋全文是：

> 经者，径也。何处现此〕〔大人觉经？山人陶八〕〔遇之已。壬申五月之廿七日〕〔（八）大山人题。

题跋中四个"八"字，除"陶八"外，其他三个"八"字均写成"〕〔"。八大山人从六十到七十岁署款中的"八"都是这个写法（〕〔）。这三个"〕〔"字，既是《八大人觉经》的"八"，也是"八大山人"的"八"。"山人陶八"的"陶"是"陶养"，"陶八"就是陶养《八大人觉经》所讲的"八觉"。"八〕〔遇之已"就是"〕〔大山人"的"〕〔"和《八大人觉经》的"八"相遇。

据此分析，我们可以这样来理解这个题跋："经"就是路，就是这部《八大人觉经》。"八大山人"中的"〕〔"遇到了《八大人觉经》的"八"。两个"八"字相通于"路"。

《八大人觉经》讲到人的八大觉悟："世间无常、多欲为苦、心无厌足、懈怠坠落、愚痴生死、贫苦多怨、五欲过患、生死炽然。"世人必须自我解脱。八大山人信奉《八大人觉经》，从中得到抚慰开导，因而觉得十分有缘，故以"八大"自号，这样的解释更合乎他的思想历程。

八大山人自己从没有对"八大山人"这个名号作过任何解释，对当时别人的种种猜测也不置可否，似乎是有意留下一个不解之谜让人冥思苦索几百年。随着更多史料的开掘，更多有兴趣者的加入，当代人有关"八大山人"的说法就更是奇思妙想，别出心裁。有的尽管不着边际，但所有这些讨论，对于丰富八大山人研究总是不无裨益的。真正要得到"八大山人"的准确答案，绝非易事，但也似乎并无绝对的必要。因为有一点是明确的，那就是："八大山人"就像一座古怪离奇的桥梁和一杆时隐时现的风向标，通往他那悲苦苍凉的一生和痛苦煎熬的心路旅程。

作为大明宗室的后裔，倔强的八大山人不肯向清王朝低头。他终生未仕，拒绝与清政府合作。他用干支和岁时纪年，从来不在自己作品中使用清朝帝王的年号。类似的细节乃是一种独特人生况味的隐秘抒发。他无力与命运抗争，却又无法克制内心的痛苦。正是这种扭曲的外部世界和扭曲的内心造就了一个伟大的画家、一个将绘画的语言发挥到登峰造极并赋予崭新生命的画家。同时也使他成为一个最难读懂的画家。

要全部读懂八大山人几乎是不可能的。清姜怡亭《国朝画传编韵》中写道："山人有仙才，题跋书画多奇致不甚解。"当时人的这个结论，三百年后的今天似乎也没有大的改变。但我们可以从他的艺术和他的处世方式中感受到他贯穿一生的痛苦。

而痛苦是艺术创造的内驱力，是我们理解他、读懂他的关键。

## 二十三、"山人果颠也乎哉"

清康熙二十四年（1685），八大山人六十岁。

古代中国人纪年的天干地支走完了一个轮回。六十年称"花甲"，"花"，形容的是干支名号的错综参差，有一点儿像八大山人的人生。

"手捋六十花甲子，循环落落如弄珠"（宋·计有功《唐诗纪事》），不觉中已霜染双鬓。花甲之年是太阳压西山的年龄了，是了悟人生、无所顾忌的年龄了。对于许多人，是人生的黄金时代，充满了悠然、闲淡和舒适的诗意，宁静、深沉和成熟的美感。人生在这个年纪的人看来，已无秘密可言。然而对于八大山人，命运则太过冷漠了，所谓的"黄金时代"云云，仅仅给了他的艺术。

过了三十年"一切尘世冥"的隐遁生活，回到世俗社会的八大山人，身心其实是陷入了更大的困顿。面对斗转星移的世界，佛门带给笔墨的静穆已无法承载滚烫涌动的热血。参禅归宗没有让内在的节义感慨平静，还俗生存又承受着多重压力，焦虑感和虚无感使之直欲疯狂而后已。

思想的激荡必然带来风格的激变，技法的精进也必然带来艺术的突破。

从一六八五年到一六九五年即六十到七十岁之间，"八大山人"的"八"被写成尖锐相对的两笔。强烈的爱憎交融于诗书画印，甚至一直讳莫如深的身世，也是一遇适当机会，便抑制不住表露。这一切，给创作带来的直接后果是语言直露，情感张扬，激荡不定，愤世嫉俗，流露出强烈的个性色彩。

在长期广泛涉猎各种书体、多方位多角度学习和探索的深厚基础上，六十岁前后，八大山人书法开始逐渐形成自己的风格。

从五十多岁到六十岁，八大山人开始挣脱唐宋法书的羁绊，寻求突破自我，拆解传统笔法和结构，按自己的理解重新组合，并融入绘画因素，大胆变形，狂草逐渐增多，不再是原来的章草。唐代楷书笔法与草书格格不入。真正的草书必定会摈弃唐楷笔法。作于五十六岁前后的《行书诗册》，很明显地反映出这种改变：狂草的结构和笔法，突兀地夹杂在作品中的大字，打破了先前的匀称雅致，极为夸张；小楷则超越唐人的严谨，追求魏晋的冲淡自由。晋代笔法保留着隶书对笔锋推移整个过程的控制，"使转纵横"。对晋人笔法的追求使这一切集合于笔端。又以临写《石鼓文》求得篆书的古朴清健，融入楷书。五十九岁，《书画对题册》题诗用笔又比之前的狂草更加凝练，硬毫方笔，而取圆势，字体大小反差更为加大。《个山杂画册》向晚年书风过渡，对圆转线条的强调，使他的书法开始显示出个人特征。六十一岁，《草书卢鸿诗册》杂有行书，但保留了字体大小的反差。线条的流畅，用笔的圆转、充分表现出他对转笔控制的明显进步。六十二岁，《行草诗轴》《为镜秋诗书册》笔画所分割的空间开放，指向字结构的外部，越过这一阶段以后，渐渐收敛，最终进入只属于八大山人自己的构成。六十四岁，《竹荷鱼诗画册》始现中锋主导，起笔、收笔和弯折提按淡化，用笔的圆转和结构的圆转渐成一体。章法变得轻灵疏朗跌宕，字与字的单元空间松动轻快，错落有致。有同样特征的作品还有《黄庭外景经》《黄庭内景经》《乐苑》等。

这是八大山人前后两种书风之间一个不可或缺的、理想的过渡阶段。

总之，这一时期的八大山人，为造就其个人书法风格做好了一切必要的准备。

与此同时，八大山人的花鸟画摆脱了早期写生的青涩，运笔奔放、造型夸张，墨色淋漓、笔锋凌厉，线条洗练、构图雄奇，气势开阔、意境深远。所谓"笔情纵恣，不泥成法，而苍劲圆浑，时有逸气"。大胆剪裁与分割空间相结合，画内与画外相联系，无骨开张，气势博大。凋花枯草、残枝败叶、鼓腹之鸟、瞪眼之鱼皆被人格化，象征凄凉潦倒的人生和傲岸不屈的姿态。树如 T 形，鸟为方眼，蔑视、仇视、傲视、逼视、怒视无一不现。

《花鸟册》中的《鹌鹑游鱼图》，深秋的一只鹌鹑，蜷缩岸石，白眼看天，对水中两尾争食的鱼，不屑一顾。《鱼》精妙破墨，寥寥数笔，浓墨点睛，活画出游鱼的桀骜不驯。《野塘双雁图》岸石嶙峋，两只芦雁，怅然对峙于野塘。所谓"寒塘雁迹、太虚片云"（清·沈灏），同画家的命运一样冷峭。《莲塘戏禽图》的两只禽鸟，黑羽，怒目，令人胆寒。《荷花翠鸟图》的鸟，低头，闭眼，孤立苇秆，旁若无人，蔑视一切。《杂画册》中的《鹊石图轴》，两只喜鹊立于大石之上，让人想起《诗经·召南·鹊巢》有："维鹊有巢，维鸠居之"。《题双孔雀图》，题诗直指清廷汉官。《瓜月图》是对复明无望的叹息。《甲子花鸟册》，枯枝上一只八哥。题诗："衿翠鸟唤哥，吭圆哥换了。八哥语三虢，南飞鹧鸪少。"刺"虢"（明）亡后，有鹧鸪怀南那样志向的忠臣太少。

《古梅图》是八大山人这一时期的代表作。一株断枝梅树，主干已空，树桩断口参差不齐，虬根露出，枝桠纵横，剑拔弩张，寥寥点缀几个花朵，历经风霜雷电劫后余生。秃笔渴墨皴擦而成的枝干与树桩，铁骨铮铮，浩气凛然。充分体现了八大山人由"孤怨"向"孤愤"的转化。

八大山人的情感有多么复杂，他画的鸟和鱼就有多么复杂。翻眼瞪石、杌陧不安的鱼，缩头鼓腹、沉思假寐的鸟，以及断梗残荷、水草浮萍、凋尽了花草树木的山川，正是在灾难和浩劫下疲惫众生的存在状态和精神状态的呈现，是画家对身之所寄的历史时空的写照。这是一种驻足颓垣前展现出的苍凉的美丽。

五十八岁前后，八大山人将创作的重点从花鸟画转到了山水画，山水画由此成为他的精神世界的另一个重要载体。

郑板桥有一首在《屈翁山诗札》中石涛、石溪、八大山人、过峰和尚四人卷上的题诗：

> 国破家亡鬓总皤，一囊诗画作头陀。横涂竖抹千千幅，墨
> 点无多泪点多。

他从八大山人等人的画中看到的是至深的哀恸、极致的愁苦，是人
伦之变、故国之亡带来的偷涩苟全的悲悒。

年近六十开始作山水画，起步似乎晚了些，但对于悟性极高的八大
山人，时间并不是问题。他画山水，一开始就不是对景写生，而是遗貌
取神，写胸中丘壑。构图多中景、近景，少全景、远景，与宋元明以来
诸家山水迥异。画山每采"截取式"，潘天寿说是"一鸟一花山一角"。
所取多残山剩水，荒寒萧疏，野逸无人，满目凄凉。《墨笔杂画册》中
的一开山水，前景中的树画得异常扭曲张扬，让人明显感受到他内心的
躁动与积郁。《山水册》中的树，多画得东倒西歪，使人隐约体味江山
不再、国破家亡之痛。这些充满激愤不平的山水画，摒弃了传统的"绵
里藏针"笔法，出现的是"剑"一般锐利坚硬的意象。树上的"平头点"
点得极为尖锐，手中的"笔"不由自主便成了心中的"剑"。对旧王朝
的悲愤眷恋，逃禅隐遁的遗民心境，一览无余。画上的题跋和花押，更
把不易把握的抽象情绪变成了具体可感的形象。这些被赋予情感内涵的
艺术意象以感性直观方式的存在，使情感的表达更加明晰和强烈，成为
家国之恨的宣泄。

怯懦于外而傲岸于内的八大山人，以"颠狂"而入艺术王国，笔墨
放纵，为所欲为，充满着非理性。杨恩寿在《眼福编》初集中曾记载了
八大山人的作画方式：

> 山人玩世不恭，画尤奇肆。尝有持绢求画，山人草书一

"口"字大如碗,其人失色;山人忽又手掬浓墨抹之,其人愈恚。徐徐用笔点缀而去,迨悬而远视之,乃一巨鸟,勃勃欲飞,见者辄为惊骇。是幅亦浓墨乱涂,几无片断,视则怒眦钩距,侧翅拳毛,宛如生者,岂非神品!

八大山人天才卓荦,惊世骇俗。用心与他人毫无共同之处,听任时而失望、时而狂喜、时而紧张、时而和平的精神所支配,以致其转瞬即逝的表现超绝不凡。他画中的曲线、直线、角状和圆形有着强烈的生命感和节奏感,他表现的对象与现实世界的距离是那么遥远,其所见"无复山水之相",其所画"废物象而取其真"。他在其中澡雪精神,奔逸绝尘,使几近崩溃的神经,得以舒缓与洗礼;几近失去的理智,得以复苏和休整。

颠狂的发作,是八大山人前后创作的分水岭。八大山人的绘画创作前后差别如此明显,并非偶然。从康熙戊午(1678)在临川初犯颠狂,到回到南昌流浪街头,八大山人断断续续的颠狂先后约有五年。由颠狂到从颠狂中恢复,八大山人艺术风格发生重大转变,"颠狂"是其中的一大奥秘。

痴、颠、疯、狂、迂,是中国书画史上的特异闪光:颠张醉素(唐·张旭、怀素)、杨风子(五代·杨凝式)、甘风子(宋·关石)、米颠(宋·米芾)、倪迂(元·倪瓒)、黄大痴(元·黄公望)等等,莫不是精神迥孤以至病态而绝出伦辈。众生中少了几个常人,艺术上多了万丈华彩。

他们的颠狂不纯粹是精神病态,有时候是一种生存策略:后天的大委屈不得舒展,而以先天的大才华来承载颠狂;更多的时候是一种独特的自然本真和无意识——超凡的感悟力在颠狂"隐蔽"下,控制奔突的热情，驾驭娴熟的笔墨，灵性飞动，天趣洒落。

确有因为其名不彰而以颠狂沽名钓誉的假疯子，但八大山人的"狂"，是痛苦的外化，是直率的本色，是"纯纯常常，乃比于狂""猖狂妄行，乃蹈乎大方""其性情与画最近"。敏于艺术、疏于人情，这是其颠狂的两面性。"凄然似秋，暖然似春，喜怒通四时，与物有宜而莫知其极"（《庄子·大宗师》），这一种"大癖"，庄子引为大知己。八大山人的"颠"，一如倪瓒的"迂"，其形迹或异，其气味则同，都是跨越时流的独领风骚。

颠狂者又往往有所凭借。醉酒，便是一种。酒对八大山人艺术的作用亦不可忽视。石涛《题八大山人画〈大涤草堂图〉》一诗就讲到八大山人的"须臾大醉草千纸"。

"狂来轻世界，醉里得真如"，酒能将人带入无拘无束、若梦若幻的状态。堕肢体，黜聪明，去形知，得失俱忘，贵贱全无。把酒醉提升到形而上极致的是庄子："醉者之坠车，虽疾不死"，因为"其神全也"。靠酒的力量，轻易实现了"一其性，养其气，合其德，以通乎物之所造"的至高境界。酒，乃是大方便法门，大醉，乃是全醒。酒是自觉的良机，不复外求而一切自得。

八大山人"饮酒不能尽二升，然喜饮"，"贫士或市人、屠沽邀山人饮，辄往；往饮，辄醉。醉后墨渖淋漓"，"赌酒胜，则笑哑哑，数负，则拳胜者背，笑愈哑哑不可止，醉则往往唏嘘泣下"。天真得就像儿童。

在酒精的麻醉下的颠狂、超脱，倘无"真忧"，便多少有一点儿做作。八大山人之醉，是助其"颠"，是解真忧，是避时祸，是"己独曲全""虚己游世"（《庄子·天下》）的选择，这与魏晋名士的放纵任诞，所谓名士不必须奇才，但使常得无事，痛饮酒，熟读离骚，便可称名士是大异其趣的。

杰出的艺术创造，往往产生于一种异常的感情状态和精神状态。这有艺术哲学和创造心理学的研究可以证明。在病理学家看来，类似凡高那样的画家正是因疯病而增长了创造才能，使他上升到以前所不可能达到的高度。早于凡高两百多年的八大山人是一个更恰当的例证。他的颠狂成为原始生命力和创造力的莫大动力，催化着熟练的技巧与深厚的学养，产生出正常状态下不易出现的佳品。

上述因素之外，还有一点要特别指出，那就是八大山人这一时期的画作中透出的临济宗色彩。无论是空间构造的怪诞，还是笔触驾驭的刚毅，都与五代、北宋狂禅之风一脉相承。八大山人焚裂僧服，"见佛杀佛"，"见祖杀祖"，摆脱葛藤露布的束缚，又将峻烈气息带入书画，以强烈的自我意识和奇特的书画美学打破了文人气质带来的沉滞、单调、柔弱和缺乏生气的优雅。

> 外史氏曰："山人果颠也乎哉？何其笔墨雄豪也？余尝阅山人诗画，大有唐宋人气魄。至于书法，则胎骨于晋魏矣。问其乡人，皆曰得之醉后。呜呼！其醉可及也，其颠不可及也！"
>
> （陈鼎《八大山人传》）

八大山人果真颠狂吗？为什么他的笔墨那样雄豪呢？看他诗画，大有唐宋人的气魄。至于书法，则是从魏晋脱胎而来的。问他的同乡人，都说那些书画都是从他醉后得来的。唉！他的醉别人可以比得上，他的颠狂却是谁也无法比得上的！

跌宕的身世和逃禅的经历，给八大山人书画赋予了强烈的感情色彩和复杂的精神内涵。然而，对八大山人这一时期的创作，我们在深深理解他所经历的不幸与不平的同时，不能不客观地说：情绪的偏激与表现的狂放，是艺术尚不成熟的表现。


## 二十四、"画插兰金两道眉"

有关八大山人的最大的谜是他的内心世界。这个谜，也许他自己也给不出答案。

经历家国之乱，遁迹山林避祸，继而步入空门；业师离世，失望于佛门，盘桓于俗世，继而还俗；还俗后，却又往来于禅林寺院，读经文、写诗偈，阐佛学，交释友。

回到南昌的八大山人，经常在北兰寺、开元观等处走动。与北兰寺的住持澹雪或谈书论画，或谈禅论道，成为挚友。

雍正十年（1732）所修《南昌府志》载："北兰寺，在德胜门外，南岳让禅师道场，后废。国朝康熙十六年，有临济派下僧澹雪，由浙西来重建……"在有关八大山人的文献里，邵长蘅所撰《八大山人传》即提到北兰寺和该寺住持澹雪和尚，邵长蘅自己也是在北兰寺通过澹雪和尚的引见，才得以和八大山人相交的。此外，八大山人还于一六七七年北兰寺重修不久，在该寺壁作一大画；于一六八六年丙寅即康熙二十五年作《芝兰清供图》送给澹雪和尚等人。由此可见，北兰寺是八大山人及其他文人墨客经常驻足的地方。

八大山人重返南昌后，现已知的释门朋友中，关系密切的首推北兰寺住持澹雪。光绪版《江西通志》介绍："澹雪，临济派也，康熙丁巳自浙西来，见北兰让禅师道场，鞠为茂草，乃结茅其地，经营数载，殿宇斋堂、方丈禅室及秋屏阁、列岫亭，皆二次第重建，遂为江西名胜之冠。"

澹雪是杭州人，有很高的禅学修养，擅长书法和诗文，喜欢与文人交往。是邵长蘅和八大山人结识的牵线搭桥者。

在邵长蘅的《八大山人传》中，关于自己与八大山人的结识，写得活灵活现，绘声绘色：

> 予客南昌，雅慕山人，属北兰澹公期山人就寺相见，至日大风雨，予意山人必不出，顷之，澹公驰寸札曰，山人侵蚤已至，予惊喜趣乎笋舆，冒雨行相见，相见握手，熟视大笑。夜宿寺中剪烛谈，山人痒不自禁，辄作手语势，已乃索笔书几上相酬答，烛见跋不倦。澹公语予，山人有诗数卷藏箧中……澹公杭人，为灵岩继起公高足，亦工书、能诗、喜与文士交。

八大山人对澹雪也是欣赏有加。在康熙三十年（1691）致方士琯信中，八大山人对澹雪的诗大为赞赏：

> 迣地放宽，乃尔拜上。澹公"黄鸟一声酒一杯"佳句也，要人续。玉郎在座可会得？山人出没此南屏里，画未有艾也……

时任临江府知府的喻成龙在其《西江草》诗集中有多首涉及八大山人与澹雪的诗。诸如：《月夜渡江访八大山人澹雪和尚于北兰寺分韵》《和八大山人澹雪和尚原韵留别》《予赴鲁已挂席章门，八大山人澹雪和尚复买小艇送至樵舍，因留舟中握手论心，不忍言去，顷之酒酣兴狂援笔率成八绝句，用志别绪》。写了自己与八大山人及澹雪的深情，也见证了八大山人与澹雪的厚谊。

八大山人现存作品中，有他在康熙二十五年（1686）六十一岁为有金兰之好的羽昭先生、舫居方丈和澹雪和尚画的《题清供图》，又名《芝兰清供图》《竹兰灵芝图》。款识：丙寅雪在上元，全羽昭先生，舫居方丈，澹雪和上，道经山竹子为画兼正；八大山人。印章："八大山人"（扁圆形白印）；"性灵"（起首印）。

画上有题诗：

> 春酒提携雨雪时，瓶瓶钵钵尽施为。还思竹里还丫髻，画插兰金两道眉。

上元节的雨雪中，（我）与羽昭先生、舫居方丈、澹雪和上（"和尚"的别称）提着冬天所酿至春始熟的酒，还有"瓶瓶钵钵"之类，出来郊游。上元是春节的最后一天，也叫"大年"。是整个春节从初一至十五闹元宵、跳傩舞、打龙灯，最热闹的高潮。而这天却又一般会下雨。仍有出游，就是想回避那些喧闹。郊游中大家都狂放"施为"，尽情饮酒，以至有些失态，"瓶瓶钵钵"相互碰撞得乱响。众人来到的是一个长着很多竹子的住所，竹叶的桠杈让（我）想到少年时的丫髻，又想到画兰、画竹时的涂鸦趣事，那少年画兰的左一撇、右一撇，就像"两道眉"毛的兰叶。当年的稚拙天真全部浮现在了眼前。

于是八大山人画上的两支兰叶，也是左、右两撇，如出一辙了。一如他画松，往往一低一昂，如舞如蹈，充满动势美。

"画插兰金"的"兰金"是"金兰"的倒置。指友情契合深交。语出《易·系辞上》："二人同心，其利断金，同心之言，其臭如兰。"

可亦善书法、性格偏强的"金兰"之一澹雪因为触怒了新建县令方峨，死于非命。澹雪死后，曾经是"江西名胜之冠"的北兰寺不久被毁。

果然是人以群分物以类聚啊。八大山人的至交好像都是些偏脾气的人：业师耕庵老人是这样，法弟饶宇朴是这样，澹雪竟也是这样。

　　还俗后的八大山人，并没有远离佛门。他一直与释门中人交往不断；一直诵读《八大人觉经》，康熙三十一年（1692）还特地为《八大人觉经》作跋；一直保留着佛门的"驴""驴屋""驴书""驴汉"等名，还俗次年，用"驴书""驴屋""驴屋驴书""人屋"印款。在他看来，驴屋与人屋，逃禅与还俗，本质上并无区别。他不断地书写《般若波罗蜜多心经》，至今存世的《心经》作品，至少有十件以上。康熙二十八年（1689），看见《丁云鹏十八应真像》（"应真"即"罗汉"），他在册页上作了"对题"，还俗约十年后集中表现了自己的禅宗思想。

　　其一：

　　　　好大哥，灯落桂华吹和和，+（"耕"的异体字，见《康熙字典》）螺没奢说，玛瑙磨。

　　其二：

　　　　好大哥，人死、心亡、床倒、钵休耶。

　　其三：

　　　　公无渡河，公其渡河，生僧鹅。鸭死、僵虾蟆。昔者皇还丹大罗。

　　其四：

　　　　钦此钦遵，好哥好□□眉毛。阿逸兮，谢三嫂。

其五：

伊南匠料之，都也都百凡，空中天庭洞洋帆。

其六：

棒头出孝子，义养忤逆儿，即猴白，弄猴黑；西来之意无十思。

其七：

大耳沙弥，叵耐石头子，甚黙慧呷之，西流合爪加额大都洲。

其八：

昨日有人从天台来，却往南岳去，云：拿它船头啐它嘴，罗汉经，为求雨。

其九：

道着头角生。不？道着头角生亏。中！宋朝罗汉飞扬。

其十：

广州青果落地一针是咱说天宫化乐的时节。

其十一：

南秤北斗各人大，近得没道理也，五里牌，在郭门外。

其十二：

日光童子月光子，北俱庐州等闲事，咱吃盏茶塞白时，尔在泰山庙里腿牙齿。

其十三：

屡至千佛，一数不快，漆桶维语，万千佛一数不快，漆桶以其千七百，立地成佛个相如吃，只道不快漆桶。大阿罗汉像赞。

其十四：

春秋欧阳始终何如，至头两个张耳陈命，询父亲，做不做儿子，前驱渠正是咱，咱非渠。

其十五：

南翁卖篦子，曰：齿粗转女男，相现大丈夫，退位朝君庶，其企而。

其十六：

　　　那扁担不作笏，这铁匠莫窃铁，张道灵胡没发，鲁三朗神戴笠。

　　这十六对题，运用曹洞的教义和成规形式，以一个得道高僧的口吻，面对十八罗汉图，犹若面对菩萨，又犹若面对弟子诉说自己对释门的认识和感受。无论我们懂或不懂，"对题"的本身，足以证明还了俗的八大山人并没有完全走出佛门。

　　八大山人去世的头一年，游历赣南崇义县时，在聂都乡的罗汉洞中又题壁写了一首偈语诗：

　　　甲申冬，佛蜡之辰游仙踪，空即色，色即空，天瞻云澹□□同，浮生如春梦，转迅即成空，有人识得真空相，便是长生不老翁。

　　"甲申"即康熙四十三年（1704），这一年八大山人七十九岁。在"佛蜡之辰"即七月十五日之夏满日早晨，游历赣南崇义县聂都山罗汉岩（"仙踪"）。"佛蜡"，亦称"佛腊"。"腊"者，岁末之称。"比丘出俗，不以俗生为计，乃数夏腊耳。"（《僧史略》）已近耄耋之年的老人感慨顿生。

　　《般若波罗蜜多心经》所谓"色不异空，空不异色，色即是空，空即是色"，是佛教对于人世间一切存在发出的冷峻判断。这个命题，为解脱世人在获得了物质享受之后，不得不面临巨大的死亡恐惧而建立。世间现象皆因缘所生，刹那生灭，虚幻不实，空寂明净。人生存世，

"共生若浮，其死若休"，如春日之梦，繁华易逝。"夫天地者万物之逆旅，光阴者百代之过客也，而浮生若梦，为欢几何？古人秉烛夜游，良有以也。"（李白《春夜宴从弟桃李园序》）"真空者，即灭谛涅，非伪故真，离相故空"（《行宗记一》），也就是我们熟知的"涅槃"。"闻妙经者，得不老不死。"（《法华经》）如果真的懂得了"色"与"空"这个本质性的道理，那便是获得了佛的最高境界。这个最高境界，就是不惧死亡的境界。从真正意义上获得了"不惧死亡"的境界，当然就是永生了。

曾经"竖拂称宗师"的老人，佛理的开悟不仅是在对自己而言，而是在对世人论道。像是普度众生的菩萨，又像是老生常谈的大智慧。但是世俗的欲望和执著，却又总让多少人不得觉悟，或悟不透彻，这是佛门一直感到悲哀的地方。诗人面对大自然，游历之余，即兴将这一千古不变的大道理题赋于岩壁，是庆幸自己得道的心声，又是劝告世人的真谛。

此时，八大山人还俗快三十年了。

生命的最后一年，一七〇五年，他还为庐山的心壁禅师作了《洗钵图》，并题诗。

身在佛门，心心念念俗世；身在俗世，心心念念佛门。似僧有发，似俗无尘，做梦中梦，现身外身。这就是八大山人，一个永远飘忽不定的悲哀孤独的灵魂。


## 二十五、"河水一担直三文"

清康熙二十六年（1687），六十二岁的八大山人离开寄居的朱容重家，从蓼洲迁移到南昌城内西埠门。

八大山人老了。书画虽然是生命的寄托、心血的物化，但对于一个血肉之躯，生存却是第一位的。而"山人老矣，常忧冻馁"（程廷祚《先考被斋府君行状》），且常常生病。八大山人有封写给画商方士琯的信，时隔数百年读来，依旧让人不能不为之唏嘘：

只手少苏，厨中便尔乏粒，知已处转掇得二金否？前着重
偓奉谒，可道及此……凡夫只知死之易，而未知生之难也……
是月梦渔兄远自常德寄参五钱，亦是奇事，并闻。

那只（有毛病的）手少有缓解的时候，抓不住画笔，画不了画，没米下锅了，你是我的知己，能不能借点儿钱给我周转？之前已经让容重偓去见你，不知道他说了我这情况没有。人们只知道死是容易事，哪里知道活比死还难啊。这个月居然梦见渔兄从老远的湖南常德寄了五钱参来，真是怪事，一并让你知道。

这样的困境差不多到了极处，连做梦也在想着朋友的救助。

八大山人晚年的日子，主要指望画商的帮助，指望他们帮他卖画，指望他们借钱救燃眉之急。

世上的艺术家各种各样，在艺术与金钱的关系上无外乎三种：一种是只知艺术不知钱，到了知钱的时候也不知怎样搂钱；一种是既知艺术也知钱；一种是不知艺术只知钱。第二种不必说日子过得如同公卿，第三种靠炒作钻营也可以肥得流油。最惨的就是第一种了。

八大山人恰恰就属于第一种。他早期的书画，供释门里外的师友娱情逸趣，无所谓"润格"。即便有人酬谢，也是给庙里做的功德。他痴迷艺术，却"不甚爱惜"（邵长蘅《八大山人传》），不像今天聪明绝顶的艺术家一样懂得艺术可以是谋取富贵之道，只凭着兴之所至，就泼

墨挥毫，不计较作品的价值。市井百姓送他一条鱼，他就画条鱼答谢人家；送他萝卜白菜，他就画萝卜白菜答谢人家。他唯一嗜好酒，想得到他笔墨的人，就拿酒招引他，预先准备好墨汁数升、纸若干幅放在座位旁边。他酒量有限，很快就醉了，一见纸笔便大肆泼墨，或用笤帚挥洒，或用破帽涂抹，弄得满纸脏兮兮的，简直不能看。然后再抓起笔来大肆渲染，或成山林，或成丘壑，或花鸟竹石，无不进入妙境。如果喜欢他的书法，他就捋起袖子，挥舞笔管，狂叫大呼，洋洋洒洒，数十幅立就。随后就任由人家拿走。"又尝戏涂断枝、落英、瓜、豆、菜菔、水仙、花兜之类"，别人多看不懂，以为他着了魔，而他也整个一个人来疯，越画越快。

那些随便就得到他作品的人，往往是起哄，并不都懂得作品的真正价值，最多是喜欢，或慕名而已。这些人多是穷书生、小市民、杀猪的卖酒的，还有他走动过的寺庙的和尚。小和尚们争先恐后地围着他向他索画，以至揪住他的衣袖捉住他的衣襟，拉拉扯扯，他一点儿不生气，有求必应。至于朋友要求馈赠，他自然更不会推辞。

不过，他的"不甚爱惜"，是不可以强迫的。清醒的时候，那些他看不上眼的权贵即便送金银珠宝给他，也得不到他的只字片画。因此，权贵们求他的书画，反而要从寺庙僧众和五行八作那儿买到。被霸蛮的武夫招去两三天不让走，他就在人家厅堂上拉屎，人家只好把他赶走。有长官让人拿了请柬来请他，他坚决不去，说那个武夫我就不跟他计较了，拉泡屎就走。你这位先生倒是风雅之人，可你不来见我，我怎么会去见你！对他不高兴的人，他会举起一柄写了"哑"字的扇子挡着脸，懒得跟人家啰嗦。

所有这些，八大山人同时代的几位传记作者都写得明明白白：

……人有赆以鲥鱼者，即画一鲥鱼答之，其它类是。又尝戏涂断枝、落英、瓜、豆、莱菔、水仙、花兜之类，人多不识，竞以魔视之，山人愈快。逢知己，十日五日尽其能，又绝无枉态。最佳者松、莲、石三种，有时满大幅止画一石，曾过友人书室见之。

……山人跃起，调墨良久，且旋且画，画及半，阁毫审视，复画。画毕，痛饮笑呼，自谓其能事已尽。

……旁有客乘其余兴，以笺索之。立挥与斗啄一双鸡，又渐狂矣，遂别去。

（龙科宝《八大山人画记》）

……欲求其片纸只字不可得，虽陈黄金百镒于前，勿顾也……

（陈鼎《八大山人传》）

……贫士或市人、屠沽邀山人饮，辄往；往饮，辄醉。醉后墨渖淋漓，亦不甚爱惜。数往来城外僧舍，雏僧争嬲之索画；至牵袂捉衿，山人不拒也。士友或馈遗之，亦不辞。然贵显人欲以数金易一石，不可得；或持绫绢至，直受之曰："吾以作袜材。"以故贵显人求山人书画，乃反从贫士、山僧、屠沽儿购之。

（邵长蘅《八大山人传》）

时遣兴泼墨为画，任人携取。人亦不知贵。

（程廷祚《青溪文集》卷十二）

……予闻山人在江右，往往为武人招入室中作画，或二三日不放归。山人辄遗矢堂中，武人不能耐，纵之归。后某抚军驰柬相邀，固辞不往。或问之，答曰："彼武人何足较？遗矢得归可矣。今某公固风雅者也，不就见而召我，我岂可往见哉？"又闻其于便面上，大书一"哑"字，或其人不可与语，则举"哑"字示之。其画上所钤印，状如屐。予最爱其画，恨相去远，不能得也。

（《虞初新志》卷十一）

八大山人颠狂时期的书画，大多流散，不见存世。

颠狂中的八大山人，常"独身猖佯市肆间……履穿踵决……市中儿随观哗笑"，"人多不识，竟以魔视之"，常被"牵袂捉衿"，被"贫士或市人""置酒招之"，被"武人招入室中作画，或二三日不放归"，无任何社会地位可言。他的作品被人随意丢弃以至灭失也就不奇怪了。

八大山人的现存作品，很多是得益于朋友们的收藏。他的信札和书画题跋中有大量关于或"承拜登为愧"、或"助道"、或"荣寿"、或"年翁所托"之类为朋友作书画的内容，这些作品也谈不上"润格"。

多少有些象征性报酬的是燕集一类社会活动中的作品。在一封致方士琯的信札中，八大山人有"专使促驾，如此重重叠叠上瑶台也，不胜荣幸"的话，对邀请他参加"瑶台"之会的方士琯十分感激。

真正要鬻画为生得靠画商销售。八大山人现存最早涉及书画买卖的信是康熙二十七年戊辰（1688）八月五日给画商"东老"的回信。此前"东老"代一位"委县老爷"买八大山人的书画。八大山人这年六十二岁。

但八大山人书画的卖价却令人寒心。

> 传闻江上李梅野，一见人来江右时。由拳半百开元钞，索
> 写南昌故郡词。

这首《题画寄呈梅野先生之作》直白地记述了他卖画给李梅野的来

龙去脉。"由拳"，浙江余杭青降山傍有由拳村，出好藤纸。"由拳"是八大山人诗中使用率很高的词汇之一，这里应该有两个意思，一个是指李梅野为江浙人；另一个则为"拳拳之心"。"半百"，五十元。是索画人开出的酬金。"开元钞"，开元即新年，《梁书·武帝纪》天监十七年诏："今开元发岁……"

一开年，传闻中听说过的长江一带的李梅野，托人来到江西。带来半百（五十元）钱，要八大山人为他书写南昌故郡词《滕王阁序》。

《滕王阁序》计九百余字，仅卖五十元。但诗中所表现出来的却是满心欢喜——这样的价格，已经有些出乎他的意料了。

八大山人在回复方士琯的一封信札中写道：

……河水一担直三文者，汉东方生以为何廉也之说……

在这封信札中，八大山人说自己的书画廉价得与一担河水差不多，就像汉东方生的"拔剑割肉……割之不多，又何廉也"！又把这个典故详细题在《八大山人书画合璧卷》等作品中：

方语："河水一担直三文。"《三辅决录》："安陵郝廉，饮马投钱。"谐声会意，所云"郝"者，"曷"也，"曷其廉也！"予所画山水图，每每得少为足，更如东方生所云："又何廉也。"朔来，受赐不待诏，何无礼也？拔剑割肉，一何壮也？割之不多，又何廉也？归遗细君，又何其仁也？

"饮马投钱"的故事出自唐朝徐坚的《初学记》卷六引《三辅决录》："安陵清者有项仲仙，饮马渭水，每投三钱。"讲的是汉朝的安陵人项仲仙，每次在渭河给马喂水时，都要投入三枚铜钱。很清廉，但很可笑。

八大山人一面自嘲书画卖得"何廉也"，一面用"何其仁也"安慰自己。这种自嘲和自我安慰，让人心酸："配饮无钱买，思将画换归"啊。

九百余字的整幅书法作品仅卖五十元，就像"河水一担直三文"，这就是晚年鬻画为生的八大山人书画的最早卖价了。

而三百多年后，不知有多少人指着八大山人这个名字养家糊口，扬名立万，发财致富。以得其真传自诩的伪书家伪画家、以他为主角的伪演义伪传奇、以他为旗号的伪学者伪学术、以他为招牌的书画店笔墨纸张店，沸沸扬扬。在这些煞有介事的闹剧中，八大山人只是一具空壳，而有灵魂的血肉之躯的八大山人则与此完全无关。而最为恶劣的是仿冒八大山人的赝品之多，使得八大山人作品的鉴别成为一门专门的学问。显赫如张大千这样的巨匠，也靠几可乱真的伪造八大山人作品而获取巨额财富。海外行家说他是"三百年来最顶级之模仿与伪作大师"，实令人无可言哉！

与此同时，八大山人书画在国内外市场奇货可居：

一九八九年纽约佳士得推出八大山人的《行书白居易诗》以9.9万美元成交。一九九〇年纽约佳士得又推出了他的《猫石图》（水墨纸本），以1.8万美元被一买家竞得。一九九一年他的《荷花》在纽约苏富比拍卖会上被拍至34万美元；同年，他的《花鸟册》被纽约佳士得拍至60.5万美元。一九九二年国内艺术品拍卖兴起后，八大山人的作品偶尔也在拍卖场上亮相。一九九五年他的《双鹰松寿图》和《梅石图》在朵云轩拍卖会上分别以22万元和17.6万元成交。一九九八年他的《书画合锦册》在朵云轩拍卖会上被拍至35.2万元。二〇〇〇年他的《行书乐苑》在苏富比拍卖会上以169.47万港元成交。二〇〇一年他的《山水》

立轴亮相华辰春拍，以 1540 万元成交，创下当时国内书画拍卖的最高成交价。二〇〇四年中国嘉德秋季拍卖会上他的仅一尺篇幅的《鱼》以 484 万元成交。二〇〇五年中国嘉德春季拍卖会上他的《野塘双雁图》以 583 万元成交。近年来，八大山人作品在拍卖市场上的纪录更是不断刷新。二〇〇八年他的《个山杂画册》，西泠印社拍场，成交价 2352 万元；《山青水碧鸟语花香》，佳士得拍场，成交价 3426 万元；《鹭石图》，北京万隆拍场，成交价 3300 万元；《瓶菊图》，中国嘉德拍场，成交价 3136 万元（不含佣金）。二〇〇九年他的《仿倪云林山水》，北京匡时春拍古代书画专场，最终以 8400 万元的成交价（含佣金）落槌，创造了中国书画拍卖价格新的世界纪录。这幅《仿倪云林山水》也由此成为了当时史上最贵的中国画。

事实上，晚年的八大山人，对自己作品的价值并非毫无自觉。

是笔摇春思，平明梦作花。判官把不定，金马赋谁家？

（《木笔》又名《题画玉兰》）

唐李冗《独异志》："武陵记曰：后汉马融勤学。梦见一林，花如绣锦。梦中摘此花食之。及寤，见天下文词，无所不知。时人号为绣囊。"诗人也像马融那样，在夜里做了一个梦。天刚亮（《荀子·哀公》："君昧爽而栉冠，平明而听朝……日昃而退。"）就思如泉涌，写了许多诗，画了许多画。因为这幅画的是"木笔"，诗人的思绪跳到了"判官"身上。这个"判官"不是别的，是诗人此刻的念头：这么好的一个册页（金马），最终会落到谁的手里呢？ "金马"，金马门之简用。《汉书·公孙弘传》："待诏金马门"，班固《两都赋序》："宣武之世"，"内设金马石渠之署"。又，《史记·东方朔传》："（朔）时坐席中，酒酣，据地歌曰：'陆沉于俗，避世金马门，宫殿中可以避世全身，何必深山之中，蒿庐之下。'金马门者，宦者署门也，门旁有金马，故谓之曰'金马门'。"汉武帝得大宛马，乃命东门京以铜铸像，立马于鲁班门外，因称金马门。东方朔、主父偃、严安、徐乐皆待诏金马门。八大山人用"金马典"不止一次。晚年以作画为生的八大山人，由木笔而春思萌动，"金马赋谁家？"一问，既是对所作册页的肯定，更流露了对自己作品的留恋。

下第有刘蕡，捉月无供奉。欲把问西飞，鹦鹉秦州陇。

（《兔》又名《玉兔图》）

刘蕡，唐朝昌平人。《唐书》载，太和二年（828），刘蕡"策试切论黄门"，在对策中痛陈宦官专权弊害，考官见蕡廷对，都很叹服，但畏惧中官，不敢录取。时人道："刘蕡不第，我辈登科，实厚颜矣！"令狐楚、牛僧孺皆重之。其后卒因宦官陷害，贬死于柳州。李商隐赠诗有："江风吹浪动云根。"李白曾入长安宫廷做翰林供奉，著《清平调》，杨贵妃、高力士谗之，逐出内廷。晚年，于安徽当涂醉后逐月于牛渚而死。"捉月"，谓李白抱月沉江。苏轼有"把酒问青天，不知天上宫阙，今夕是何年"。诗题"玉兔"，《典略》："兔者，明月之精。"顾况诗："灵潮若可迅，寄言西飞鸟。"时光就像玉兔（月亮）西飞（向西面落下）。"鹦鹉"，《禽经》注："鹦鹉出陇西，能言鸟也，人以手抚拭其背，则喑哑。"秦州陇，今甘肃天水以东一带。

一个题图"兔"，引出这许多典故。落第的刘蕡与沉江的李白，都是因为他们的才能。诗人所画的这幅"兔"，也正是因其精妙，而要"西飞"陇上了。

思之误是书，只今南郭处。南宫石头硬，三顾那得去。

（《题花鸟册》又名《乙亥册》《题画石头》）

南郭处士，滥竽充数，典出《韩非子·内储说上》；北宋著名书画家米芾累官礼部员外郎，世称南宫先生。米芾一生痴爱石头，千金难买。故有"石头硬"一说。在八大山人看来，自己画的石头可与米南宫的石头一比，那些买他书法作品的人，即使像刘备"三顾茅庐"访诸葛那样，他也是不愿意给的。可想想自己却为书法所误，只能像南郭先生那样拿它混饭吃了。

因为激愤，八大山人的话有点儿说过了头。其书法成就并不下于绘画。近代大家黄宾虹甚至说八大山人"书一画二"，认为八大山人"书名为画名所掩，过去注目者不多。不知道其他人对八大山人的书法是不是认可，反正我是真心喜欢的，甚至在近年'皈依'了他"。

令八大山人激愤的是，在一个滥竽充数、重名轻实的世界，有多少人知道什么是真正的艺术？谁是真正的艺术家呢！

与今世稍有名气的书画匠相比，八大山人是太可怜太渺小了。

当然，不同的时代条件，艺术及艺术家价值的社会呈现可能完全不同。八大山人只能说是生不逢时。我们并没有特地将书画匠与书画家二者加以类比而做道德评判的必要，因为二者在美学上的区别是不必特别指出的。书画匠的意义在技术的层面，而书画家的意义在美学的层面。艺术的铁律是永恒的。古今中外，伟大艺术家贫贱而终的不乏其人，但他们永远高耸在艺术史的巅峰；而生前尽享荣华富贵的书画匠多为平庸之辈，他们当时即便寸幅寸金的笔墨也最多是过眼烟云。

真正伟大的文化使命的承担者似乎命中注定了与苦难同行。几千年的中国文明史，这样的例子比比皆是：文王拘而演《周易》；仲尼厄而作《春秋》；屈原放逐，乃赋《离骚》；左丘失明，厥有《国语》；孙子膑脚，兵法修列；不韦迁蜀，世传《吕览》；韩非囚秦，《说难》《孤愤》——说这段话的司马迁自己就受了宫刑后完成了《史记》的写作……李煜、李璟曾是一代君主，留下千古绝唱，却是在亡国之后。李白放逐夜郎，杜甫客死病中，苏东坡研究过太阳充饥法，曹雪芹卖风筝糊口，日子或下场都不怎么样。

八大山人所忠实的是作为他的思想与情感的载体的艺术。在《书画同源册·仿吴道元山水》上，他题道：

> 此画仿吴道元阴骘阳受、阳作阴报之理为之，正在燄地。

这个题跋涉及到八大山人的艺术价值观，我们有必要详加解读。

吴道元，大约生于唐高宗朝（约 680 年左右），卒于唐肃宗朝（约 758 年左右），字道子，后改名为道玄，画史尊称"吴生"。这段话出处是《宣和画谱》卷二对他的介绍：

> 议者谓：有唐之盛，文至于韩愈，诗至于杜甫，书至于颜真卿，画至于吴道玄，天下之能事毕矣。世所共传而知者，惟《地狱变相》，观其命意，得阴骘阳受、阳作阴报之理，故画或以金胄杂于桎梏，固不可以体与迹论，当以情考而理推也。

八大山人只引用了"阴骘阳受、阳作阴报之理"一句。但他真正要说的是隐去的《宣和画谱》对吴道元绘画的那一段评论里的意思。"阴骘阳受、阳作阴报之理"，指佛家所谓阴阳两界因果报应之说；《地狱变相》即人世阴阳互为因果；"故画或以金胄杂于桎梏"，是说画家作画，有些题材根据阴阳学说加以想象，画一身穿蟒袍玉带的人却戴着镣铐，把本是表现富贵的金胄和表现罪恶的桎梏放在一起，就是为了表现二者的因果关系；"不可以体与迹论，当以情考而理推也"，是说看画不要只看画面表面内容，要通过表面的形式去考察和推论作者寓于其中的情感和道理。不要将作品与人的"事迹"和行为联系起来议论，而要将作品的是否上乘与作者作画时的心情联系起来进行推理。自己的这套作品之所以还不错，并不是因为买画者润笔的高低，而是因为受到"阴骘阳受、阳作阴报之理"的心情影响，作画时意兴昂扬，得心应手。

在八大山人看来，作品的上乘，并不是因为买画者给的钱多，而是因为"正在毖地"（"毖"，谨慎，惩前毖后），谨慎地遵循了"阴骘阳受、阳作阴报之理为之"。

对艺术的虔诚是一个艺术家的最高道德。

八大山人创作《书画同源册》上所有作品所产生的艺术创造的愉悦，经由这个跋语而洋溢于纸上。重金收买《山水图册》的石涛的挚友、著名诗人黄砚旅感叹"展玩之际，心怡目眩，不识天壤间更有何乐能胜此也"，对八大山人的"不以草草之作付我"深表钦敬。


## 二十六、"代耕之道"


好在，再一次挣扎在生死线上的八大山人得到了同道名家给予的切实帮助。他们见"山人老矣，常忧冻馁"，便发动周围的朋友从八大山人那里付钱买画，使他能维持生计。程京萼、程浚、方士琯、朱容重，以及东老、海翁等，都为八大山人书画的销售出过大力。

程京萼（1645—1715），字韦华，号袚斋，别号抱犊翁，徽州府歙县槐塘人，居江宁。清代经学家程廷祚的父亲。性耿介，不求闻达。能诗工书，善行草书，得执笔法，学黄庭坚，空灵瘦硬，然结体倾斜，自成一家，颇有时誉。以诗文自娱，作品不轻以与人，与八大山人、石涛皆友善。有《处野堂文集》。常往来于南京、扬州，其间，代理八大山人的书画销售。

程廷祚（1691—1767）所撰《先考祓斋府君行状》一文，有程京萼给八大山人代理书画销售的记载：

> 八大山人，洪都隐君子也，或云明之诸王孙，不求人知。时遣兴泼墨为画，任人携取。人亦不知贵。山人老矣，常忧冻馁。府君客江右访之，一见如旧相识，因为之谋。明日投笺索画于山人，且贻以金。令悬壁间，笺云："士有代耕之道，而后可以安其身。公画超群轶伦，真不朽之物也，是可以代耕矣。"江右之人，见而大哗。由是争以重贽购其画，造庐者踵相接。山人顿为饶裕，甚德府君。山人名满海内，自得交府君始。

程京萼先是得知八大山人是隐于洪都的君子，有人说是明朝王孙，不愿被人知道；随时随地一来劲儿就泼墨为画，任由别人拿走，而那些人又不懂它的珍贵；且人已经老了，还常常要为吃穿发愁，便在客居江西的时候去拜访他，一见如故，好像早就认识，便给他出主意，争取艺术的正当利益。自己第二天就给八大山人去信求画，并且付了酬金。他不仅买八大山人的画，还把他的画作挂在墙上，宣传说，这位大师的画超群轶伦，是真正的不朽之物，是读书人可以安身立命的"代耕之道"。

这"代耕之道"倘没有品质高尚且有足够学养的朋友帮助，其能否"代耕"怕也是难说的。

程京萼的宣传不是我们今天常见的粗俗不堪的广告炒作和比这炒作更无效的行政手段的强力灌输，而是一个艺术行家用精到的专业语言对八大山人艺术的非凡品质的深刻揭示。

经过这样的宣传和推荐，人们一见八大山人的画就轰动起来，不惜代价地争购。一个接一个地上门求购画作。八大山人的生活状况顿时宽裕起来，非常感激程京萼，说他是大好人。八大山人后来名满海内，有了自己的"草堂"，能"随呼童闭户"，应该说是从与程京萼的交往开始的。

八大山人与程京萼的关系，可从八大山人的存世作品和题跋窥见一斑。

康熙乙亥（1695）八大山人作有《花石鱼鸟山水册》，在其中的《水仙》一开上题有：

> 韦华先生《水仙》七言，至佳也。旃蒙大渊献之夏，八大
> 山人记。

"旃蒙大渊献"即康熙乙亥，八大山人画了水仙之后，便想起程京萼的咏水仙七言诗，于是在跋中将自己欣赏程京萼诗的感想写在画上。

丁丑（1697）春，八大山人作《山水图册》，画十一开，题诗一开。这个册页，就是程京萼代为销售的。买家是当时的著名诗人、大画家石涛的好朋友黄砚旅，他在一年后的戊寅（1698）四月，收到八大山人这个《山水图册》，欣喜无比之余，在册后题了那个热情洋溢的长跋：

> 八公墨妙，今古绝伦。余心求之久矣。而无其介。丁丑春

得祓斋书，倾囊中金为润，以宫纸卷子一、册十二，邮千里而丐焉。越一岁，戊寅之夏，始收得之。展玩之际，心怡目眩，不识天壤间更有何乐能胜此也。因念祓斋文人，书既诚恳，八公固不以草草之作付我，如应西江盐贾者矣。有真赏者，其共为我宝之。

之后，黄砚旅在辛巳（1701）五月既望，带着《砚旅先生度岭图册》在南昌终于与自己仰慕已久的八大山人见面。八大山人亦在此图上作跋：

> 乘云几日崆峒子，辟易飞鸢望云纪。云中闽粤南衡山，翅蝶罗浮东海关。何处尊垒对人说，却为今朝大浮白。辛巳五月既望，喜晤燕翁先生南州，出示此图，敬题，正之。八大山人。

程京萼除了宣传和代销八大山人书画外，还努力帮助八大山人扩大与艺坛名流的交往，导致了与同为画坛巨擘的石涛的联系。石涛通过程京萼得知八大山人即是当年的"雪个"，在八大山人所作巨幅《大涤草堂图》题诗："程子抱犊向予道，雪个当年即是伊。"此后，石涛与八大山人书画合作、书信往来不断。

石涛与八大山人有着同样的身世，他眼中的八大山人"有时对客发痴癫，佯狂诗酒呼青天""八大无家还是家，清湘四海空霜鬓"。八大山人则在给朋友的信札中，提及石涛即称"石尊者"。这些书画流传至今，见证了八大山人与石涛这两位朱明宗室后裔书画大师之间的惺惺相惜。

因为程京萼的介绍，画家蕙岩后来成为了八大山人的弟子。八大山人的《书画合装卷》的长跋有：

　　此卷为黄子久小笔山水图，细碎深远处佳。云林既得其佳处，过此数百祀。一窥仿之，以遗蕙岩广陵。闻苦瓜长老近为广陵设大石绿，与抱犊子疏渲致工，果尔？八大山人画乃矍手者已。八大山人题子久卷后。

　　八大山人还有三件作品提及蕙岩：一为康熙己卯（1699）的闰七月六日在写给友人的信札中"友声笔墨（及）丈室与蕙岩之得"；二是康熙辛巳（1701）题石涛《兰草图》："余思佩兰、蕙岩两人"；三是康熙丁丑（1697）《河上花歌图》的题跋："蕙岩先生属画"。蕙岩先从石涛学画，在吴湖帆所藏的一幅石涛《山水卷》图后，石涛有题"清湘有曲江东哦"的七古一首，诗中历叙"诸师友笔墨中人"，其中有一句是："蕙岩走入八大室"，说明蕙岩后来又成为八大山人的入室弟子。

　　程京萼代理销售八大山人的作品，至少在十年以上。八大山人存世作品就可以证明。

　　程浚（1638—1704），原名希洪，字葛人，号肃庵，徽州府歙县岑山渡商人。因有产业在扬州，所以常在徽州和扬州之间来回跑。与石涛交谊很深。

　　程浚于康熙甲寅（1674）和己未（1679）间一度客居江西吉安，往来安徽，必经南昌。也代八大山人销售书画。他第五个儿子程鸣，从小跟石涛学画，得到他的真传，成为名画家。也常常代八大山人传递、销售书画。在张潮的《友声新集》中，有张潮致八大山人的一封信，讲到他托程浚向八大山人求购书画：

　　　　耳八大山人名已久，奈天各一方，不获一睹紫芝。惟时于装潢家鉴赏妙画，徒切蒹葭白露之思而已。近晤程葛人舍亲，知与高贤曾通缟纻，不揣唐突，附致便面一柄，素纸十二幅，敢祈先生拂冗，慨为泼墨，以作家珍。外具笔资奉敬，勿鄙为荷，又拙著数种，并呈大教，余情不悉。

张潮（1650—1707 年之后），字山来，号心斋，又号三在道人，安徽歙县南蒋国村人。清初著名的小说家、刻书家，著述颇丰，有二十多种存世著作。继明汤显祖选辑《虞初志》后，张潮在唐人轶事之外，广搜当代人与事，编了《虞初新志》。明末清初，社会激变，政治黑暗，精神压抑，一些士人以异端畸行行世，以弥补失落的心理。不乏八大山人一类似疯若颠者。《虞初新志》"其文多时贤"，"其事多近代"，以"事奇而核"为标准，把清初怨世的狷介孤高异士、避世的闯荡江湖豪客和玩世的厕身市井小民种种形态，"摹仿毕肖"（张潮《虞初新志·自序》）。陈鼎的《八大山人传》就收在其中。

八大山人与张潮，一个在南昌、一个在扬州，两人没有见过面，但是神交已久，编辑《虞初新志》时，张潮特地在陈鼎所作《八大山人传》下面写批语说："予最爱其画，恨相去远，不能得也。"

张潮托程浚带那封信的同时"附致便面（扇面）一柄，素纸十二幅"，以及"笔资"和"拙著数种"。八大山人按张潮要求完成书画后回信说：

久耳先生之名，兼得先生功德，以为天下后世子孙传远之书。自此天下后世子孙何幸而享此耶？属册页一十二幅、画扇二开，呈正。便中望示石涛尊者大手笔为望。

程浚为张潮带信给八大山人的同时带去了"笔资"，其实就是为八大山人卖字画。

程京萼、程浚之外，代理八大山人书画销售的最重要的一个人是方士琯。我们现在可以看到的八大山人作品中，涉及方士琯的题跋、信札是最多的。

方士琯（1650—1710），字西城，号鹿村，安徽歙县路口人。是八大山人祖父朱多炡的好友、万历著名的制墨工匠方于鲁的族人。二十出头就寓居南昌，与明末清初著名散文家魏禧（1624—1680）有交往。家有水明楼，读书其中，悠然有山林气韵。刻意为诗，颇得魏禧的称许。著有《鹿先生诗集》，为"文誉霭郁，过吴门者争识其面"的清著名诗人李果（1679—1751）选入丛书。

方士琯既是收藏家又是书画商，小八大山人二十四岁，与八大山人为忘年之交，他们的交往开始于康熙二十年辛酉（1681）到康熙二十三年甲子（1684）之间，之后二十多年，书信往来频繁。八大山人致方士琯手札现存世二十九封，最早的写于康熙己巳（1689），最晚的写于康熙乙酉（1705）。内容包括友好往还、借钱求助、索药问医、应酬谢赠，几乎涉及到八大山人晚年生活的方方面面，是二人友谊深长的见证。

> 场南茗厥多出云阳，少许转敬，厥和以面可作小食也。鹿邨先生。八大山人顿首。六月廿二日上。
> 乳茶云可却暑，少佐茗碗，来日为敝寓试新之日也，至于八日，万不敢爽，西翁先生，八大山人顿首。稚老均此。

这两封谈饮食的信，尺牍纸短，篇幅精简，语言亲切，读来蕴藉隽永。其行书翰墨飞扬，快速流畅而又刚劲，转折圆润，字形大小不一，行列长短不齐，构成一个错落有致、高低参差的整体。

横批上双鹤，发下一临为望。山水图一幅照收。

这封信向方士琯借一画有双鹤的横幅以备临摹。对艺术的信仰使八大山人"以不得真迹为恨事"，他深知书画真假的奥妙：

无人醉死僧怀素，老马何缘一相传？万一图书内天府，十方还认点联圈。

马怀素者唐高少监，为僧再世耶？作此，况图相假冒。

（《题画鱼蟹》）

在这首题画诗里，八大山人深恶痛绝地谈到了书画赝品的形成。

怀素以狂草名世，嗜酒，"无人醉死"说的是他的酒量；"老马"，指马怀素，唐高宗时当过朝廷少监，应该很严肃的。人传僧怀素是马怀素转世，诗人对此深表怀疑：没有人能把僧怀素醉死，凭什么说他是马怀素转世？"万一"这种传说成为宫廷里的国家文书，那么世上（"十方"）人就会认可它的圈圈点点了。

连这样的传说都有可能弄假成真，何况假画冒牌成为真画啊。

而书信中数量居多的是关于笔会以及书画的销售，诸如："重重叠叠上瑶台""翊晨石亭寺于两处答拜，然后可联袂也""画二奉令宗兄，过高有可易者否？外字一幅，祈转致之""暇得必将福寿二字转致之也。伏惟先生图之""四韵遵示书之，拙作可附骥去。画十一编次，一并附去""斗方八，卷一，侧一图上。别后周旋书问""眷西堂联可转致之"等等。

方士琯与八大山人交往的二十多年，一直为八大山人销售书画。八大山人在《兰亭诗画册》山水对题行书五绝一首：

> 云光此图画，何处笔与纸。来日方山人，著书鹿村里。

清楚地表明了他对方士琯的重视程度。

和程京萼他们一样，方士琯也为八大山人引见了许多对八大山人晚年生活来说至关重要的人，其中有著名文人，也有很成功的徽商。

熊颐（1633—1692），初字养吉，后易养及，晚号纳夫。江西东乡人。早年就学于清初散文三大家之一的魏禧，深通作文之法。祖、父皆为明臣，清兵入关，颐绝意仕途，布衣终老。工诗，长各体。创作以明亡为界，前期诗多表现勃勃雄心和傲物之性；后期多故国之思，或慷慨悲歌，或直抒胸臆，或托物咏志。晚年诗风渐趋平和。著有《麦有堂集》。

《清江诗萃》卷一有熊颐的《和八大山人画菊颂》五律一首，其序曰：

> 重阳后五日过访，不识隐庐，怅然而返。次日，山人持墨菊及新诗至，西城张之素壁。余把玩旬日。漫力原韵，以识怀思。

其诗云：

> 白帝违秋令，无从问菊花。言寻三径客，不辨野人家。影占载波壁，新诗映晓霞。和成惭贺老，潦倒拨琵琶。

熊颐在康熙庚午（1690）年重阳后的第五天，前去拜访八大山人，但没有找到八大山人的住处。第二天，八大山人带着所画的墨菊和所题新诗来到方士琯家的水明楼，熊颐才得与八大山人相见。方士琯把这幅墨菊挂在壁上，熊颐把玩了十天之久，然后写了这首和韵诗和序，以记其事，且表达了对八大山人的怀念。

《鹿先生诗集》中有《上巳新晴，邀同八大山人、吴子介臣等游北兰寺，坐秋屏阁，口占拗体》，诗题中的"吴子介臣"，名延祺，歙县溪南商人，是方士琯的同乡好友，时亦客南昌。又有《羽白将返维扬，同访八大山人，集九韶楼话别之作》，其诗题中的"羽白"，亦为常往来于南昌和扬州之间的歙县商人。而八大山人信札中所及的诸如"闻半亭与稚老俱同日升舟"等人，均为当时的安徽商人。

这是一群有很好的文化修养和很高的文化追求的商人，他们懂诗懂书懂画，自身就是风雅之士，不会像今时粗俗的暴发户富得除了钱什么也没有。方士琯的《羽百将返维扬，同访八大山人，集九韶楼话别之作》："故人三月下扬州，一片离情逐水流。梗影未能随去棹，萍踪且得共登楼。高歌待月迟归兴，软饱临风散别愁。幸有典型今在望（谓八大山人），不教寰宇似深秋。"《上巳新晴，邀同八大山人、吴子介臣等游北兰寺，坐秋屏阁，口占拗体》："泛舟之时修禊节，到汝堂前天渐雯。微风吹开东海日，久雨洗净两山云。上人推窗纳蕉影，客子登阁认江渍。今日尽酾得闲适，明朝依旧倾同君。"情志恳切，文采斐然。

"贾而好儒"是徽州商人素有的重要特色，与八大山人的祖父朱多炡有密切交往的汪道昆就说："新都（徽州）三贾一儒……贾为厚利，儒为名高。"这也许就是徽商在历史上曾经辉煌的缘故之一吧。而八大山人有幸得识的程京萼、程浚及方士琯，皆是徽商"贾而好儒"的典型。当然，对安徽籍贯的大明开国皇帝的敬意、乡情和缅怀延及其后世子孙，也是徽商们积极帮助八大山人的原因之一。

康熙二十八年（1689）八大山人六十四岁。这是他与方士琯书信往来最密切的时期。由于徽商朋友的努力，他的书画有了莫大的影响，人们得到了他的作品都争着收藏，把它看得很贵重——"人得之，争藏弄以为重。"（邵长蘅《八大山人传》）

然而，既是买卖，就不可能皆是风雅。既是以出售书画为生，遇到自己不喜欢的人或不懂书画的人，也不能不应酬，只是应酬的方式有些不同罢了。

八大山人那封康熙二十七年戊辰（1688）八月五日致东老的信说：

> 承转委县老爷画，四幅之中，止得三幅呈上。语云："江西真个俗，挂画挂四幅；若非春、夏、秋、冬，便是渔、樵、耕、读。"山人以此画叁幅特为江西老出口气，想东老亦心同之，望速捎去为感。八月五日，八大山人顿首。屏画一日工程，止得一幅，迟报命。

"委县老爷"转托"东老"向八大山人求购一个四条屏，指定内容"若非春、夏、秋、冬，便是渔、樵、耕、读"。他心里很窝火，为了不使画商为难又不得不画，但画得很没劲："屏画一日工程，止得一幅"，一天只画一个条屏。拖了好些日子才"迟报命"，让"东老""速捎去"的竟只有三幅（"三幅呈上"）。故意不画的那幅，是四幅中的"读"屏。六十二岁的八大山人仿佛又回到"好诙谐、善戏谑"、调皮捣蛋、喜欢架秧子、恶作剧的少年时代，画完后附上一首打油诗，用了一个近乎滑稽的理由来说明为什么只画三幅的原因："江西真个俗，挂画挂四幅；若非春、夏、秋、冬，便是渔、樵、耕、读。"

（你们）如此俗不可耐，还谈什么"读"（书）呢！

这样的鄙视所针对的已不是一个"委县老爷"，而是一种以沉闷、保守、平庸为基本特征的地域文化了。

按行业规矩，"四幅之中，止得三幅呈上"是拿不到润笔的。八大山人对此似乎并不在乎。他本来就很不情愿，故此才迟迟没有动笔，动笔了也画得很慢。勉强画完三幅就干脆交差了事。他不是死心眼的人。在全心全意为"真赏者"挥洒才情的同时，以"草草之作"对付"委县老爷"之类附庸风雅的俗物是免不了的事。

对于一个真正的艺术家，无知的捧场不会让他陶醉，只会令他沮丧和悲凉。尽管这时的八大山人的作画不能不为稻粱谋，但一旦进入他的艺术世界，他所服从的就只是毫不妥协的内心律令，那个世界是超越了世俗利害的。八大山人的印章有"浪得名耳""白画"等，说明他并不怎么稀罕虚名。艺术更多的是他赖以修身、寄托与超脱的"智之符也"，一个精神寄托、修身养性的工具。正因其目的之纯、用志之专，直握艺术之本真、直抵大美之灵府，最终实至而名归，在艺术的净土，真正实现了思想与艺术的逍遥游。

借此以观当下画坛，渴钱狂疾流行，媚俗之风炽盛，所以画虎，盖因"虎"者"福"也；所以画云，盖因"云"者"运"也。笔锋所向，唯权钱而已。只要买家喜欢，无所不可以画。故因画而上富豪榜者众，因画而能望八大山人项背者鲜。奈何！

## 二十七、"孔雀名花雨竹屏"

普贤寺在南昌惠民门内，是一座颇有年头的禅林寺院。原为晋故禅居寺，东晋隆安四年（400），武昌太守熊鸣鹊（一作鸣鹤）建舍宅，迎西来梵僧开山倡教，故名禅居。唐神龙元年（705），敕赐隆兴，会昌间观察使裴休迎黄檗山希运禅师来此居住。到了南唐保大二年（944），袁州刺史边镐以铁二十万斤，"铸普贤乘白象，寺遂以普贤名"。民谚称："老子不能入城（指城外的紫极宫，铸有老子骑牛像），普贤不能出城（指普贤寺内所铸白象铁像）。"后因年久失修，明永乐中重建。嘉靖丙辰（1556）又修。康熙四十一年（1702），巡抚张志栋、布政使卢崇兴又重建。在这一带居住进出贸易的多是城乡贫民，南昌民间谓之"推车打担惠民门"。

康熙二十七年（1688），正要赴河南遂平县上任知县的蔡秉公寓居普贤寺，邀请八大山人到他的舍宅小饮。

蔡秉公，清著名诗人。生于顺治十年（1653），卒于雍正二年（1724）。字去非，一字去私、奉三。号雨田，南昌县三江口镇人。蔡秉公著有《杂著》二卷、《留余集》若干卷。《江西诗征》选其诗时说："受诗法于王士祯与陈廷敬，共数晨夕，故诗法甚严，存者特寡。"据光绪间刊行《南昌县志》载："蔡秉公为诸生（秀才）时，家贫，嗜学。于康熙十七年（1678）乡试中举人，仍回南昌三江口老家苦读。康熙二十七年（1688）会试中进士。后授河南遂平县知县。他在任期间导民垦荒，筑和地，禁强暴，劝学兴教，邑大治"，以廉洁称世。擢吏部稽勋主事，文选司员外郎，考功司员外郎。蔡秉公性耿直，为官刚正不阿，不迎合权贵。对那些持千金登门贿赂者，轻则厉言斥退，重则大怒鞭笞。康熙四十七年（1708）在他五十五岁时还出典贵州乡试，不久又调任台州（今浙江临海县）知府。并在任内剿灭海盗蔡文亮。翌年，因积劳成疾，致仕归里，于雍正二年（1742）病逝南昌。终年七十一岁。那时八大山人已经去世二十多年。

蔡秉公比八大山人小二十七岁，结识八大山人时三十六岁，八大山人六十三岁，已有盛名。蔡秉公"邀其小饮"，自然是出于一个年轻有为的诗人对前辈名人的尊敬。

《江西诗征》卷六十九载有蔡秉公《寓普贤寺邀八大山人小饮》咏怀七律一首：

> 薄募招携赋鸟声，楼头钟鼓未须惊。水云坐我浑如梦，鬓发催人太不情。写兴久输诗伯健，低头殊愧野翁清。十年踪迹衣尘满，此际相看眼倍明？

蔡秉公康熙十七年戊午八月考取举人，到康熙二十七年戊辰三月后考取进士，真是"十年踪迹衣尘满"，这时候对人世看得更清楚了。诗里充满了对"诗伯""野翁"八大山人的敬意。这样的交往面是很容易扩大的。于是就有了八大山人与江西名宦宋荦的一段公案。

宋荦，字仲牧，号漫堂。生于明崇祯六年（1633），卒于康熙五十三年（1713）。河南商丘人。工诗文，善书画，诗与王渔洋齐名，同时为王石谷画西坡图巨册十页，点缀景物甚精妙。又极好收藏，是清初乃至影响有清一代的著名鉴赏家。至今可以在许多中国书画作品上看到他及其儿子宋致的收藏鉴定印章。这些鉴定印章，仍然是今人鉴定书画的重要佐证。

宋荦的父亲宋权，明朝时是北京地区的巡抚。清军入关，宋权帮着赶走李自成，留任巡抚。后以有功之臣升任翰林院国史院大学士。他儿子宋荦跟着官运亨通。十四岁便入清宫侍候清帝，十五岁在宫内的试拔中获第一名，因为年纪尚小没有授职。康熙三年（1664）三十一岁，出任黄州通判。黄州是苏轼谪居并自号"东坡"的地方，宋荦自号"西陂"，以与苏东坡先后辉映。四十四岁调回京城，五十四岁外放山东任按察使，不足半年升任江苏布政使，又半年，升任都察院右都御史巡抚江西等处，兼理军务。到任未及十天，就碰上江西境内数千人谋反。宋荦一举破获，斩首领。"江西定变"是宋荦为官一生中最得意的政绩。康熙三十一年壬申（1692）七月，宋荦调补江宁巡抚，离开江西南昌。

蔡秉公考取进士后，按规定被分派到各衙门"观政"，俗称"候官"，期限三个月，以熟悉国家典章制度和官场一般规矩。虽不算正式官员，但已取得做官的资格和俸禄。他有可能就被派在江西巡抚衙署"观政"，也有可能是在去某地"观政"，或赴任之前回南昌省亲时，与时任江西巡抚宋荦结识。

在《寓普贤寺邀八大山人小饮》咏怀的同时，蔡秉公另有一首《次宋中丞秋日游北兰寺韵》五律：

> 昔日秋屏地，相传即北兰。林幽偏近郭，沙耸直惊湍。岫向双亭列，禅从一舫安。尽收江外景，满壁写烟峦。

诗题中的"宋中丞"即宋荦。蔡秉公与宋荦，一个是七品进士，一个是地方大员，后者年长前者二十岁，故蔡秉公尊称宋荦"中丞"。因为家贫尚寄寓寺庙但前途已现无限光明的蔡秉公，在春风得意中让两位他所敬重的人联系在了一起。

已公开"西江弋阳王孙"身份的八大山人，社交面自然也随之扩展，不再局限于民间节士者流。胡亦堂之后，宋荦是八大山人交往较为密切的另一位有地位的官员。

宋荦任江西巡抚四年，与江西文坛领袖魏禧等成为好友；为人品素受尊崇的前朝遗民已故徐巨源印文集，并优待其后人；对八大山人"甚礼重之"，修复南昌的北兰寺，兴建并命名"烟江叠嶂堂"，堂中挂八大山人题联。八大山人的《山水轴》《叭叭鸟图轴》等画上，有宋荦收藏印。宋荦的收藏上承其父，下传其子。八大山人的《传綮写生册》上有"宋致审定""宋氏椇佳书画库印""致印"等钤印。"宋致""宋氏椇佳"是宋荦的三儿子。宋荦自撰《漫堂年谱》有"臣荦恭进书画数种，蒙收六种"的记载。由此可知，《传綮写生册》是经宋致收藏再由宋荦进贡而入皇宫的。

十年后的康熙三十七年（1698）春夏间，王源至宣城，在朋友梅庚处逗留数日后往南昌。梅庚托王源到南昌后寻访八大山人。王源后来见到了八大山人，给梅庚写信，说："源于六月抵洪都，细访江右人文……而先生所云八大山人者，则求而得之，果然高人也。其翰艺大非时俗比。但亦贫，以书画为生活，不得不与当事交，亦微憾耳。"（清·王源《居业堂文集·卷六·与梅耦长书》）

王源其人，梁启超在《中国近三百年学术史》评颜习斋时对这位"颜氏后学"有详细的介绍：

> 同时服膺颜氏学且能光大之者，北有王昆绳，南有恽皋闻、程绵庄，而其渊源皆受自恕谷。

昆绳，名源，一字或庵，顺天大兴人。卒康熙四十九年（1710），年六十三。他是当时一位老名士。他少年从梁鷟林以樟游，鷟林教以宋儒之学，他不以为然，最喜谈前代掌故及关塞险隘攻守方略，能为文章。魏冰叔禧极推重他。他说自韩愈以后而文体大坏，故其所作力追先秦、西汉，自言"生平性命之友有二，一曰刘继庄，二曰李恕谷。此二人者实抱天人之略，非三代以下之才"。（《文集复姚梅友书》）后来继庄死了，他作一篇很沉痛的传文，我们因此才能知道继庄的人格和学术。三藩平后，京师坛坫极盛，万季野、阎百诗、胡东樵诸人各以所学提倡后进，昆绳也是当中一位领袖。他才气横溢，把这些人都不看在眼内，独倾心继庄和恕谷。他读了恕谷的《大学辨业》和习斋的《存学编》后，大折服，请恕谷为介，执贽习斋之门，年已五十六了。自此效习斋作日记纠身心得失，晚年学益进。恕谷批评他道："王子所谓豪杰之士者，非耶！迹其文名远噪，公卿皆握手愿交，意气无前；且半百耆儒，弟子请业者满户外，乃一闻圣道，遂躬造一瓮牖绳枢潜修无闻之士，伛偻北面，惟恐不及。非诚以圣贤为志，其能然乎？"（《恕谷后集王子传》）他早年著有《兵法要略》《舆图指掌》等书。受业习斋后，更著有《平书》十卷、《读易通言》五卷，皆佚。其集曰《居业堂文集》，二十卷，今存。他好游，晚年弃妻子，遍游名山大川，客死淮上。

如此一个"才气横溢""文名远噪""意气无前"的"老名士"，除了自己服膺的老师，自然谁都不会放在眼里。梁启超还摘引了他把"当时借程朱做招牌的人"骂个狗血淋头的两段文字，活现出他的名士面目。对八大山人他却是仰之弥高的："果然高人也""其翰艺大非时俗比"，以致不免扼腕叹息："……亦贫，以书画为生活，不得不与当事交，亦微憾耳。"

应当说，王源在这种短暂的接触中得到的印象是粗浅的，他还来不及深刻地认识八大山人。即便"不得不与当事交"，虽不无遗憾，八大山人骨子里的骄傲并没有丝毫削弱。这可以从他只作三幅屏画应付"委县老爷"并加嘲笑的事实得到充分的证明。

而最有力的事实莫过于那幅影响深远的《孔雀图》。

《孔雀图》又称《孔雀竹石图》，可谓最典型的一幅以独特的绘画语言辛辣讽世的国画精品。一块残破的石壁，下有牡丹、竹叶、块石。石头尖而不稳，两只孔雀鼓腮踞危石之上，其势欲坠，尾巴上有三眼花翎，很丑陋。旁边的竹子有叶无节。画上题诗：

孔雀名花雨竹屏，竹梢强半墨生成。如何了得论三耳，恰
是逢春坐二更。

"三耳"，典出《孔丛子》里所记"臧三耳"，奴才，逢迎拍马、唯
命是从、窃密告密，比常人多一只耳朵；"三眼花翎"是清代皇帝赏赐
高官的顶戴；"坐二更"，康熙下江南，五更才到，地方大员二更便恭候
接驾。诗后两句说：我在这里胆大妄为（"如何了得"）地议论"臧三
耳"，那是因为（他）二更就坐等五更（接驾）或（候朝），奴性十足啊。

宋荦在江西任内先后写有《孔雀诗》《孔雀联句》《竹屏》等诗，收
在其诗集《西陂类稿》中。宋荦府上确曾养有两只尾翎能开屏的孔雀；
也确有竹屏：孔雀一扇，名花一扇，竹屏一扇，竹屏所画的墨竹占去画
面的一多半，"竹梢强半墨生成"。

八大山人作《孔雀图》时年六十五岁，这一年距明朝灭亡已有
四十六年，正当与宋荦等官员交往的期间。这幅画直截了当地画出顶戴
三眼花翎官员的奴态，题诗则极尽奚落之能事，很自然地被视为对宋荦
的讥讽，由此有了与宋荦交恶的传说。

这桩公案在八大山人自己的文字中隐约可以找到旁证：

……昨有贵人招引饭牛老人与八大山人，山人已辞著屐，
老人宁无画几席耶？山人樽酒片肉之岁卒于此耶？遇老人为道
恨他不少……

这是一六八九年八大山人写给方士琯的一封信。信里说有"贵人"
招饭牛老人和八大山人赴宴，八大山人推辞，饭牛老人去了。八大山人

对饭牛老人很生气：难道他就没有画画的"几席"了吗？看来我那一杯酒一片肉的日子也到头了。你要见到他就说我非常恨他。

"饭牛老人"即罗牧，他与八大山人早在临川"梦川亭诗会"上就有了交往。

> 山人旧是缁袍客，忽到人间弄笔墨。黄茅不可置苍崖，丹灶未能煮白石。近日移居西埠门，长挥玉尘同黄昏。少陵先生惜不在，眼前谁复哀王孙。

这是罗牧题赠给八大山人的诗。诗中说八大山人原是和尚（"缁袍客"），忽然跑到俗世来卖书画。最近自立门户住到西埠门后，终日挥毫作书画。可惜诗圣杜甫不在世，谁来哀叹这曾经的王孙呢？

八大山人也在罗牧的画上题过诗。康熙三十六年丁丑（1697），他在罗牧《山水册》上题诗道：

> 远岫近如见，千山一画里。坐来石上云，乍谓壶中起。西塞长云近，南湖片月斜。漾舟人不见，卧入武陵花。

罗牧（1622—1705），字饭牛，江西宁都农家子弟。自幼刻苦好学，尊崇儒家伦理道德，终至走出困境，成了清初有影响的山水画家。中年以后定居南昌，常去北兰寺与澹雪谈经论画，同一些官场文人来往。尽管同时代于画学见解极高的江淮画家秦祖永（1825—1884）评罗牧画"稳当有余而灵秀不足"，但当时的江西巡抚宋荦对"敦古道"的罗牧很赏识，多次在他的画上题诗，并将他的画作推举给朝廷，被康熙皇帝鉴赏，旌为"逸品"。罗牧则获皇帝授予"御旌逸处士"封号。

八大山人与罗牧艺事上的交流唱和是一回事，品格上的融洽又是一回事。

从康熙二十七年（1688）到三十一年（1692）宋荦任江西巡抚期间，在其门下做幕僚的邵长蘅，以极充沛的激情大篇幅地写了有深远影响的《八大山人传》，收入文集《青门旅稿》，却在文集中除偶尔有一二处提到"罗山人"，没有一个字写到宋荦对罗牧的器重。个中的缘由也许复杂，但有一点很明白，即便是在一个奴才得宠的时代，也有人并不唯权势的眼色说话行事，甚至并不把政客推重乃至御批钦定怎样当回事。他们即便不表示不屑，但至少可以保持缄默。

这样说并不等于否定罗牧的艺术成就，我也没有根据非难罗牧的人品。政客与艺人的相互调情、相互利用古已有之，只要不是太过卑鄙、令人恶心，也就未必非要嗤之以鼻。毕竟世俗社会对权力的仰赖远高于对艺术的需求。事实上，八大山人本人也并没有与罗牧决裂，他八年后在罗牧《山水册》上的那首题诗就是证明。这里只是想说明，宋荦对罗牧的器重很容易让人认定八大山人对罗牧接受"贵人招引"微词中的那个"贵人"，就是宋荦。八大山人对罗牧的不以为然也就自然是对宋荦的不以为然。

没有看到八大山人对与宋荦交恶的直接表述，以几百年后的我的浅见，宋荦无情镇压民变令人对其文士面目的生畏、殷勤进贡皇上令人对其善待画家的生疑，恐怕不会让朱明宗室八大山人有太大好感。

在给方士琯的那封对罗牧表示不满的信里，八大山人说出"遇老人为道恨他不少"后，马上写了一句"切莫为贵人道"，叮嘱方士琯千万别把他这封信的内容告诉那位"贵人"，生怕得罪。

一面是"矫然松柏昂"的傲气，一面是"时惕乾称"的小心；一面是内在的立场，一面是生存的妥协。就像一枚铜钱的两面。这就是八大山人：内心坚硬而脆弱、敏感而怯懦。他的强大在艺术领域，在强权面前，他是绝对的弱者，正如他自己说的"赢赢然若丧家之狗"。

清康熙二十八年（1689），康熙皇帝在继甲子年（1684）第一次南巡之后，第二次南巡。满汉之间的敌对情势已大为改观，清王朝为了缓和社会矛盾，对明代遗民和宗室的政策有所调整，较之清初，情况发生了很大变化。八大山人在康熙三十年（1691）画《孔雀图》显然与政治气氛较前的宽松有关。何况官员——而且是汉族官员只是奴才，不是主子。我们常常见到的是主子对奴才其实亦极鄙视。当初孙之獬那么无耻献媚，被反民处死后，顺治不仅没有任何旌表，连一个子儿的抚恤也没给；乾隆更是命史馆特为降清的明朝官员设《贰臣传》，只要进了《贰臣传》，不管为清朝怎么卖命也是个人所不齿的"贰臣"。内心虚弱的清王朝几乎神经质地警惕的是对他们的直接影射，未必会那么在乎奴才所受到的非议。

八大山人是有自我保护意识的。今天的我们应该庆幸这种自我保护意识。因为他在自我保护的同时也保护了中国艺术史中最为宝贵的那一部分精华。倘若八大山人也像他的挚友澹雪和尚一样因为"狂大无状"而死于非命，那中国艺术史就不会有他在晚年留下的那些非凡篇章了。对于民族、国家乃至世界的文化史，八大山人作为一个画家还是作为一个勇夫，其意义的高下显而易见。俄国沙皇专制时代，十二月党人努力规避普希金对其活动的参与，以保护俄罗斯文化的伟大财富，与这样的认识颇有相似之处。

八大山人与清朝官员的交往或交恶，都不能说没有事实依据。我们既无须为之遗憾，也无须为之开脱。

一个艺术家坚持自己的政治立场和人格立场，并不等于封闭自我和拒绝社会。八大山人与清朝官员的交往，并不等于对清朝政权的屈服；同样，他对清朝政权的蔑视并不等于对所有清朝官员的排斥。

　　有学者指出，后人对八大山人最大的误会，莫过于给予他的政治定位。这是颇有见地的。

　　给八大山人以简单的政治定性，甚至推测为直接参与抗清活动的斗士：他削发为僧是一种掩护；他当寺院住持是把寺院变成抗清据点；他在临川住了一年多而"忽发颠狂"走还南昌，是因为胡亦堂胁迫他降清，不得已"佯狂"逃避；他喝醉了酒满脸通红直到眉头（《题花卉册·芙蓉》："胭脂抹到眉"），是将官员影射作出卖色相的妓女……"有关部门和团体"甚至以"收集整理"的名义组织依据上述臆想编造"民间故事"，诸如此类，都是预先给他设定一个政治角色，再据此加以论证或猜测。这样的主观臆断，自然就难以接近真实。

　　"故物陵前惟石马，遗踪陌上有铜驼。"（纳兰容若《忆江南》）八大山人深切彻骨的铜驼石马之哀是毫无疑问的。在改朝换代的社会剧变中，一个直接经历大起大落的前朝宗室子弟，情感反应无论怎样强烈都是自然的。这样的情感反应即便在降清的官僚文士中也有不同程度的表露。但这和特定的政治行为并不是一回事。仅仅从政治行为的角度来理解一个艺术家，太过单薄了。决定了八大山人命运的政治给予他的全部影响已经内化为一种以强烈甚至怪异的姿态表现出来的艺术精神。对八大山人简单化庸俗化的政治色彩上的刻意强化，并不是对八大山人这样一位卓越艺术家的品格的提高。

　　八大山人生在大明王室，考过大明秀才，"隐遁"三十多年，五十多岁"颠狂"回到儿时成长的旧地，成了一个"不名不氏，惟曰八大""溷迹尘埃中"鬻画为生的画家。八十年的生命历程，有六十余年生活在明亡以后。单凭这份简略的履历也不难看出，八大山人的精神世界包括他的政治态度，并不是单向的、一成不变的，如果我们真的想要理解他，那就不应也不必回避他处世态度中的自相矛盾，从而理解他曲折多变的心路历程。

八大山人不仅仅属于政治——尽管他一生都受制于政治，而是属于内涵更大的文化；不仅仅属于一个大明王朝——尽管那是他心里永远的痛，而是属于整个中国的文明史；不仅仅属于一个朱氏家族——尽管那姓氏对于他永远不可更改，而是属于整个人类。

# 第四章 艺术成熟期：从『烛见跋不倦』到『开馆天台山』（1690—1705）

## 二十八、"坐稳春潮一笑看"

清康熙二十九年（1690）邵长蘅客居南昌，与六十五岁的八大山人相晤于北兰寺。随后作《八大山人传》。

邵长蘅（1637—1704），一名衡，字子湘，自号青门山人，江苏武进人。诸生，后因事除名。康熙中曾应博学鸿词之召，报罢，入太学，再应京兆试，卒不遇，益纵情山水。曾客为江西巡抚宋荦的幕僚。他的《冶游》诗"六月荷花荡，轻桡泛兰塘。花娇映红玉，语笑熏风香"描绘了杭州人白天在西湖各处泛舟赏荷、饮酒作诗，晚上则在湖中放荷花灯的盛况。所著颇丰，《八大山人传》之外，有《青门剩稿》及编纂《古今韵略》《韵略》《阎典史传》《侯方域传》等。

邵长蘅久仰八大山人之名，一到南昌，便拜托朋友"北竺澹公"即北兰寺住持澹雪约请八大山人到北兰寺相见。约好的那天，却刮起了大风下起了大雨。邵长蘅料想八大山人不会出门。没想到不一会儿，澹雪拿着一封短信来，说："八大山人天刚亮就已经到了。"

邵长蘅又惊又喜，急忙叫了一顶竹轿，冒着雨前去见八大山人，二人握着手相视大笑。夜里在寺中住宿，秉烛交谈，八大山人很兴奋，就像忍不住身体发痒似的想要与人交流，一面说话，一面借助手势加强表达。后来竟主动索笔写字来酬答邵长蘅，直到蜡烛燃尽露出烛根也不知疲倦。

八大山人的内心是如此寂寞，茫茫尘世，谁是他的知音呢？

一个禀赋卓异、才情别具、对人生和世界的感悟远超时人的天才，并非有人簇拥、有人崇拜就不寂寞了。他需要的是透彻的理解。而事实常常是：这几乎没有可能。

这一切给邵长蘅留下了深刻印象，让他感慨系之：世上认识八大山人的人很多，却没有一个真正理解他的人。不知八大山人心中情感愤激郁结，另有无法自我排遣的原因。如同巨石阻挡了泉水，如同湿絮阻遏了烈火，无可奈何，于是忽而疯癫忽而喑哑，隐约像是玩世不恭。人们仅仅把他说成是"狂士""高人"。他们对八大山人的了解真是太浅了呀！可悲啊！

这位超凡脱俗的艺术家真是太孤独了。

法国作家巴尔扎克说，在各种孤独中间，人最怕精神上的孤独。这孤独乃是鞭打灵魂的鞭子。但不幸的是，精神的漫游者有一颗永远在做梦的心灵，这使他们无法融入世俗。自从人类有了交换以后，精神与物质便相互脱离，以至无法容忍对方。物质满足肉体的欲望，精神则与孤独同在。在物质的世界里，人们为了获得满足，对权、钱敬若神明；在精神的世界里，权、钱的魔力不复存在，生命是大自然中最崇高的个体，拥有绝对的自由，没有虚伪，更没有控制与被控制。他们把艺术推向精神的巅峰，用一种博大演奏出世界的最强音，他们的表达成为人类文化表达的最高境界。

然而代价是巨大的，他们必须忍受孤独。因为他们脱离了那个被绝大多数人称之为"现实"的世界。

八大山人，这位贫穷的艺术家，孑然一身跌宕漂泊。对友情乃至情爱的渴望，成了生命黑夜里最高希望的晨曦。如果换一种角度，让他放弃精神追求，沉溺于物质世界，以他的才智，获取富贵享乐如探囊取物。倘若真是这样，世俗抹杀了灵魂，使精神死亡，那悲哀的便是世界了。

每一位精神的追求者，都存在于自己的天堂。在没有物质形态的另一个世界，在宇宙自然的灵界，愿八大山人和所有生前的精神孤独者一起，开启一条精神者聚集的路，创造一个大同世界，从此远离孤独。

六十五岁之后，八大山人的艺术日臻成熟，中国绘画史由此而更为灿烂起来。

那时，八大山人在南昌，石涛在扬州。扬州是繁荣的艺术市场。画商到南昌取八大山人的作品到扬州去卖，石涛因而知道了八大山人。但是，他以为八大山人已经不在人世。后来，石涛得到了一幅八大山人画的《水仙图》，为之震惊而欣喜，方确信八大山人尚在人世。

八大山人是明太祖朱元璋的十世孙，石涛是朱赞仪的十世孙。而朱赞仪是明太祖朱元璋的从曾孙。论年龄八大山人长石涛十五岁，论辈分八大山人高石涛四辈。

八大山人和石涛共同的友人李所著的《虹峰文集》里有四首律诗《哭大涤子》，其中的"亲贤瞻隔代"一句，明确地指出了八大山人和石涛辈分"隔代"的事实。

石涛（1641—约1707），俗姓朱，名若极，广西桂林人。明藩靖江王朱守谦后裔，朱亨嘉子。一六四五年后削发为僧，法名原济，一作元济。小字阿长，字石涛，号大涤子、小乘客、清湘遗人、瞎尊者、零丁老人、苦瓜和尚等。善花卉、蔬果、兰竹，兼工人物，尤善山水。力主"搜尽奇峰打草稿"，一反当时仿古之风，其画构图新奇，笔墨雄健纵恣，淋漓酣畅，于气势豪放中寓静穆之气。《石涛书画全集》面目独具。书法工分隶，并善诗文，与弘仁、髡残、八大山人合称"清初四画僧"。

活跃于清初画坛的四位画僧皆明末遗民，他们借助诗文书画抒写袈裟裹着的精神苦痛，艺术内涵复杂，个性化特征强烈。渐江"千钧屈腕力，百尺鼓龙髯"；髡残"沉着痛快，以谨严胜"；石涛"搜尽奇峰打草稿"；八大山人"零碎山川颠倒树"，与当时正统主流画风大异。他们"挦弄乾坤于股掌，舒卷风云于腕下"，开创了时代新风，直接影响了扬州画派的兴起，并在以后三百年来为后人所敬慕，影响极大。

其中石涛以他在绘画艺术上的独特贡献，被摹古派领袖王原祁评为："海内丹青家不能尽识，而大江以南，当推石涛为第一。"

明末清初，石涛为了避战乱，逃到全州（今广西全县）。两年后，清兵至全州，石涛又从全州沿湘水入湖南永州（今零陵县），再折入广东南海县，投在万寿寺住持深度和尚门下，出家为僧，并给他取了正式的法名叫作"原济"，亦称"元济"或"超济"，后又称"道济"。

深度和尚少年读书于增城白水山，故亦号称白水山人，他虽修禅于万寿寺，但却能诗书画，尤其对于点染山水功力颇厚，时人说他有沈石田的风致，下笔道劲而朴厚，人格尤其高逸。在深度和尚的教导下，石涛开始吟诗作画。

清顺治七年（1650），清兵攻下桂林，广东南海岌岌可危。石涛跟师兄喝涛，经湘南，溯湘水而至洞庭，顺长江而达江西庐山楼贤寺，认识了萧士玮、闵麟嗣等名人，并由萧介绍，于顺治八年（1651）三月到江苏常熟谒见文坛头号人物钱谦益。

石涛后来漫游了浙江。顺治十四年（1657）春，石涛在西湖冷泉画有山水册，这是石涛传世最早的画作。册上题跋道："画有南北宗，书有二王法。张融有云：不恨臣无二王法，恨二王无臣法。今问南北宗：我宗耶？宗我耶？一时捧腹曰：我自用我法。"可见石涛一开始，就主张书画要脱出王羲之、王献之的笔法束缚和南北宗画派的樊笼，创造自我风格。

康熙六年（1667），石涛至安徽宣城，与诗人兼画家的梅清交往颇深。康熙八年（1669），石涛又与安徽新安（治所歙县）太守曹冠五之子曹钤、僧永琳等人畅游黄山，石涛"搜尽奇峰打草稿"作《黄山八胜册》传世。前半生他走遍了华中、江南的名山胜水，对大自然的四时变化有很深的观察与体会。他师法自然，描绘自然，不受古人束缚，创立了独特的风格。当时的画家摹古成为风气，每幅画上都题仿某家、仿某法，他却以黄山和敬亭山为粉本，把黄山千奇百怪的松树和奇特的山岩石层的结构，用特殊的技法描写出来，深得其神韵。黄山奇峰耸秀、云海蔚起，石涛善用湿笔在纸上渲染成烟云缥缈之状，别创一格。

康熙九年（1670）至十九年（1680），石涛定居安徽宣城敬亭山云雾阁。这十年间，石涛作品甚多，是他创作的第一个高峰时期。

康熙十九年八月，五十一岁的石涛应友人之邀，偕同师兄喝涛迁往南京城外报恩寺一枝庵定居。石涛画上题款，凡有"一枝"字样的，都是此时在南京所作。"枝下济""枝下叟""枝下人"等，成为石涛的别号。

南京是东南的大都会，人文荟萃。石涛在南京定居后，以文会友，组织诗社，研究书画。这时，石涛的作品也愈来愈精，名气也愈来愈大。社友有穆倩，别号垢道人，精于篆刻，石涛的篆刻多半受了穆倩的影响。此外，石涛在遍游金陵附近的名胜之后，还绘有《金陵怀古诗画册》等作品。此期，对石涛影响更大的是报恩寺中的禅师旅庵本月（即善果本月）。在明朝末年，禅宗十分盛行，旅庵本月既精通禅学，又兼工书画、善诗文。石涛拜旅庵本月为师后，在佛学、诗文书画上都得到很深的启发。石涛的《一画论》，就是受旅庵本月的禅学启示而创立的。旅庵本月还使石涛转变了政治立场，由遁避清室转而亲近清朝权贵。

原来旅庵本月的老师是木陈道忞。木陈道忞原持反清复明立场，不甘为异族之臣，遁入空门。顺治十六年（1659）九月，他却又应顺治皇帝之召，带旅庵本月去北京。此后师生二人就改变了政治立场，与满洲的达官贵人多有来往。石涛在旅庵本月的介绍下，认识了能诗工画的清宗室辅国将军博尔都，并结为好友。博尔都在康熙皇帝的面前，推许石涛的诗文书画，于是康熙在二十三年（1684）南巡金陵时，特别召见了石涛，对他的诗画大加赞赏。

中年的石涛在南京住了六年，与书画家们谈古论今，艺术更为成熟。康熙二十六年（1687）春，石涛北上至扬州。扬州是鱼盐之都，富商大贾聚居之所，又一人文荟萃之地。石涛晚年声誉鹊起，画作应酬不暇。文士孔尚任、曹寅，诗人张潮、黄砚旅，画家龚半千和查士标等人，都是他的好友。

康熙二十八年（1689），康熙再度南巡，石涛又在扬州平山堂接驾，受康熙皇帝传见，并畅谈禅学。这位明朝王孙虽然不食清廷俸禄，却也接受了清帝康熙的恩遇。以至情怀大变，居然刻起"臣僧元济"之印，并写青绿山水《海晏河清图》以恭维清室。次年，石涛又乘船沿运河北上进京，与满汉高官交往，与早年判若两人。

石涛在北京的最知己的朋友是博尔都。博尔都善诗，又喜藏书画。

石涛在博尔都家中欣赏了许多宋元精品，对石涛晚年的画风发生了很大的影响。石涛为博尔都画了许多画，如《明皇出游图》《宋人百花图长卷》等。此外，石涛还临摹了明人仇英《百美图》、宋人《蓬莱仙境图卷》，直接从临摹古画中吸取古人的长处。

石涛在北京住了三年，其间游历天津，与巡抚张汝作交友。至康熙三十二年（1693），石涛南下，到扬州定居。

晚年石涛以卖画为生，因还俗后有家口之累，故作品相当丰富。一七〇七年七月，石涛画了《设色山水册》（书画十二帧），自此之后石涛画迹不再出现。大约这一年秋冬，石涛去世。

石涛除工山水画外，也画人物与花卉。他临仇英《百美图》，画佛像，有超逸之致；花卉中，石涛尤善画兰竹，墨色浓淡得宜，运笔潇洒至极。石涛绘画，用笔用墨先从运腕入手，笔与墨融洽，画山虚零，画水若流动，画林木有生发之气，体味万物特性，下笔时心手相应。陈师曾论石涛的画说："石涛画，凡美人、山水、花卉、翎毛、草虫，无不精通，貌似拙劣，其实精妙，其俊秀处殆难以言语形容。"拙朴中有俊秀，写意中见神韵，是石涛作品的最大特色。石涛一生勤于创作，晚年的作品更多。现在著录的和印出的画迹，已在六百件以上；他画上题的诗，也有五百首以上。

石涛不仅是一位杰出的画家，而且是位出色的艺术理论家。其绘画理论著作《苦瓜和尚画语录》，是其一生实践与求索的理论结晶。《画语录》批判了片面强调学习古人、一味临摹仿古的保守主义，指出"借古"的主要目的在于"开今"；同时强调深入观察客观世界在艺术创造过程中的重要性。这些观点直到今天还受到很高的评价。石涛水墨画表现生活深度独具，敢于越过传统的历史氛围。高标独树是石涛的过人之处，也是他能取得重大艺术成就的主要原因之一。

石涛对后世影响很大：郑板桥画兰竹，得石涛神韵；李苦禅画水墨花卉之善于用水学自石涛；齐白石极钦佩石涛，自称受他的影响很深；李瑞清、张大千等人更是以善临石涛作品著称。

对八大山人与石涛的关系，前人一直没有准确判定。有"叔侄关系"说。如乾隆年间江都名士员炖（字周南）题石涛的画跋："陈征君撰为余言，公与西江雪个为叔侄行，而钱塘厉太鸿独辨其非胜国天潢，不可解也"，近代书画家黄宾虹先生在《石溪石涛画说》一文中说："或谓与八大山人为叔侄行"。有平辈的"同宗兄弟"说。如李万才所著《石涛》一书中所列的《年表》在"清康熙三十五年丙子（1696）"条中记载：九月在扬州，写《春江垂钓图》寄赠八大山人，并题诗："天空云尽绝波澜，坐稳春潮一笑看。不钓白鱼钓新绿，乾坤钓在太虚端。"款署："清湘瞎尊者弟寄上，八大长兄先生即可，丙子秋九月广陵。"李万才据此款署确定八大山人是石涛兄长。

然而，石涛称八大山人为"长兄先生"，明显有悖于历史的真实。除了画上的款署，八大山人与石涛交往的书札、诗文中找不到任何二人"称兄道弟"的直接证据。

八大山人五十二岁之后，已公开了"西江弋阳王孙"的明朝宗室身份。二十年后，从康熙三十六年丁丑（1697）二月石涛题八大山人《水仙》的"金枝玉叶老遗民"、康熙三十八年己卯（1699）题八大山人《大涤草堂图》的"公皆与我同日病，刚出世时天地震"可以看出，石涛对八大山人的明朝宗室后裔身份再清楚不过。

而比石涛年长十六岁的八大山人对这个公开宣称"靖江后人""赞之十世孙阿长"的同族曾孙的辈分也不可能不清楚。因为按照谱系，他们的辈分很好推算。但在石涛和八大山人的许多书画作品款署上，石涛却称自己的高祖八大山人为"长兄"。这只能说明，这些作品是后人的托伪之作。

八大山人与石涛，有太多的共同点：都是明朝宗室后裔；都经受过家国之变，有过逃禅而后还俗的曲折；都是中国画坛革新的巨擘、才情卓绝的艺术家；都以自己的艺术劳动为生存手段；都与清廷官员有过交往。

但他们之间的不同也是鲜明的：

石涛与更广阔的自然有深入接触，悲剧意识有所泛化，与八大山人的心理状态有很大不同，精神痛苦没有八大山人那么深。他的画作大笔淋漓、奔放者不多，其细笔清朗、含蓄蕴秀的所谓"细笔石涛"，格调至为高雅。《细雨虬松图》即是其细笔风格的杰作：以清劲、简括的细秀线条勾勒山石，不多加皴染，用墨轻淡，苔点也不多，染时亦不用淡墨水。笔墨的细致柔和，设色的空灵淡雅，给人的感觉恬适悠远，宁静秀丽。

较之石涛作品的精致唯美让人叹为观止，八大山人的作品有一种更强烈、更坦诚的全身心的苦恼、焦灼、挣扎、痴狂在画幅中燃烧，人们可以立即从笔墨、气韵、章法中发现艺术家本人，并且从根本上认识他。八大山人的生命奔泻出凌厉而又泼辣的墨色与线条，苍劲的笔墨后面游动着不驯和无奈。仅说笔墨趣味、气韵生动不够。尝尽了人间苦难的八大山人由超人的清醒而走向孤傲，走向佯狂，直至有时真正的疯癫。其笔墨有一种特别响亮的生命冲撞，佯狂背后埋藏着悲剧性的激潮，延续着中国绘画史上很少见到的强烈的悲剧意识。

同样是背离烟火趣味的贵族气息，石涛温雅，八大山人冷峻。

在社会生活上，石涛与清廷上层的交往是立场转变的结果，是由衷的。他在长干寺两度接驾康熙皇帝，非常感激所受到的知遇之恩，颂为"去此罕逢仁圣主""雪拥祥云天际边"等等。而八大山人的结交官员是被动的，内在的抗拒始终如一。这给他们的生存与创作的环境与条件带来巨大的差异：石涛遍游江湖，名满天下，上朝帝王，下交名流，生活富裕，养尊处优；八大山人囿于一隅，流离于民间，"溷迹尘埃中"，所交多为下层僧侣文士，或有地方官员善待，亦并无深交，一旦离去便再无音问。晚年淡泊孤寂，郁郁而终。

石涛一些作品里的躁气，八大山人的画里没有；石涛一些作品里的媚气，八大山人没有。石涛是大家，知道时代的病根所在，他在题画句里说："画家不能高古，病在举笔只求花样。"而刻意寻求面目，饰多于质，对画格不无伤害，纵然是"搜尽奇峰打草稿"，品自下矣。石涛的画当然有个性，但与八大山人和董其昌的笔墨质量相比，多少有些差距。故有清一代，没有对石涛笔墨精妙的评价。照郑板桥的说法："八大名满天下，石涛名不出吾扬州。何哉？八大用减笔，而石涛微茸耳。"（《题画·靳秋田索画》）

作上述比较并无评判八大山人与石涛在品格与艺术上谁高谁低的意思。对艺术与艺术家的臧否各人自可见仁见智。我想要说的也许仅仅只是：性格决定命运。内在冲突的深刻性决定艺术家及其艺术的品质。苦难是艺术家成长的沃土，至少在八大山人身上，是确凿的至理。欢娱之曲易唱，哀伤之词难工。石涛曾被看作清代最杰出的画家，但随着对八大山人认识的深化，耿介悲情的八大山人当时就被公认位列四大画僧第一，终至上升到无可争议的中国画圣的地位。

对于后世所有将艺术当作自己人生的最高使命，而不以名利为鹄的的艺术家，八大山人无疑是楷模。

## 二十九、"置个茶铛煮涧泉"

清康熙三十一年（1692），八大山人六十七岁。

在江西境内游历，继续与方士琯书信往来。四月，在北兰寺，作《行楷书》轴。七月，作《莲房小鸟图》轴，始见签署"天心鸥兹"，或作"㸴鸥兹"。"㸴鸥兹"取典于《列子》"海上之有好鸥鸟者"，此寓言劝诫世人，心动于内则形露于外，机心内萌连鸟都会知道的。反对机心，追求真诚，远离精于计算、钩心斗角、尔虞我诈甚至相互投毒的尘嚣，活在自己的理想中，人生果能若此，夫复何求。

而今，暮时的钟声响了，晚风轻拂而来。寂寞的近处和远处，夕阳静谧。逐渐黯淡的天空，铭记着将要消逝的白云苍狗。古道上是否还有游子低吟？夕阳西下的断肠人是否挽住了瘦马的缰绳？

已经画过无数的画，已经写过无数的诗，孤旅者的脚步没有停下。心的深处还响着寺院的铜铃，但回响已只是宁静。

八大山人已渐入静寂无为、忘其形骸的"仙法"心境。

特殊的身世、特殊的经历和特殊的时代背景，造就了八大山人独特的人格性情。政治环境的变化及其对人生的哲学思考，又使其人格性情在不同时期表现出不同的倾向，其艺术创作也便随着社会环境和人格性情的变化表现出不同的风格特征。

对任何一位成功艺术家的单一解读都必然会有失偏颇。少习儒业，而后逃禅，终于问道，儒释道皆为八大山人创作思想的源泉。其中入世与出世、失意与避世的情绪交相错杂。他的题画诗"一峰还写旧山河"写儒、释、道三教合一的全真教"一峰道人"黄公望；"梅花画里思思肖"

写宋亡归隐的郑思肖；"和尚如何也采薇"写隐居首阳山不食周粟，采薇而食，以致饿死的伯夷、叔齐，以及《行草书桃花源记卷》等，无不映照出他困苦复杂的内心世界。

正因此，儒家的忠信节义、佛家的无我性空和道家的清静无为，也便皆是我们进入八大山人艺术世界的不二法门：

八大山人作为王室后裔，其悲剧性感悟比徐渭多了一个更寥廓的层面。家国破灭，天地沉沦，他纸幅上地老天荒般的残山剩水多是枯枝、残叶、丑石、孤鸟、怪鱼、瓜豆、莱菔、芭蕉、花兜之类。他画的石头上大下小，头重脚轻，想搁在哪里就搁在哪里，也不管它立不立得住；他画的树，老干枯枝，仅仅几个杈桠、几片树叶，东倒西歪；他画的鱼和鸟，或拉长身子，一足独立，或弓背缩颈，眼珠瞪圆，那些眼睛，都不是我们生活中所看的鱼、鸟的眼睛；历来脍炙人口的《孤禽图》——一只黑鸟侧身独脚站立，弓着背，缩着脖子，眼睛上翻，一股冷漠倔强之气从身姿和眼神透出，横眉冷对大千世界，让人触目惊心。类似的画作很多：画上仅有的一条小鱼（《小鱼》）、一只小鸡（《鸡雏图》）、一只猫（《猫》）……或桀骜不驯、翻着白眼；或神情古怪、藐视一切；或在巨石上惊慌啼叫；或在枯枝上木讷静立……这些鸟鱼完全抛弃秀美的美学范畴，夸张地袒露其丑，随时会飞动、游弋，不声不响地消失。而水仙的清白、荷花的高洁、梅花的坚毅、松树的伟岸，尤为他所偏爱。

三百多年来，八大山人的画被人们做过太多解读，仁者见仁，智者见智。有一点却是从无异议的，那就是从这些缘物抒情的人格化物象中体味到他所认识的世界：什么都可以入画，也处处潜伏着不安，充满了不平。也看到他所推崇的人格：孤傲自守、高标独立。八大山人的作品中，诗意的追求与人格的树立高度统一，他的价值判断、社会生活以及情感内涵与其作品诗意的呈现极其自然地融为一体。表达了他所看到的那个时代的社会面貌的同时，又几乎是执拗地展示出一种坚贞高贵的人格。《古梅图》《五松山图》那些最具人格品行意义的形象在他的作品中反复出现。

八大山人的书画是其亡国之痛、高者寂寞的呐喊，是其傲岸蔑世、坚强不阿心胸的抒发。他明确地告诉过我们："墨点无多泪点多，山河仍是旧山河。横流乱世杈椰树，留得文林细揣摹。"他的夫子自道，言简意赅地说出了他的绘画所寄寓的思想情感。我们从中读出的不仅是一个落魄王孙的悲剧命运，同时也可看出，当原有的人生状态完全毁灭时，一个"无恒产而有恒心"的孤耿之士重新做出的人生抉择和价值取向。"知止而后有定，定而后能静，静而后能安，安而后能虑，虑而后能得"（曾子《大学》），八大山人正是在这样的过程中，重造了自然美与艺术美的高度结合，最终形成了我们今天看到的其艺术的特有品位和魅力。

八大山人的莲无根，树无根，花草无根，甚至山也无根，于无根树下啸月吟风，来自禅宗的"无住"，"万法本无根"。他的《荷花小鸟》《柳塘八哥》《枝上鸽图》，注解了曹洞立宗的"鸟道"学说：道如鸟之行空，去留无迹，孤鸿灭没，无影无形。以禅家之见，图画"不著看相"，一切相皆是虚妄。八大山人画鸟，只捕捉那些稍纵即逝的瞬间。他全面再现了禅学静坐默念的动与静，最终达成整幅画作视觉空间感的和谐统一。《荷鸭图》荷茎线条弯曲的流动感，与岸边石头的静、水面泛起的波动，与鸭在水中"若有所思"的静，暗相统一，正与禅的"动静"一致。万事万物，一切生命，皆静中有动，动中有静。从"静"中生长，在"动"中灭失。禅法的"明心见性"与"书为心画"相通；艺术灵感的产生与禅学的顿悟不无相似；艺术审美可意会不可言传的最高境界，也是禅学中所追求的至高境界。

八大山人与道教，原有深厚的渊源，其高祖宁献王朱权移国南昌后，"乐道好文""旁通释老"，笃信道教，专意于黄治之术。仙释一家，乃是明末清初释道共同的特点。

八大山人晚年有一首诗写道：

> 深树云来鸟不知，知来缘想景当时。小臣善谑宗何处，庄子图南近在兹。

"深树云来鸟不知"，一派仙风；"善谑"是诗人自幼就表现出来的本性，只不过此时的"善谑"，更多了沧桑，成为一种人生哲学的明确选择，所"宗"是庄子。

庄子《逍遥游》，开篇言："北冥有鱼，其名为鲲。鲲之大，不知其几千里也。化而为鸟，其名为鹏。鹏之背，不知其几千里也。怒而飞，其翼若垂天之云。是鸟也，海运则将徙于南冥。南冥者，天池也。"

在周易八卦中，乾为天，居南，尊天为道；坤为地，居北，奉地为坤。

《逍遥游》讲的鱼并不是真的鱼，而是太极图里两条首尾相接的鱼。鱼在水中，那是太极图中的两位太极大道在善的大法理中的锤炼。这个大法理佛家曰善，道家曰真。"鱼""化而为鸟"，这个"化"，是一种生命本质的变化，在北冥中开始同化改变，之后迁徙南冥。南冥是天池，也就是这条鱼同化大道以后上天。这里的"天"是生命微观的概念，是周易八卦所指的"天"，而不是我们所认识的自然的天。

有一部名《齐谐》的书，对《逍遥游》作了这样的解读："鹏之徙于南冥也，水击三千里，抟扶摇而上者九万里，去以六月息者也。野马也，尘埃也，生物之以息相吹也。天之苍苍，其正色邪？其远而无所至极邪？其视下也，亦若是则已矣。"

大鹏迁徙南冥要上天，必须在水击三千里的情况下，并且要被抟弄扶摇经过盘旋曲折才能上九万里高空，在那里去掉六月之息。野马呢，本来就像尘埃一样。又要用人的各种认识即生物之息来污染攻击它，天之苍苍，天理已经被模糊了，难道你们以为这样的苍苍不明才是真正的天理吗！站在很高的境界往下看，那些正道都走入了末路的认识了。

文中的"六月之息"，也就是人的污染；"野马"可理解为下野的"马"，不在朝的"马"，

"庄子图南"就是一位太极大道同化大道法理，超越解脱人的认识和牵绊，像大鹏鸟一样拥有宽广的脊背，承天而行，迁徙到"南冥"，即天池，也就是上"天"。

庄子是老子之后被道家信奉的另一位大宗师，其《南华经》则是与老子的《道德经》有同等地位的道家经典。八大山人声称"庄子图南近在兹"，清楚表明了他对道家理念的趋同。

八大山人的《题画桂花》也表现出他对道家理念的欣赏：

> 人间桂花黄，山中桂花白。只为不还丹，云谣慎无斁。

"还丹"，道家炼丹之术：以九转丹再炼，化为还丹，服之白日升天。诗人用道家术语说：我已经不做释门弟子那种刻板修行了。"云谣"指书画。《诗经·周南·葛覃》有"为缔为绤，服之无斁"，诗人的"无斁"是说自己不厌弃画"桂花"。桂花有"金桂"和"银桂"，不因"山中"和"人间"而分别，晚年诗人的"山中桂花白"和"人间桂花黄"是说道家的清净和尘世的污染。

八大山人是亲近"道"的，还在介冈鹤林寺当住持时，画上即有"广道人"款署，并钤"钝汉"一印。还俗后，他用"夫闲"一印印证那段

"绝学无忧闲道人"的日子。此外,"画瓮"一印和"灌园长老"署名,追随的是庄子所说的"抱瓮而出灌"的老者(《庄子·天地》)。五十九岁直至终年,常盖"可得神仙"一印,又书"采药逢三岛,寻真遇九仙"。八大山人晚年书风,浑然、深厚、平实,给人纯朴圆润的美感。用笔含蓄而不羁不厉,结体夸张却似不经意,都达到了实与虚、静与动的统一。正是老子说的"夫物芸芸,各复归其根,归根曰静,是谓复命"(《道德经·十六章》),非仙亦圣、非圣亦仙,不私不营,一任于天。

八大山人对"道"的亲近,不仅是其高祖宁献王朱权家传的遗风,也是明末清初儒、释、道三教合一的反映。上世纪初钱玄同、陈独秀与周作人等论及儒释道三教时说,"支配国民思想的已经完全是道教的势力了","中国人的确都是道教徒"(周作人《乡村与道教思想》),"大多数之心理举不出道教之范围"(钱玄同《随感录·八》)。鲁迅在《1918年8月20日致许寿裳》中一言以蔽之:"中国根柢全在道教。"被欧风美雨吹打的现代人尚且如此,遑论数百年前的八大山人了。

佛道的不滞情境,似与家国情怀相矛盾,但佛道不只说浮世无常,更肯定了天地万物的成毁之机,所谓"天地不仁"。事实上,佛与道都没有让八大山人得到最后的归宿。"空中泡影虚追迹,局内机缘假认真"(八大山人诗,失题),在同时看破了出世与入世之后,他不复寄意于外在形式,而转求自己,诉诸笔墨,精于艺事,当下心安。只有艺术,才为万般愁苦的八大山人带来了真正意义上的解脱。

走向古稀的八大山人,有狂放却不再是疯癫,仍好酒却不再是痴迷。其实他一直都是清醒的。他早就知道,他必须平其心、静其气、固其志,在更广阔更永久的大道上走得更远。

清康熙三十二年(1693)五月,六十八岁的八大山人为舜老作《书画册》十六开,第一次用了一个龟形花押。这个花押后人颇费猜测。有人反复揣摩，觉得花押似乎是由"三月十九"几个字变形组成，是对崇祯死难日"三月十九"日的暗示。不论是不是这样，事实上，从用这个花押的日子往后推十个月，就是甲申国亡五十周年了。

与此相照应的是《书画册》中《双雀图》的题诗。

《双雀图》是八大山人晚年高峰期的精品之一。画中，双雀对立，似喁喁低语。两雀均侧身立于画面，用墨精简，寥寥数笔，画出双雀之娇小。雀爪两小笔，为八大山人特有的造型，极为生动。全画惜墨如金，落幅大胆，构图奇险，除了画幅下方的一对小麻雀，画面的其余部分，一片清空，了无衬景。以一当十，笔简形赅，笔尽而意周。

画面的左上题款为：

西洲春薄醉，南内花已晚。傍着独琴声，谁为挽歌版？横施尔亦便，炎凉何可无。开馆天台山，山鸟为门徒。甲戌之夏日画并题。个相如吃。

旁画上就是那个第一次用的龟形花押，钤"黄竹园"白文印、"八大山人"白文印，又有"艾"朱文印，右下角钤"天心鸥兹"白文印。

八大山人的画多写主观情感，以曲笔为之，"题跋多奇慧"（龙科宝《八大山人画记》），其意晦涩难懂，"不甚可解"（同上）。《双雀图》亦复如是。图中的题诗很难索解，加上第一次出现的"个相如吃"、龟形花押以及"天心鸥兹"等篆印，给画作增添了神秘意蕴。

此前其画作《白茉莉》的题诗已有《双雀图》题诗的上半部分。反映了处于生命转折之际的八大山人思维的起伏：

西洲春薄醉，南内花已晚。傍着独琴声，谁为挽歌版？

诗的关键意象是"琴声"。典出魏晋竹林七贤之一向秀悼念嵇康的《思旧赋》。嵇康被处死后，向秀途经旧居，听到附近有人吹笛，猛然想起昔日与嵇康的共处，怆然写下悼念亡友的挽歌：

> 悼嵇生之永辞兮，顾日影而弹琴。讬运遇于领会兮，寄余命于寸阴。
>
> 听鸣笛之慷慨兮，妙声绝而复寻。停驾言其将迈兮，遂援翰而写心。

八大山人的"谁为挽歌版"，是在追悼某位挚友，还是在哀挽崇祯皇帝像一千多年前的嵇康一样死于政治悲剧？我们无从证实，但至少可以相信，这首诗是向秀的《思旧赋》那样的忆旧诗。加上题款那个后人疑为由崇祯煤山自缢的"三月十九"日变形组成的龟形花押，让人不能不发生八大山人的挽歌是为崇祯五十忌辰而作的联想。

向秀的《思旧赋》不但哀悼好友的殒逝，也同时感叹旧朝荣耀的衰落；虽然向秀本人并未经历朝代的覆亡，他在赋中却把自己置于遗民地位：

> 叹黍离之愍周兮，悲麦秀于殷墟。

《黍离》《麦秀》两首古诗歌咏的是探访故都废墟的商、周遗民。尽管原诗未作明确提示，汉以来的学者却坚持把它们理解为表现遗民丧国之痛。向秀正是这批学者中的一员。他们试图以古诗为史料，建立起忠贞怀国的文学传统。

八大山人经由"琴声"对向秀《思旧赋》的联系，显示了他对遗民诗传统的自觉意识。

《茉莉花》画面中的茉莉花处于诗中的核心位置。潮湿的纸面上修长的花茎蜿蜒伸过中央，形成一种微妙的"浴血"意象，呼应了题诗中的"南内花已晚"。

在中国文化中，茉莉是美好女性的象征。从这个层面看，这首诗似乎是对情人的哀悼。然而，诗中还有另一个关键意象："南内"。南内是明代（也是南宋）皇帝寝宫的名称。

八大山人把隐秘的感情转化成象征语言，将作为女性象征的白茉莉，转化成忠君情怀。这是《离骚》留下的传统：既要揭示又要掩饰忠君爱国的情感，最有效而又包容最广的意象，莫过于情爱。而且，最重要的是，爱与忠都被无常与失落所支配——最宜以娇弱春花为其象征。南唐后主李煜就曾这样抒发他的亡国之痛："林花谢了春红，太匆匆。"明诗人陈子龙（1608—1647）也在明朝亡后写道："满眼韶华，东风惯是吹红去。"而八大山人则在《白茉莉》中说："西洲春薄醉，南内花已晚。"与上述诗人的以情诗手法写忠悃一脉相承——已逝的恋情和沦丧的家园，带给人的都是一种失落感，短暂的春花正是象征。八大山人用间接的参照手法把我们从诗引向画，然后，经由一连串的视觉形象，回到前代诗篇的文字中，从而丰富视觉意象的含义。

《双雀图》题诗的下半部分说图中"双鸟"并非寻常的飞禽，它们居住的地方是佛道圣地天台山。六朝诗人孙绰在《天台山赋》开篇说：

> 天台山者，盖山岳之神秀者也。涉海则有万丈蓬莱，登陆则有四明天台，皆玄圣之所游，灵仙之所窟宅。

这就很清楚了，《双雀图》题诗描述的是从失落到超脱的进程。前半部分的《白茉莉》写诗人对故国的悲悼，后半部分则意味着对世事更替的逐步承受。在诗人的想象中，崇祯皇帝业已飘然成仙，逍遥自在地云游天台，而忠于他的人们则做了他的门徒——“山鸟”。

把鸡、鸟视为遗民的象征，是许多明清之际诗人的主题。诗人吴伟业（1609—1672）就说：“浮生所欠只一死，尘世无由识九还。我本淮王旧鸡犬，不随仙去落人间。”借用历史典故把崇祯帝比作仙人，而他自己则是皇帝留下的“旧鸡犬”。

从《双雀图》题诗的下半部分，我们也可以读出八大山人以天台山人自居，重建生活与艺术“桃花源”的愿望。把对前朝的忠诚转向道家式的孤峰仙踪搜求，从长久的悲愤中超脱出去，这是一个已临人生晚境的人唯一的精神出路。

然而在同年癸酉春题闵六老《鱼鸟图卷》的长跋中他又说：

> 王二画石，必手扪之，蹋而以完其致；大戴画牛，必角如尾，锔而以成其斗。予与闵子，斗劣于人者也。一日，出所画以示幔亭熊子，熊子道：幔亭之山，画若无逾天，尤接笋，笋者接笋。天若上之，必三重楷（阶）一铁絚，絚处俯瞰万丈，人且劣也；必频登而后可以无惧，是斗胜也。文字亦以无惧为胜，矧画事？故予画亦只曰涉事。癸酉春题闵六老画后。八大山人。

“斗”，斗牛，意为相抵相争，既引申为画中形象相持相争的对峙趣味，也引申为追求争取。“劣于人者也”，本意是说比别人差。连接下文的“人且劣也”——虽然天高山险而人们却不畏惧其险，是说它不过如此而已。

　　翻成白话就是：王二画石，一定用手摸，用脚踢，觉得这样这才完全表达了自己的构思。大戴画牛，一定把角画得像尾巴一样弯曲，对峙成互相抵斗的样子。我与闵先生的画在表现相持这一点上不如大戴他们。有一天，我把自己的作品给幔亭熊先生看，熊先生说：幔亭的山，画得好像没有顶天，像连接的竹笋，竹笋上接着竹笋。上边若是有天，一定每三重阶就有一条铁缏绳，在有缏绳的地方向下看万丈深渊，人们就会觉得它不过如此，经过多次的攀登而后就显示出自己的无所畏惧。这就是争奇斗胜了！文字也以无所畏惧的好，更何况画画！所以我的画也只与事物关涉。

　　这个跋，肯定了王二、大戴两位画家的特长，反省了自己与闵六老的不足，并举出具体实例来说明画画要表现无畏向上精神的艺术见解。

　　尽管八大山人的诗画充满了似是而非的矛盾，但如果以其绘画的创新来评价他的诗，或反之，以他的诗歌创意来评价他的画，直接面对八大山人作品中道德与美学的价值，我们就能在相互矛盾的意义中选择正确的或最有价值的诠释。也就不难读懂八大山人。

　　夏，作《山水册》八开，第二开题："昔吴道元学书于张颠、贺老，不成，退，画法益工，可知画法兼之书法。"阐发书法兼画法的观点。

　　这一年，他在一扇面上书写如下短文：

　　　静几明窗，焚香掩卷，每当会心处，欣然独笑。客来相与脱去形迹，烹苦茗，赏奇文。久之，霞光零乱，月在高楹，而客至前溪矣。随呼童闭户，收蒲团，静坐片时，更觉悠然神远。

幽静而略显孤寂，闲适而意态悠然。那是对生命瞬间之美的绵绵咏叹、沉思，与默念。繁华落尽见真淳，返璞归真。这是极力要找到内心和谐的晚年的八大山人的理想境界。其画风渐趋平静，其诗也多写日常生活见闻。虽然用典用词的方式一以贯之，但所表达的情感，明显不似早年的剑拔弩张。向来的诡谲乖戾依旧，但表现的形式却变得豁达。

盐醋食何堪，何堪人不食。是义往复之，粗餐迈同列。
（《题笔墨山水轴》又名《甲戌六月既望卿云庵画并题》）

这是八大山人一幅具有代表性的山水画，画面上树石丘壑造型奇特，用笔用墨均极含蓄有味。这首五言绝句题在画的右上方。"盐醋"句出苏东坡。他的《送参寥师》诗有："咸酸杂众好，中有至味永"；又在《黄子思诗集后》说："其论诗曰：梅止于酸，盐止于咸。饮食不可无盐梅，而其美常在咸酸之外……恨当时不识其妙，余三复其言而悲之。"对唐末司空图"美在咸酸之外"深表赞赏。"是义往复之"，则是与苏东坡"余三复其言"的对应。"粗餐迈同列"写的是《舌华录·慧语》记载的唐朝宰相卢迈（字子玄）的故事：卢迈不吃盐醋，"同列"（同事）问他：您不吃盐和醋，怎么能忍受呢？卢迈笑答：您吃盐和醋，又怎么能忍受呢？表面上说了一个普通事理：人不可以只食盐和醋，又不能不食盐和醋。将此理反复思量明白了，食不食盐醋都没有关系，只要本性使然，两者皆无所谓。人生各适其所，不必以一己之见，否定他人。

在八大山人这里，"盐醋"比喻的是日常生活的基本物质需求。在给方士琯的一封信中他就写过："卅年来恰少盐醋，承惠，深谢。"其中的"盐醋"，就代指润笔。

这首诗，既表明知足常乐，无所奢求，也在奉劝人宽容与自己信念不同的人。

> 男儿一念初与转，初为人生转何忝。翁姑在堂夫驱车，割肉还翁尝何如。吁嗟人生不丈夫，丈夫不特还肌肤。望夫之山冰玉壶，如今富贵天下无。

（《为新安汪孝妇赋》）

这是八大山人为汪天与的母亲写的诗。汪天与是石涛的朋友，曾经当过户部山西司员外郎、刑部福建司郎中。诗颂扬的是汪母的孝道。诗中的"割肉还翁""望夫山""冰玉壶"等都是常见的用典，结尾用"富贵天下无"称赞汪母，等等，表明不再是和尚的八大山人，其人情世故与常人无异。

> 目尽南天日又斜，对人莫向此图夸。是鱼是雀兼鸲鹆，午饭夺钟共若耶。

（《题鱼雀图轴》）

从上午开始（我）在窗前（作画），极目南天，直到太阳开始西斜。（你们）别跟人夸（我）画的这张画，因为这张画画的是鱼、是雀，还是八哥儿（鸲鹆），连（我自己）都说不清楚。因为我在想着当年裘琏邀我去过的新昌"若耶溪"啊。

晚年回忆往事的诗人用揶揄的语气与自己对话，也在与朋友们对话。他是那么怀念真挚的友情。

八大山人在晚年的漫游和诗作中，表现出更多的超脱。"尝持"《八大人觉经》的八大山人不但自己超越了宗教戒规和宗派纠葛，也以这样的心态，规劝友人超脱：

> 昨日寻君长寿庵，闻君策足南山南。高眠定借道人榻，独
> 往每宿开士龛。天地此时亦逼侧，官槎文章人不识。洪崖虽好
> 非安宅，不如归到九峰巅。置个茶铛煮涧泉。

（《寻倪永清不值》）

倪永清，生卒年不详，法名超定，松江（江苏）人。《五灯全书》有关于他的记载；长寿庵，在南昌惠民门内，状元府墙后。顺治十六年（1659）僧法光建。乾隆四十六年（1781）僧本豁重修（《南昌县志·卷五十八·古迹》）。这首诗是八大山人于康熙九年庚戌（1670）至康熙十二年癸丑（1673）期间，再次来到西山洪崖时所作的追述。诗人去寻倪永清，头天去了长寿庵，听说"君"又去了南山南。"高眠"和"独宿"的不是"道人榻"（禅床）就是"开士龛"（佛龛）。周游于佛道之间，连天地都变得狭小逼仄，因而文章像舟筏一样被天下人知晓。诗人在赞誉了倪永清之后，话锋一转又说：西山的洪崖虽是个香火旺盛的道教圣地，却非安宅之地，不如归隐九峰山中，享受"置个茶铛煮涧泉"的恬静生活。

出游，似乎是八大山人的一种生存方式，他在七十四五的年纪"仍登山如飞"。他的诗作中有一首《罗岩夜坐》，记叙的就是这样一次出游：

> 为爱清秋夜，帘垂五漏时。山崖吞小月，云重压高枝。露
> 冷蛩吟急，风惊鹤睡迟。旅魂无着处，惟有少陵诗。

尽管我们不知道"罗岩"所在何处，但诗人的心情我们是很容易感

受到的：酒家未打烊。因为喜欢秋高气爽的月夜，客居酒家的诗人，坐至深夜。五漏的子时，月亮落在山的后面，山模糊起来。诗人在不知不觉中突然发现坐了很久。夜露冷了，蟋蟀叫得急了，被乍起的秋风惊动的野鹤迟迟未睡。一直沉思着的诗人，游魂还没有找到安定处。漂泊的生涯，唯有杜甫的诗可以聊以自慰。一声饱经沧桑的叹息，说不尽老年八大山人对生活的深深感触。

八大山人所处的时代，与魏晋时期颇为相近。家国破灭，复之无望，只能借书画遣郁结、抒块垒。他的创作思想随社会的变迁而不断变化。到了晚年，全身心寄情于诗、书、画的八大山人，效仿魏晋的玄学家，将儒家思想与佛教、道教思想融合在一起，寻求避世超脱的人生归宿。其书画及其题款，儒释道三家皆烙印深刻，但作品内涵与魏晋玄学有更多的契合，画风更具晋人风骨。

八大山人的书画创造了一个个人的隐喻世界，一种前所未有的心象，一个完全独立而又独特的审美系统，一种使民族文化放射璀璨光辉的品位和魅力。作为中国文化传统的卓越继承者，他不仅强烈地表达了自己，也深刻地表达了他的时代。

奔腾咆哮的急流变得宽广平静的时候，就是将要消失在大海的时候。


## 三十、"无画处皆成妙境"

清康熙三十三年（1694），甲申国变五十周年。八大山人六十九岁。

没有见到八大山人对甲申国变五十周年有任何明确的表述。也许去年的那个龟形花押和《双雀图》上的题诗已经足以表明他的心迹；也许已临晚境的八大山人真的已经从长久的悲愤中超脱了出来；也许累积、奔流了一生的艺术才情和艺术创造到了最后迸发的时候，就像一场戏最后落幕之前的高潮。一六九四年前后，是八大山人艺术生涯中最多产的时期，也是他生命的转折点。

五月至六月，为退翁作《安晚册》。

八大山人的绘画以花鸟画成就最高，个性最突出，评价也最高。八大山人的花鸟画最初宗法明代的陈淳与徐渭，三十四岁所画的《传綮写生册》中，可以隐约看到他在勾花画叶上受到陈、徐二人的影响，但用笔雄健，构图大胆，布白巧妙，已明显有自己的面貌。八大山人四十岁到六十岁之间的作品遗留下来的很少。我们现在有可能看到的只有《个山杂画册》。其棱角分明，偏锋取势，用笔淋漓痛快，抒写意味甚浓。题画诗与书法的精妙令人叹服。但用墨尚在探索之中，不如晚期作品成熟。从六十岁到八十岁，八大山人的花鸟用墨愈加丰富，韵味更加独特，风格更加突出，无论技法与意境均达到了个人的高峰。

在魏晋南北朝之前，花鸟一直是以图案纹饰的方式出现在陶器、铜器之上，有着神秘的意义和复杂的社会意蕴。人们图绘它并不是在艺术地表现，而是通过它们传达社会的信仰和君主的意志。

人类早期对花鸟的关注，是孕育花鸟画的温床。史书记载，魏晋南北朝时期已有不少独立的花鸟画作品。它们往往和神话有一定的联系，有的甚至是神话中的主角。花鸟画在唐代独立成科，现在所能见到的韩幹的《照夜白》、韩滉的《五牛图》以及传为戴嵩的《斗牛图》等，都表明了这一题材所具有的较高的艺术水准。

中国写意花鸟画至八大山人达到了前所未有的高度。他的花鸟画，远宗五代徐熙的野逸画风和宋文人画家的兰竹墨梅，也受明沈周、林良、吕纪、陆治的技法影响，尤致意青藤老人徐渭、白阳山人陈淳的粗放画风。在此基础上树立了自己的独特风格。题材的选择、形象的概括、构图的处理、笔墨的运用及意境的表达，皆不落恒蹊，彻底摆脱前人的桎梏，将写意花鸟画推到了顶峰。

八大山人的花鸟，形象高度洗练概括："善写意花卉，奇奇怪怪，巨幅不过朵云片叶"（清·谢彬《国绘宝鉴续纂》）；"写生花鸟点缀数笔，神情毕具"（清·谢堃《书画所见录》）。有时满幅大纸只画一鸟一石一鱼，余皆留白，不着点墨。似是有意无意的信笔涂抹，布局的地位与气势却极为新奇。举凡野鸭、小鸟、游鱼、荷叶，几笔勾勒点染，便活脱而出。章法不求完整而得完整。画面布局如有不足，便款书补意。充分调动题跋、署款、印章在布局中的均衡、对称、疏密、虚实作用。不以繁夺目，笔墨少得不能再少，却给读者无限的想象空间。康熙三十一年（1692）所作《花果鸟虫册》中的《涉事》，只画一朵花瓣，总共不过七八笔；《鱼乐图》及康熙三十四年（1695）所作《鱼图轴》画鱼不画水，而水愈显渺茫无际，空灵而不空泛，鱼极生动鲜活，使读者感觉中的水亦鲜活波动。《花鸟山水册》第一幅仅一只小鸡，但题诗打破画面空间平衡，使空荡的背景生意盎然。《眠鸭图》仅在纸的下方画了一只卧着的黑鸭。黑鸭闭眼沉睡，置世事若罔闻。《杨柳浴禽图》占住了整个画面上部空间的柳枝迎风取势，仅约十笔出头……这一类的画作，一如画家的人生，极简约的留白与至高明的混沌，烘染出尘世的残破与幽暗。

"画以简贵为尚，简之入微，则洗尽尘滓，独存孤迥。"（清·恽南田《瓯香馆集》）八大山人真正做到了无数中国画家们崇尚不已以至梦寐以求的"惜墨如金"（明·陶宗仪《辍耕录》），"以少少许胜多多许"（清·郑板桥），"虚实相生，无画处皆成妙境"（清·笪重光《画筌》），如同他修习过的禅一样，"诵经三千部，曹溪一句亡"，寥寥数语，无尽机锋。极度的简洁凝练既前无古人，后亦难有继者。西方绘画中所谓表现主义与极少主义的出现不过才百年历史，八大山人在三百五十年前就已经运用自如。

八大山人高超过人的书法功力，给他的花鸟画带来的圆润浑厚的笔墨几乎无人可及。吴昌硕说他"笔如金刚杵"，潘天寿说他"妙运金刚腕"。他画荷花的茎，雄健劲猛的侧锋长线条，张力之大十分惊人。齐白石赞叹为"作画能令人心中痛快，百拜不起"。他大胆夸张，奇崛变形。《个山杂画册》上的兔、鱼，眼睛勾成方形，夸张到了极点。他用墨苍而润、清而净。他第一个利用生宣纸特性加强艺术表现力，把生宣纸易使墨汁洇散的缺陷变为优势。画小鸟则绒毛茸茸，画荷花则叶晕朦胧。在中国绘画史上其功不朽：他的花鸟，静谧空明，幽深淡远，远离凡尘之喧，高古超迈之逸，将人们带到一个万般寂静的空旷世界；他将隐喻与象征的手法发挥到极致，极大地丰富了花鸟画的内涵。他笔下凡成对的鸟，总是各自看着不同的方向，或一只睡了，一只四处张望。或打破形象组合的常规：将鹿与鸟组成一画，鹿仰头视鸟，鸟低头视鹿；将水中的鱼与陆上的鹌鹑放在一起；鹰的眼睛不是望着蓝天或盯着兔子、小鸟，而是望着一只螃蟹，等等，让人百思不得其解却又欲罢不能。而花鸟画中最能体现八大山人独特风格的，是那些独立不羁的形象。《孤禽图》，白纸，黑鸟，侧身独脚站立，弓背，缩颈，眼睛上翻，冷漠倔强横眉冷对大千世界，触目惊心；他画的猫眼凌厉一线，可以吓跑老鼠；《枝上鸽图》，八大山人一贯的缥缈、冷逸、孤傲跃然而出，了悟世间生灭轮回的鸽寂寞伫立于疏枝衰柳，视线所向的远处，是无涯的悲凉洪荒。我们则可以由此直面其坎坷悲凉的人生。这是他的作品最震人心魄的魅力所在！

高品位的画家总是在追求一种整体性的氛围象征。八大山人的艺术纯是内心的表达。将其中的隐喻视作影射不仅是一种浅薄，更是一种谬误。隐喻与影射，两者最大的区别在于，前者富于美学的意义，后者更多是简单的图解。八大山人的花鸟画与他的山水画一起指向一种独特的精神气氛，使一种更具有普遍意义的美学风格蔚成气候。与石涛等人一起对当时一度成为正统的"四王"（王时敏、王鉴、王翚、王原祁）潮流构成了强大的时代性冲撞，使中国美术史上种种保守、因袭、精雅、空洞的画风都成了一种萎弱平庸的存在。

晚年八大山人笔下，豪放中有了温雅，单纯中有了含蓄，意蕴从曾经的怨愤逐渐稳定达到最后的冷静，多了平易近人的哲理。《东海之鱼》不再翻白眼以抒愤懑，而转向清新自然，几拨光影，几块顽石，淡淡留白，蚯蚓般灵动缠绕的题字，沁入天真童趣。题款"客问短长事，愿画凫与鹤"现出对蜕变哲理与日俱增的兴趣：凫颈极短而鹤颈极长，短长并不重要，重要的是要顺乎自然之性。《八哥猫石图》中敌意毕露的猫与毫无戒备的八哥同在一轴。有无、虚实、相克相生的辩证，于平淡中引人深思。

洞彻了人生真谛的八大山人当然领悟了艺术的至道，此时的八大山人不务虚名，笔墨清越脱尘，不刻意求工而浑然天成。六十九岁之后的《瓶菊图》，让我们看到他经过风雨洗礼的人生，已经流淌出安详平和的旷达和超脱，画中菊花错落有致、疏密得当，行笔柔韧自如、苍劲圆秀，墨色透明浸润、清逸横生，悠然自得的欣悦中散发着返璞归真的气息。

八大山人的花鸟画，乃是中国花鸟画史上的绝唱。在东方备受推崇，在世界画坛引起了莫大反响。《孔雀竹石图》《孤禽图》《眠鸭图》《猫石杂卉图》《荷塘戏禽图卷》《河上花并题图卷》《鱼鸭图卷》《莲花鱼乐图卷》《杂花图卷》《杨柳浴禽图轴》《芙蓉芦雁图轴》《大石游鱼图轴》《双鹰图轴》《古梅图轴》《墨松图轴》《秋荷图轴》《芭蕉竹石图轴》《椿鹿图轴》《快雪时晴图轴》《幽溪泛舟图轴》《四帧绢本浅绛山水大屏》等；许多条幅、册页中的花鸟鱼鸭、山水树石等；书法则有《行书节临兰亭序》《行书临河叙轴》，以及各大家法帖和行草诗书轴册等，都在国内外的博物馆、院中珍藏。

八大山人身后，画大写意花鸟的画家很少不受其影响。著名者如郑板桥、赵之谦、吴昌硕、齐白石、赵云壑、诸乐三、潘天寿、李苦禅、陈大羽……都曾直接或间接地学习过八大山人的画。

康熙三十八年己卯（1699），八大山人作《山水图》，又名《秋林亭子图》。与我们常见的翻眼奇鱼怪鸟、残山剩水败荷不同，《山水图》没有"墨点无多泪点多"的悲凉，却见"山河仍是旧山河"的旷达。

时年七十四，正处于艺术成熟升华期的八大山人，作山水喜用秃毫，渴笔干墨，纵横纷披，以古拙之趣、萧疏之意出奇制胜。《山水图》写秋日的峰峦树林，杳无人迹。通幅以淡墨稍加渍染，最后用渴笔焦墨施皴点苔。层次清晰，朴茂凝重。山势承转开合，蜿蜒而上，具有高旷的气象和音乐般的节奏韵律。近处寒林萧瑟错杂，远方危崖高耸峭拔，而中景则一缓坡、一茅亭，大片空白，虚实相应。以萧散简淡的无穷余韵，表现出"欲说还休"的悠远超然。

山水画在魏晋、南北朝已逐渐发展，但仍附属于人物画，作为背景的居多。隋唐始独立。五代、北宋山水画大兴，南北竞辉，形成南北两大派系，达到高峰。自唐代以来，每一时期，都有著名画家，专尚从事山水画的创作。使自然风光之美，欣然跃于纸上，其脉相同，雄伟壮观，气韵清逸。元代山水画趋向写意，以虚带实，侧重笔墨神韵，开创新风；到了明代，文人山水画师法自然造化，悟出绘画真谛。在画中体现出超凡脱俗的精神境界，使山水画活了起来。

八大山人的山水画远尚南朝宗炳，又通过董其昌的临本，得以上窥五代山水画家董源、巨然，宋代米芾、郭熙、元代赵子昂、黄公望、倪瓒等山水名家的风貌，不仅开阔了眼界，笔墨功夫也因此而炉火纯青。他的《山水册》六幅山水小品，远笔的圆润显见南唐董源、巨然和元黄公望遗踪；烟云的处理、山体的厚重与体积感显见米家山水的痕迹；山石的皴擦则显见倪瓒的渴笔，但比倪瓒有了发展，浓淡干湿，变化微妙，既滋润明洁而又苍茫生辣；他用董其昌江南山水的笔法画山水，却绝无董其昌的秀逸平和、明洁幽雅，而是在雄健简朴的枯索冷寂中展现萧疏淡远、空明朗润的新境界。不同于前人，又于时人所不及。

八大山人晚年心境渐趋沉着宽厚，画风随之由峭拔峻烈归于平淡天真。在山水画题诗中，特别注重宁静、平和的观念。在一幅约作于一六九八至一七〇〇年间的山水画上他题诗道：

春山无近远，远意一为林。未少云飞处，何来人世心？

他的作品再不仅仅是他苦难经历留下的痕迹，更多的是天性的流露，以及深厚的人文修养的显现。既有"隐约玩世"的幽默感，又有返璞归真的生命活力。他将花鸟画的稚趣带入山水画创作，使其晚期山水画朗润可爱、布置有趣。笔墨放任恣纵，清逸横生，不论大幅或小品，都有浑朴酣畅又明朗秀健的神韵。章法、构形和色调，在不完整中求完整，呈现出一种新的平衡。尤以册页小品最佳，无论构图、笔墨与意境均异常精妙。

《山水图册》十一幅册页不假思索，不劳匠心，一任平生才华和积累自然流露。运笔不躁不急，笔道如篆书随腕转运，任心意而成形态，外柔内刚，浑朴自然。墨色前后相似，笔法左右相同，重复重叠。干笔侧锋，皴擦积墨，深灰浅灰，不加晕染，处处留白。干湿浓淡参差满纸，树木山石交错，无主无宾，全然是"遍布画面的画法"。灵逸之气内蕴，凝重而清润。

　　郭家皴法云头小，董老麻皮林上多。想见时人解图画，一峰还写宋山河。

　　这是《山水图册》最后一页的题跋，一口气从五代南唐的董源说到宋郭熙、元黄公望的笔法和境界。我们在看到八大山人对五代北宁间的画家能以其独特笔墨描绘未受蹂躏的大好山河的称慕的同时，也看到了将这些前人的笔墨规律重复千百遍后融于一身的晚年八大山人已经可以任意挥洒的豪迈。七十三岁完成的这十一幅册页，第一幅是自己熟练的花鸟笔墨、心领神会的倪瓒构图，数笔而就；第二、第三幅用的是董源、黄公望的皴法。之后八幅就是无所顾忌，一气呵成。以至当时以重金购买这《山水图册》的黄砚旅会有"展玩之际，心怡目眩，不识天壤间更有何乐能胜此也"的由衷感叹。

　　概而言之，八大山人六十岁之前山水画的峻厉孤寂迷惘有初涉山水的稚拙，但作为一个文人画家，他挟风雷之气，宣泄心灵深处巨大的创痛的作品，看不出时代和季节，却成功造就出荒寒寂寥、奇境独辟的境界。为"明代已经急剧衰微了的山水画"在清初的重新振起，添上了尤为重要的一笔。六十一至六十五岁上溯五代宋元名家，技法多样，构图简练缜密，造型渐趋奇特夸张，用笔趋于奔放，笔法圆劲柔韧、墨色滋润淋漓，创造了不少气势磅礴、意气蓬勃的作品。有入世的亲切感。六十五岁以后致力于画论研究与实践，各种技法整合走向和谐自然，形成浑厚、清劲、温润、明洁诸美并举的艺术格调，由"淋漓奇古"转求天人合一的境界，渐归天真幽淡、淳厚浑朴。最后五年，复归倪瓒的冲淡宁静，且以无念、无相、无往的禅意，完成"浑无斧凿痕"的艺术生命历程。

凡是成功的艺术家，都是既有对传统的继承，又有自己的创造，从而为艺术开启新的局面。八大山人正是如此。他深具前人的笔墨功力，却又不拘绳墨，融会贯通，自觉在作品中注入性灵之气，处处显示出本性中的洒脱旷达，终至熔铸成完全打上自己印记的山水画风格。

水墨画始于唐代，成于五代，盛于宋元。宋元以来兴起的水墨写意发展到明清时代，出现了许多文人水墨画写意大师，八大山人是其中划时代的人物。水墨写意画中，有专擅山水和专擅花鸟之别，八大山人两者兼而擅之。他诗书画相兼相善，以诗人之笔再现对山水的记忆。其渴笔山水画巧妙地处理了物象与纸张之间的关系。他把古人的法则，随手拈来为自己服务。那些山、石、树、草，以及茅亭、房舍等，漫不经心，随手拾掇，笔笔出于法度之外，意境全在法度之中。他取法自然，以形写情；运笔奔放，变形取神；笔墨简练，大气磅礴；布局疏朗，意境空旷；高旷纵横，气势雄壮。清代张庚说他"拙规矩于方圆，鄙精研于彩绘"。这种无法而法的境界，是他的艺术创作进入自由王国的最好表现。

八大山人花鸟画的巨大声名一定程度掩盖了他的山水画。但他山水画的清高品格绝不比花鸟画逊色。他的山水画与花鸟画在名气上的差异，并不妨碍他的山水画成为中国山水画史上最富有魅力的一种。董其昌说"以笔墨之精妙论，则山水决不如画"，这正是八大山人山水画的品质。

八大山人常常被一些研究者塑造成一个单纯的愤怒的艺术家，其丰富的艺术世界被诠释为简单的国仇家恨的传达。这样的认识，其实降低了八大山人艺术的价值。八大山人画作固然与其遗民心态有着某种内在关联，但一个艺术家风格的形成不可能是某一种纯粹的因素所能囊括的。八大山人历经的苦难不仅是个人悲剧，而是一个族群的噩梦。他在将自己的价值立场、生活方式和感情状态植入绘画语义系统的同时，其与众不同的绘画语言和符号所表达的文化断裂和文化失语的创伤感远远强过政治上的失落感，导致了传统的精英文化与明遗民文化的结合。人生遭遇的坎坷与文化素养的优越性之间的矛盾，形成了八大山人与众不同的艺术个性。这矛盾，确切说是心灵的落差。正是这种落差的特殊性与复杂性，给八大山人的艺术认识带来无限的丰富性。

在经历了太多的人生苦难后，八大山人逐渐超越遗民意识，晚年既不受佛门之约束，又看破红尘，唯将纵情艺术作为表情达意的方式。八大山人把写意的花鸟画和山水画推向高峰，形成中国画特有的美感和表现系统，从而使中国古代意象绘画进入成熟期。其绘画语言深沉内敛的用笔、自由超脱的节奏、简洁奇特的形态、纯净充实的空间，深受后人敬仰。

书画成为八大山人表达人生的一种方式。如此人生乃是一种美学上的完成。

在清初画坛革新与保守的对峙中，八大山人是革新派"四大画僧"中起了突出作用的一个。三百年来，凡大笔写意画派都或多或少受了他的影响。

八大山人当之无愧地成为明清之际中国画坛的坐标。

## 三十一、"到此偏怜憔悴人"

康熙三十四年（1695），八大山人七十岁。从六十岁到六十九岁这一年结束，八大山人书画署款的"八"字写作"〕〔"。看上去有篆书遗意，堂奥里深藏着什么，我们却似乎只能寻寻觅觅。

小春，作《古瓶荔枝图轴》；夏日，为赠程京萼作《花鸟册》；八月，为名珍作《山水卷》；重阳，作《行书禹王碑文卷》，《杂画册》十二开；冬，云南过峰和尚来江西与他相见。

过峰和尚也是明朝宗室，俗姓朱，别号白丁、行民、民道等等，安徽凤阳人，明亡后出家为僧，住昆明禄劝州香海庵。擅书法、篆刻，写墨兰尤绝，当时云南的书香世家，视过峰和尚画的墨兰为极其珍贵之物，惜云南地处偏僻，声名的传播有限。多年后，其墨兰在当时的文化中心江南一带极受推崇。

"扬州八怪"的主要代表人物郑板桥，就私淑于他。郑板桥对过峰和尚"浑化无痕迹"的绘画技法佩服得五体投地。他曾在题画中说：

> 僧白丁画兰，浑化无痕迹。万里云南，远莫能致，付之想梦而已……石涛和尚客吾扬州数十年，见其兰幅极多亦极妙，学一半，撇一半，未尝全学，非不欲全，实不能全，亦不必全也。诗曰："十分学七要抛三，各有灵妙各自探。当面石涛还不学，何能万里学云南？"

倘若不是因为"万里云南，远莫能致"，郑板桥很可能要去拜之为师的。

过峰和尚的这种境况，与在江西的八大山人颇为相似。

明朝遗民们流散四方，但他们之间并非绝对孤立。八大山人与过峰一个隐于江西当地，一个远隐云南边陲，看起来地北天南，不相闻问，但声气却是相通的。

到此偏怜憔悴人，缘何花下两三旬。定昆明在鱼儿放，木

芍药开金马春。

**（《题鱼鸟》又名《鸟鱼怪石图轴》）**

八大山人题画，常常"一诗总题"和"一诗多题"，这首题画诗题

过不下五处。五题中三处是题给朋友的：其一为"甲戌夏给退翁所绘"；

其二为"为韦华先生所作"；其三就是这次题给过峰和尚。所题的画是

扇面上的一条鱼，款识：甲戌题画明年冬日承过峰和尚枉顾为八大山人。

印章：齿形印。诗的最初立意是专为云南过峰和尚所作。

或许是这年秋天，过峰曾与八大山人相见，或许是过峰还没到来，

只听说他已离滇出游，八大山人赋此诗以志期待。不过甲戌次年乙亥的

冬天，过峰和尚确实云游到了江西，与八大山人见面，八大山人"画箑"

（扇子）相赠。

题诗中的"昆明"指云南滇池。"鱼儿放"典出《三秦记》："昆明

池入钓鱼，纶绝而去。梦于汉武帝，求去其钩。明日帝游于池，见大鱼

衔索，帝曰昨所梦也。取而去之。帝后得明珠。""金马"一指金马山，

二指金马门。诗人因武帝除钩放鱼的昆明池，而联想到昆明池附近的金

马山，从而又引出"金马门"的典故。"憔悴人"，则是用拟人的方式，

让画中鱼说：我可怜你们这些来到这里的憔悴之人。"缘何花下两三旬"，

似乎是指云游者花去的时间，或与友人相聚畅叙的难得时光，"两三旬"

即二十天或一个月。又似乎是对方见悯或自悯遭遇。"木芍药"即牡丹。

八大山人的题画诗，多有寄托。往往俗语、僻典、禅语并用，似诗

非诗、似偈非偈，让人不知所云。对这首诗，我们作如下理解较为顺理

成章：

前两句说有朋友远道来访，面对年已古稀、垂垂老矣的诗人，表现

出了十分怜惜的心情。因为是老朋友，故而与友人相聚畅叙了难得的两三旬时间，可谓平生乐事。后两句是说此册页的归宿。过峰、韦华、退翁各在一方，几位都是远道而来的朋友，诗人画了画、写了诗分送他们。"定昆明在鱼儿放"和"木芍药开金马春"应该是泛指，意在各得其所。

从七十岁的此年到生命终点的八十岁，八大山人书画上的署款"八"字作两点。

由"个"的"圈中一点"到"八"的"皆我为大"（陈鼎《八大山人传》），由最小而为最大，是放下一切之后的空寂独立。

八大山人七十岁以后的绘画皆以"八大山人写"的题款置换了此前的"八大山人画"。"写"与"画"一字之差，但微妙地表述了八大山人艺术上的深刻变化。

唐代的张彦远说"不见笔踪，故不谓之画"（《法书要录》）；宋代的赵希鹄说"画无笔迹，非谓其墨淡模糊而无分晓也……人能知善书择笔之法，则知名画无笔迹之说……善书必能善画，善画必能善书，书画其实一事尔"（《洞天清禄集》）；明代的董其昌说"士人作画，当以草隶奇字之法为之，树如屈铁、山如画沙，绝去甜俗蹊径，乃为士气"（《画禅室随笔》）。在中国画家们看来，最具审美价值的，不是画中具体的物象，而是表现物象的笔墨意味。笔墨体现了生命的节奏，是接触万象真谛、抉取自然内在本质，即寓于其间的精神意义的一种形式，"笔精墨妙"才是中国绘画形式中最高的造诣与境界。而书法正是突破了文字的表征，凭线条的转动起伏表现不可名状的内心变化，接近纯粹象征意味的美的表现世界。

八大山人对此有深刻的认识。作于一六九三年的《书画同源册》第五开上跋有"画法兼之书法"，第八开上又跋有"书法兼之画法"。在八大山人的艺术实践中，书与画完全是相通的。尤其晚年，他沉醉于笔法的神韵，将书法的线条转化为绘画的线条，以书为画，舍有形之"体"与"迹"而取无形之"情"与"理"。

或者说他的书法就是表现写意画抽象空间的另一种形式。他的绘画随着他的书法造诣的提升而趋于成熟。他的《双鸟图轴》用的是很典型的书法笔墨。笔锋含蓄婉转不失力度，墨色浓淡虚实相得益彰，篆书笔法使物象形神毕具，隶书笔法使"笔不周而意周，笔不工而心恭"。整幅画作雄而不肆，清润雅逸，妙趣横生。

趋于成熟的八大山人的艺术世界，乃是一个"创造的世界"。

八大山人没有专门的绘画论著，他的绘画观点散见在他的诗文中："读书至万卷，此心乃无惑"，讲画家的文化素养；"师其意而不师其迹，乃真临摹也"，讲临习；"法法不宗而成，笔墨名家奚敢？"讲继承；"士大夫多讥东坡用笔不合古法，盖不知古法从何处出尔"，讲创新；"浑无斧凿痕"，强调天然去雕饰；"往复宗公子"，主张效法宗炳的卧游室中，拂琴欲令众山皆响；"比之黄一峰，家住富阳上"，要像黄公望一样净心养气；"微云点缀之，天月偶然净"，作画时应寄以远神，精骛八极；"未少云飞处，何来人世心"，要胸中清明，摆脱世俗之念；"以示书法兼之画法""可知画法兼之书法"，把笔墨美放在形象美之上。这类诗文，既是他本人的艺术原则，也道出了艺术创作的某些规律。他称赞"倪迂作画，如天骏腾空，白云出岫，无半点尘俗气"；赞同南宋邓椿的"画者文之极"，笔墨作载体，绘画寄精神；对董其昌"南北宗论"持批评态度，反对拘泥古法。这些也正是他自己的艺术品质。

八大山人晚年道法自然，画风从"撑肠拄腹"转为冲淡圆融，浑厚疏松。作品典雅、精巧、狂放、迅疾、深婉、恣肆，而又宽舒、自在、沉稳、和平、深静、简远。笔墨娴熟，老辣含蓄，一如严羽说的"羚羊挂角，无迹可求"、苏东坡说的"发纤秾于简古，寄至味于淡泊"、黄山谷说的"简易而大巧出焉，平淡而山高水深"、董其昌说的"渐老渐熟，渐熟渐离，渐离渐近于平淡自然，而浮华刊落矣，姿态横生矣，堂堂大人相独露矣"，形成典型的八大山人风貌。就其个人而言这是一种高迈之年的老成与圆熟，就中国艺术而言，是发展到中晚期以后才有的最高表现境界。

这样的成就使他跨越了时代，而成为中国艺术史上空前的代表人物！

## 三十二、"眼高百代古无比"

八大山人的最后的十年。

我们且以年表的方式来记录这位伟大艺术家最后一段人生旅程，以使我们能够细细地感受和体味一个伟大艺术家最后的精彩。

这是八大山人的人生和艺术都极为辉煌的十年。一个人人生的最后年华如果都能像这样辉煌，那绝对是生命的奇迹。

八大山人的一生，是修行践道的一生。他遭遇的创痛有多么沉重，他艺术的升华就有多么卓越。这或许是苍天对他劫难之后的眷顾。

康熙三十五年（1696），七十一岁。

二月，书《桃花源记》；四月，作《行楷书法》；五月，作《春山微云图轴》；六月，作《行草书桃花源记卷》；夏日，作《猫石杂卉图卷》《桃实双禽图轴》；秋日，作《行书西园雅集记卷》《鱼石图轴》；十月，作《行书临河集叙轴》；十二月，书《宋之问诗册》二十二开、《鱼乐图轴》《山水轴》《荷鸭图轴》；约于该年前后题石涛《疏竹幽兰图》。

"行年七十始悟'永'字八法。"七十岁之后，八大山人终由一度的追求险绝走向收敛。行草《令鸟原》及五言联"采药逢三岛，寻真遇九仙"，结体奇特，但行笔圆转流畅；晚年草书代表作之一《草书诗轴》线形与笔法圆转、结构简略而开张融贯一体、空间节奏以环转为基调，平添了顿挫，独异于历代草书；《送李愿归盘古序》极个别空间夸大突出，笔触轻灵而率性，疏淡静敛。他的对开册页的题识留下了不少小字行草书佳作，大体上与各个时期的书法创作保持着密切的关系。

这一年，石涛有一封写给八大山人的信，表达自己的仰慕之情。

石涛与八大山人二人神交多年，一直没有见过面，但笔墨往来频繁不断。八大山人在石涛所绘的《疏草幽兰图》上作诗跋：

> 南北开宗无法说，画图一向泼云烟，如何七十光年纪，梦得兰花淮水边。禅与画皆分南北，而石尊者画兰则自成一家也。

"七十光年纪"的八大山人"梦得兰花淮水边"，对石涛可谓深情款款。石涛对八大山人的敬重更是毫无保留：

> 金枝玉叶老遗民，笔砚精良迥出尘。兴到写花如戏影，眼空兜率是前身。

这是石涛在八大山人所绘的《水仙图》上题写的挽诗。当时身在扬州的石涛误以为远在异地的八大山人已经离世。一句"金枝玉叶老遗民"尽显对八大山人一生坎坷的感同身受。

西江山人称八大，往往游戏笔墨外。心奇迹奇放浪观，笔歌墨舞真三昧。有时对客发痴颠，佯狂诗酒呼青天。须臾大醉草千纸，书法画法前人前。眼高百代古无比，旁人赞美公不喜。胡然图就特丫叉？抹之大笑曰小伎。四方知交皆问予，廿年迹踪那得知？程子抱犊问予道，雪个当年即是伊。公皆与我同日病，刚出世时天地震。八大无家还是家，清湘四海空霜鬓。公时闻我客邗江，临溪新构大涤堂。寄来巨幅真堪涤，炎蒸六月飞秋霜。老人知意何堪涤，言犹在耳尘沙历。一念万年呜指间，洗空世界听霹雳。

石涛四年后写的这首《题八大山人画〈大涤草堂图〉》诗，是天才对天才的歌吟。我们在生活中常常见到对偶像的轻蔑，但那并不是自信而恰恰是因为自卑生出的逆反。只有天才才真正懂得天才，才真正能够欣赏天才。相对于"世目以狂"的八大山人，石涛是谦谦君子。也许正因为这样，他对八大山人的画风、八大山人的成就、八大山人的品格，乃至传闻的八大山人作画时的洒脱情状，皆推崇备至："八大无家还是家，清湘四海空霜鬓。"八大山人虽然"无家"还是成了大家，可我走遍了"四海"只是空白头啊。

该年九月，石涛又画《春江垂钓图》寄赠八大山人。在落款中以世人所熟悉的"清湘瞎尊者"自题。

康熙三十六年（1697），七十二岁。

闰三月，作《山水图册》十二开；春日，作《行书临河叙轴》；夏日，作《花果册》十二开；秋，作《花果册》十二开；小春，作《行楷书法册》七开，笔触稍细，疏朗灵动，结构大体匀称，少数空间格外明亮。

黄砚旅托程京萼求购八大山人画就在这一年春天。这一年八大山人的作品中，我最想大书一笔的是他五月至八月为蕙嵒所作的《河上花图卷》并题《河上花歌》（《山水鱼鸟册》）。

八大山人书画进入全盛时期，酣畅淋漓地挥洒着生命的最后绚丽。《河上花图卷》以及《河上花歌》记录下了这迸发的燃烧：

河上花，一千叶，六郎买醉无休歇。万转千回丁六娘，直到牵牛望河北。欲雨巫山翠盖斜，片云卷去昆明黑。馈尔明珠擎不得，涂上心头共团墨。蕙嵒先生怜余老大无一遇，万一由拳拳太白，太白对予言：博望侯，天般大。叶如梭，在天外，六娘剑术行方迈。团圞八月吴兼会，河上仙人正图画。撑肠挂腹六十尺，炎凉尽作高冠带。余曰匡庐山密林迩，东晋黄冠亦朋比。算来一百八颗念头穿，大金刚，小琼玖，争似画图中实相。无相一颗莲花子，吁嗟世界莲花里。还丹未？乐歌行，泉飞叠叠花循循。东西涪川，元官乃刀划。明明水一划，故此八升益。昔者阮神解，暗解苟济北。雅乐既以当，推之气与力。元公本无力，铜铁断空廓。

一个长达一千二百九十二厘米的长卷，诗题于画后，洋洋洒洒数百言，独立成幅，约三百厘米。这是八大山人最重要的作品之一。

"河上花，一千叶"，"河上仙人正图画"。读此诗有如读《将进酒》，语意、语态、语气、语势，活脱李白。八大山人是圣者，圣者也有崇拜，写字画画他崇拜王羲之、倪瓒、米芾、黄公望、董其昌，写诗他崇拜李太白。李太白是诗仙。"太白对予言：博望侯，天般大。叶如梭，在天外……"流水潺潺，奇葩盛开，或颔首低眉，或挺拔直立，或一枝怒放，或团簇竞开。不受空间限制的千姿百态，动态透视，咫尺千里，有桃李之灿然，有兰芷之清媚，有杨柳之飘摇，有竹芦之疏潇。所有的生命都在纵情欢歌。

爱花之癖，乃证其志。"其志洁，故其称物芳。"（《史记·屈原贾生列传》）陶渊明采菊、周敦颐爱莲、林君复妻梅，八大山人喜画荷，有斋号"在芙山房"，常用印"在芙"。他画荷的精品存世多种，大都是一花片叶、大片留白令人寻味为特色。这幅《河上花图卷》却是"接天莲叶无穷碧"，墨色华滋满乾坤，布局虚实相生，笔墨苍劲圆秀。一笔落纸，气象万千。细笔荷花，线条自如；润笔卵石，圆转而成；焦墨石壁，飞流直下；荷茎亭亭，不择地而生，其叶若华盖，其花若仙临，其气曰浩然，是画家胸襟的象征。八大山人画荷，不仅止于题材，而是将思想融于艺术，清浊、大小、短长、疾徐、刚柔、迟速、高下、出入、疏密，相济相和。在追求美的过程中，获得真正的自由与解放，以及无限的生命力。

题诗全文篆意深入的线条圆浑厚实，中锋贯彻，内线绞转，丰富微妙。各字大小错落与邻行交缠，一反连贯性构成的排列，字结构匀净妥帖，既保存了作者特殊风格的线形和空间，各字之间又衔接紧密，韵律独特却浑然天成。画家于恍惚中默会迷离之象，彻悟"无相""莲花"，亦僧亦道亦艺，抑或非僧非道非艺，淋漓酣畅，不拘一格，由表及里，超形入神。心与万物相接相谋，与自然达于浑融。

万物代谢，人亦无奈。"撑肠挂腹六十尺，炎凉尽作高冠戴"，已然参透世态炎凉，安之若素了。这是八大山人生命最为纵肆的时期。由巧而拙，返璞归真。旺盛的生命与抱朴守约的心境内外合一，建构起人生与艺术之至境。

这同时也是八大山人的社交活跃时期，其与南昌诗人及书画家交往频繁。

朝廷为了在政治上力争尽早消除"满汉畛域"的妨嫌，采取了一系列的怀柔政策，文化艺术出现了前所未有的昌明。中国画坛在这种大环境中，也相应地有了较为活跃的气氛，相继出现了以地域和画风区分的诸多画派。这些派别的艺术家由于历史变革中的个人经历、心理需求等诸多方面的因素，皆具有较完整及较高尚的人格追求：清高厌俗，追求飘逸高古，崇尚魏晋之风。写诗作画，既不以取媚朝廷为目的，更不以追求时尚而炫耀，其作品完全是一种纯粹的自我精神的表达。较之于"四王"影响下主导画坛的萎靡沉闷的山水风格，有着一种完全的别开生面的气象，其中最具代表性的人物便是八大山人和石涛。

在这个艺术领域生机蓬勃的时期，南昌画家创立东湖书画会，聚集了江西画坛的一批有志之士。八大山人的不时介入，对东湖书画会在当时以及后世的影响无疑有着莫大的意义。

龙科宝的《八大山人画记》对八大山人在东湖书画会的活动做了一次绘声绘色的记叙：

康熙举人，同为"故家子弟"的龙科宝，无意中在友人书室见到八大山人的画，深为震惊，在他看来，八大山人画得最好的是松、莲、石，有的画满满一大幅纸上只画了一块石头；又在北兰寺的墙壁上，看见悬挂的八大山人作品松枝奇劲，莲叶生动，立刻有了要见作者的冲动。知道八大山人有酒即有好画，便由一个叫熊国定的人做东，在南昌东湖边的一个"闲轩"——那应该是东湖书画会的活动场所之一，置办了酒席宴请他。八大山人欣然而至，龙科宝笑着对他说，东湖新开的莲花和西山宅边的古松，我都静静地观察而得到其神韵，但愿大师能画出这神韵来。

八大山人这一次没等酒席开始就一跃而起，花了很长时间调墨，然后旋转着笔锋画起来。画到一半，搁下笔，仔细看一会儿，又接着画，画完了，才端起酒碗痛饮，笑着大喊，我拿出最大的本事了！一边的书画行家们拍掌叫好：果然传神啊！其他的人趁机起哄求画。八大山人毫不推辞，一对气昂昂的斗鸡当即一挥而就，然后就醉醺醺地扬长而去。

龙科宝高兴得不得了，对画作作了极详细的描写：

> 观其松顶屈蟠而秃，萧疏数枝，翻垂如拗铁。下有巨石不嵌空而奇怪，与北兰寺所见较胜，莲尤胜，胜不在花，在叶，叶叶生动：有特出侧见如擎盖者，有委折如蕉者，有含风一叶而正见侧出各半者，有反正各全露者，在其用笔深浅皆活处辨之，又有崖畔秀削若天成者，以之掩映西山东湖间，熊君称其果神似也。

龙科宝的《八大山人画记》留下的这一段绘声绘色的记录，使我们今天能够清晰地领略到八大山人的一次艺术创作过程。

龙科宝是江西莲花县人，康熙八年举人。其父龙有珠是明末举人，做过湖南攸县县令，外祖贺士昌做过安徽滁州太守，母亲贺桂有续修《汉书》班昭之称，诗词写得脍炙人口，时人比之李清照，金石篆刻也精通，号竹隐居士，有《竹隐楼遗草》传世。明亡，一家老小隐居莲花老家花塘龙溪江边，避世山林，日与樵子僧侣为伍，不食周粟，效屈子行迹，披发佯狂，骚歌长吟。龙科宝虽为康熙举人，之后还做了浙江上虞县令，但受遗民文化影响甚深，与八大山人自然是心有灵犀一点通。八大山人得遇同为"故家子弟"的龙科宝，也自然引为知己。

这也许是偶然的巧合：一个莲花人看一个艺术奇才画莲花，那份打心眼儿里的喜爱是可以想象的。这其实是遗民心理的沟通。龙科宝是较早能读懂八大山人的文人，这跟他从小在莲花山林的遗民中间成长有关。他在《画记》中特意记载了八大山人"戏涂断枝、落英、瓜、豆、莱菔、水仙、花兜之类，人多不识，竟以魔视之，山人愈快"。旧朝王孙借残枝败叶、似花非花之类表达愁苦忧愤之心，在常人眼里就像着了魔一样。又点明，八大山人为知己的朋友作画，则"十日五日尽其能"，"绝无狂态"。重复了张庚在《八大山人》中的话："襟怀浩落，慷慨啸歌，世目以狂。及逢知己，十日五日尽其能，又何专也。"龙科宝的这种解读，基于他对八大山人的疯癫所持的"愤世佯狂"观点。

艺术到了最后，呈现的是"无我"状态。八大山人晚年的"狂态"即是一种"无我"。但赖以表现的技术，却必须"有我"。所以艺术并无纯客观可言。古今中外，凡宗匠巨擘，莫不参悟造化。只不过参悟所得，因人而异。

康熙三十七年（1698），七十三岁。

春，为南高作《兰亭扇叶》；六月，王源来南昌，见到八大山人称之为"高人"；夏，作《荷花芦雁图轴》。黄砚旅收到八大山人所作《山水图册》，"展玩之际，心怡目眩，不识天壤间更有何乐能胜此也"；十月，书《圣母帖释文卷》；小春，作《鹿石图轴》；约于是年前后，作《孤松图轴》；宋荦的儿子宋致请方士琯求购八大山人的斗方，八大山人给方士琯的信有："山言先生属斗方，案上见否？""山言"即宋致；《行书高适诗卷》笔触流动，随机结字，表现出全新的意境。

康熙三十八年（1699），七十四岁。

春，作《蔬果卷》；端阳，作《艾虎图轴》；夏，作《秋花危石图轴》《蕉石图轴》；四月八日沐佛日，受岱老年翁请作《古树苔石图》，石涛补画水滩红叶并赋诗一首："秋涧石头泉韵细，晓峰烟树乍生寒。残红落叶诗中画，得意任从冷眼看"；同在这一年，八大山人再为石涛寄去《大涤草堂图》，石涛喜极，题诗赞八大山人"眼高百代古无比"；与石涛合作《幽兰竹石图轴》，石涛题画说"八大山人写兰，清湘涤子补竹。两家笔墨源流，向自然独行整肃。大涤子补墨并识"。留下了中国绘画的百年佳话。

七月，安徽歙县人、画家省斋旅行到南昌，在南浦与八大山人相见。南浦在赣江边上，是古时南昌八景之一，王勃《滕王阁序》的"四韵"有"画栋朝飞南浦云，珠帘暮卷西山雨"的句子。两个人一见如故，省斋激动得不得了，掀髯倾倒，引经据典说了许多话，两个人都热情得以至"急切"，然后八大山人又为省斋作画，完了很得意地自我欣赏，连连说这么好的画，就像美人宝刀，是不曾轻易送人的。省斋很是惭愧自己的不聪明，竟然像老朋友似的想要得到他的青睐，向他求画，并得应允，岂不是前世有缘吗？于是在八大山人的《山水册》上题下一跋，纪念这次幸会：

> 己卯秋，遇八大山人于南浦旅次。掀髯倾倒，情如旧契，更举古德言句，皆急切为人。已而为予作画，多喷喷自赏，谓红粉宝刀，未尝轻授。愧余不敏，倾盖邀青，岂夙缘之有在耶？遂志于华款之末，省斋主人书。

闰七月，为聚升作《书画合装册》十六开，因润笔费低，抱怨"河水一担直三文"；八月，为年道翁作《兰亭诗画册》十八开；秋，作《花鸟轴》《秋林亭子图轴》；十月，为叙老作《山村暮霭图轴》《花鸟册》十二开；霜降后，为余山作《山水扇页》；十一月，作《双鹰图轴》；十二月，作《行书白居易琵琶行卷》；冬至，作《渴笔山水册》十二开、《松溪翠岭图轴》《临兴福寺半截碑册》十二开；《水仙湖石图》，画石的皴笔由常用的横点皴，而为直笔皴。这在八大山人的作品里较为少见。

此时的八大山人精神和身体都处于非凡的健旺状态。石涛给八大山人写的信上说："闻先生七十四五登山如飞，真神仙中人也……"充满羡慕地赞美了高寿的八大山人的生命活力。

康熙三十九年（1700），七十五岁。

三月，作《白居易北窗三友诗册》三开；夏，作《花鸟山水册》十开、《椿鹿图轴》；至日，书《临河集叙屏》六条，到一七〇五年之前的《行书醉翁吟卷》，深得晋人堂奥。该年前后，作《行书扇页》。

作《松树双鹿图轴》；作《鹌鹑》。《鹌鹑》一图中，与早年缩头缩脚的禽鸟大不一样，鹌鹑翘首兀立，鼓腹高歌，一似沧桑阅尽的老者。岁月暮矣。如果说八大山人在画中依旧表现了孤独的话，那也已是一种人类共有的大孤独。

从这一年开始到一七〇五年，使用"真赏"朱文方形印。

"七十四五登山如飞"，"行年八十，守道以约"。

这年九月，石涛为其门人洪正治作《写兰册》，其中有四川泸州流寓扬州的清初词人染庵居士的题跋，对八大山人和石涛极为赞赏："雪个西江住上游，苦瓜连岁客扬州。两人踪迹风颠甚，笔墨居然是胜流。是竹是兰无会处，非竹非兰转不堪。我有藤条三十下，寄打文同郑所南"，说两位"风颠甚"的清代画家得让宋代的大画家文同、郑思肖挨藤条。

康熙四十年辛巳（1701），七十六岁。

正月初七人日，为知县惕翁祝寿作《山水册》四开；五月，在南昌与黄砚旅欣然相见，题《砚旅先生度岭图》"辛巳五月既望，喜晤燕翁先生南州"；秋，作《松鹿图轴》；十一月，作《山水卷》，作《松鹤图轴》。题写石涛《兰草图》："余思佩兰、蕙嵒两人，苦瓜子掣风掣颠一至于此哉。何故荒斋人，解佩复转石。闻香到王春，乃信大手笔。家住扬州城，来往青齐道。齐云与庐岳，相见老不老。两山之中皆有五老峰也。辛巳一阳之日，八大山人观并题。"

定居自己命名的"寤歌草堂"。

寤歌草堂让八大山人在接近生命的终点时总算有了稳定的安身之所。

这座三百年前一个孤独老人的草堂，而今没有任何痕迹，也没有任何人隐约知道它所在的地方。没有人知道它是否像诸葛草堂那样让寻访者柴扉久叩三顾始开，是否像杜甫草堂那样茅屋为秋风所破。

叶丹有《过八大山人寤歌草堂》一诗，描绘这所房子及其主人：

一室寤歌处，萧萧满席尘。蓬蒿藏户暗，诗画入禅真。遗世逃名老，残山剩水身。青门旧业在，零落种瓜人。

叶丹，字秋林，安徽歙县人，工吟咏，著有《梅花村农诗》十卷，晚年住南昌。看到的寤歌草堂及其主人是那么潦倒，蓬蒿掩藏着幽暗的门户，房子里满床尘土，他的诗里满是凄凉。一个给后人留下了不朽业绩的老人，遗世逃名在残山剩水中"零落种瓜"，让他感慨万千。

八大山人好像特别喜欢画西瓜，多次以西瓜为主题作画。西瓜本不是中国绘画的传统题材，八大山人画它，自是别有深意存焉。有一幅的右下角画有一孤瓜，左半部题有一诗：

写此青门贻，绵绵咏长发。举之须二人，食之以七月。

瓜为"青门"所贻，典出汉代召平，他原为秦朝东陵侯，秦亡，他种瓜于长安东门，世称"青门瓜"或"东陵瓜"。"写""青门瓜"，写的是对前朝的怀念。此瓜之大，要两个人才举得起，而且要到"七月"才能"食之"，这里隐喻的是复兴之艰难，时机亦不成熟。

还有一幅《瓜月图》，其题诗云：

> 昭光饼子一面，月圆西瓜上时。个个指月饼子，驴年瓜熟为期。

中秋团圆日，月明亮，瓜甜美，然月下瓜前之人心凄楚，"个个指月饼子"。八月十五食月饼原是元末汉人起事的信号，但复国根本就没有希望，"驴年瓜熟为期"。绝望笼罩全篇。

"瓜"也就成为八大山人的一个符号。

对"窠歌草堂"，学者们做了大量考证：是在城里还是在城外？是茅屋还是瓦屋？是一室还是数室？多年来多所探究，其学术精神实可谓感人。但以我的浅陋，注意只在"窠歌"二字。

"窠歌草堂"的取名，当出于《诗经·卫风·考槃》：

> 考槃在涧，硕人之宽。独寐窠言，永矢弗谖。
> 考槃在阿，硕人之薖。独寐窠歌，永矢弗过。
> 考槃在陆，硕人之轴。独寐窠宿，永矢弗告。

这是一首赞美贤者隐居的诗：一个看透了沧桑世事的哲人盘桓在偏僻的山野，独卧，独醒，独言，独歌，自适其志，超然独处，无所告语，不乐攀谈。

多少年来，有多少人听懂了八大山人的"窠歌"？关于这个身材瘦弱，形容枯槁，总是一个人在街市野地游荡，或醒或痴，或笑或哭的人，江湖上流传多少传说。他的书画，他的艺术，已经冠绝当世。而对他来说，这些并不是最重要的。他真正引以为傲的是他的孤愤，他的不随流俗，他的不仰权贵鼻息。他在浑浑噩噩的浊世自我欣赏，只留下一个扑朔迷离的背影，让庸庸碌碌的我辈后世去揣测。

如果一个人的心是荒凉的，那他不管身在何处都是荒凉的。八大山人的一生中，灵魂都找不到依靠，注定只是一场流离失所的飘泊。对他怀有善意和敬意的人不计其数，但有几个人真的看清了他的内心？他能寄情的只有这样的陋屋，于散淡中明视自己的内心。虽落寞憔悴，但品质高洁，不可改变。直到日落西山，直到明月中天，直到风干露尽。在无限的时光流水里，在万千的芸芸众生中，在艺术世界的千山暮雪，万里层云，独来独往，形影相吊。

吾室之中，勿尚虚礼。不迎客来，不送客去。宾主无间，坐列无叙。率真为约，简素为具。有酒且酌，无酒则止。不言是非，不闻官事。持己以敬，让谦以礼。平生之事，如斯而已。

这幅书法，落款"八大山人"，标记创作年份是"乙丑夏月"。

这是晚年八大山人的座右铭。经历了家国巨痛、一生备受命运纠缠，却傲骨铮铮，不肯俯首与新朝合作的八大山人，按照自己独持的价值观行走于世。这个座右铭可以说是他追求真诚、率直的艺术人生的总结。

"窳歌"响起的时候，老人的生命已经进入薄暮时分。我们也将永远地记住他，记住他眼睛深处那么深邃的悲伤。我们将陪伴在他的左右，听他喃喃地自言自语，陪伴这个狷介狂傲遗世独立的艺术家，用孤独秉笔，拿寂寞下酒。

那一刻，已经成为一种永恒。

仲秋，八大山人写了一则小文，署名"何园"：

> 岁月本长，而忙者自促。天地本宽，而卑者自隘。风花雪月本闲，而劳忧者自冗。时惕乾称宠辱不惊，闲看庭前花开花落。去留无意，漫随天外雪卷云舒。

一灯荧然，万籁无声。静中念虑澄澈，闲中气象从容，淡中意趣冲夷。莺乱花茂的浓艳山色，不过是太虚幻境；草木凋落的枯崖瘦水，才能看到天地的真相。喜欢寂寞的，凭借白云幽石冥想玄虚；追慕荣华的，流连妙舞清歌忘记疲倦。只有自得之士，没有喧寂，没有荣枯，没有不自适的时候。春日固然气象繁华，令人心神怡荡，但比不上秋天的云白烟青，兰芳桂馥，水天一色，上下空明，让人神骨俱清。风花的潇洒，雪月的空清，只有静者才是它们的主人；水木的荣枯，竹石的消长，只有闲者才能领悟其中的哲理。风平浪静，方显出人生的真正境界；味淡声稀，才是身心的本来面目。太阳落山时烟霞格外绚烂，一年将尽时橙橘更加芳馨。末路晚年的艺术家，精神穿透了人世的沧桑。

夜静听钟声，音响尤为清越。山人藜杖增高风，朝士华衣添俗气。发秃了，齿疏了，凋谢的是虚幻的形体；鸟吟了，花笑了，绽放的是本性的真如。

我们能分明感受到八大山人那会心的一笑。

康熙四十一年（1702），七十七岁。

正月初七日，作《山水册》十开；一月既望，为汉老年翁书《楷书册》。作《书画册》十二开。三月既望，作《双鹰图轴》；五月五日天中节作《行书扇页》；十月作《行书临艺韫帖册》；一阳之日，作《临古诗帖册》十六开；冬，作《双栖图轴》《松柏同春图卷》《行书七绝诗轴》。

始见署用"拾得"印。

作西晋索靖章草名帖《月仪帖》临本六开。元明人书章草，不过楷书按顿加隶书飘尾。八大山人以晋人笔法临写章草，具汉简章草的笔致和气息。在草书发展史上留下了引人注目的一笔。

题写为"临书"的作品在八大山人的书法创作中占有一定的数量。八大山人临写过许多前人的作品，绝大部分是用自己的风格书写前人作品的词句。流传于世的《临河叙》临本有十几件，创作时间为一六九三至一七〇〇年。《临河叙》是王羲之所作《兰亭序》的异本，经过十几个世纪的流传，辗转翻刻的拓本，渗入了太多唐人楷书的笔意。八大山人背离常规，按自己对高雅、简淡的"晋人笔法"的理解，避免提按，以中锋为基础点画内部使转。

八大山人晚年还有索靖、王羲之、怀素等人草书的临作。王羲之草书三帖临本《书画合册》，笔触凝重，圆转丰实，无论形式构成还是精神氛围，都比元明以来绝大部分书法家更接近晋人风范。

晚年八大山人的书法演化出各种奇异不群的面目：

小楷极为精彩。《书画册》中的楷书，从容不迫，行笔中不再斤斤计较细部的得失，但所有看似漫不经心的随意之处，都被笔锋的运动所包裹，十分严谨周密，绝无松懈之感。这是楷书极难达到的境界。

行草书不再怪伟。《行书四箴》《般若波罗蜜心经》《仕宦而至帖》（即《昼锦堂记》帖），平淡天成，丝毫不加修饰，静穆而单纯，不着一丝人间烟火气。《行书醉翁吟卷》行笔安静从容，摆布的痕迹去除尽净。正是孙过庭所说的"既能险绝，复归平正"，"通会之际，人书俱老"。这件作品就像一条河，八大山人之前的许多作品，是一条条"通会"于这条河的涓流。

而最能体现八大山人这一时期书法境界也最受到人们喜爱的是他的信札。信手写来，极为随意，毫无摆布和夸张，圆笔、方笔并用，枯笔、湿笔并用，变化丰富、空间畅达、连贯、自然、随心所欲，古人的淳朴遗风流贯其中，畅然超过了成熟期的其他作品。

八大山人之所以能在艺术实践中超凡入圣，客观而言绝不是一个简单的社会现象，主观而言也不是一个轻易的偶然。艺术家无心作怪，方所以称圣。

在形成自己风格的发展过程中，八大山人融汇各家书法之长，有选择地化为己有。欧书使之挥洒有法；董书使之表现有力；黄、米使之擅悬肘笔，圆转流畅；王羲之其神则统摄全局。而后别开生面，在创作主旨、审美取向、风格样式和笔墨风范上都自辟蹊径：将篆书的圆润线体施于行草；以异体字强化高古与神秘；放弃对笔锋的依赖，大胆使用秃笔，极大弱化提按；字体敢于造险，善于夸张，空间布局大开大合，聚散自如；结体或端庄古雅，或生动活泼，以绘画的造型，把楷、行、草各体大、小、斜、正的字置于一幅作品，点画之劲迈，构图之奇异，墨韵之天然，观之骇人目，夺人心。石涛言其"书与画，其具两端，其功一体"。堪称操运空间构成元素的绝顶天才。

八大山人书法渐老渐圆，最终真正实现董其昌的"以淡尤为宗""平淡天真为旨"。他独创的"八大体"，雄浑饱满，骨力天成，安详自在，逸韵横生，线质、结字、境界、格调均前无古人。与董其昌和王铎相比，另有一种深刻性。近人得其精髓者唯弘一法师李叔同一人，李叔同书法在二十世纪书法史上地位的日渐上升，就是一个证明。

八大山人六十岁以前的纯书法之作存世极少，目前可见的他的书迹大多是他六十岁后所作。确立了自己书风的八大山人，在去世前的十余年时间里，行书、草书、楷书杰作纷纭，而行书和草书是最重要的成就。他把行书与草书并置，再用圆转笔法将相互冲突的结构统一，使之耳目一新。不求工而愈工，极尽翰墨之妙。或踊跃或沉静，或端庄或戏谑，一时有一时之态，一件有一件之妙。

这些意态从容的"八大体"，当时就受到人们无以复加的高度评价。陈鼎《留溪外传》说："余尝阅山人诗画，大有唐宋人气魄，至于书法则脱骨于魏晋矣。"张庚《国朝画征录》说："八大山人有仙才，隐于书画，书法有晋唐风格。"曾熙《醉翁吟卷跋》说："八大山人纯师右军，至其圆满之中，天机浑浩，无意求工而自到妙处，此所以过人也。"

书法艺术发展到明末清初是一个非常重要的转折点。明代后期，书法家面对魏、晋、宋元和本朝的各种风格形式，面对许多开宗立派、影响深远的伟大书法家，一方面叹为观止，一方面又不得不肩负起进一步创造发展的历史使命。

八大山人书法是清初书坛第一流的书法。独特的人文背景，对古典传统的深入把握，以及长期锤炼的形式和技巧的支持，造就了无可替代的书风，在中国书法史上留下了浓重的一笔，成为时风中的异响。

朋友吴埴为八大山人《杂画册》题跋：

> 严沧浪论诗以禅悟为宗，诗与画同一家法，迹象未忘，终归下乘。余乡八大山人作画颇得斯旨。余与山人交凡二十几年，见其画甚多。山人画凡数变，独其用墨之妙则始终一致。落笔洒然，鱼鸟空明，脱去水墨之积习。往山人尝以他故，氾滥为浮屠，逃深山中。已而出山，数年对人不作一语，意其得于静悟者深欤。东坡云"作诗必此诗，定知非诗人"。山人作画，以画家法绳之，失山人矣。

这些话太值得今天的我们深思了：八大山人在"静悟"中深得艺术的真谛，他的画不管怎么变，"脱去水墨之积习"的"洒然"是"始终一致"的。正如苏东坡说的，一个诗人只知道按诗的规矩作诗，那一定不是诗人。同理，一个画家只知道按画法画画，那一定不是画家。八大山人如果只知道用画法规范自己，那也就没有八大山人了。

康熙四十二年（1703），七十八岁。

三月，作《山水册》八开。作《枯槎鱼鸟图轴》；一阳之日，作《行书节临兰亭序》；至日，作《杂画册》十二开；冬，作《杨柳浴禽图》：一块倾斜的石头支撑着苍老的树干，树身凌空，几枝杨柳摇曳于寒风，风柳欹斜，危在旦夕，一只浴后八哥一爪独立，一爪蜷曲，在断裂的树干上径自梳羽，安详怡然，与世无争，荒寒萧瑟的危机中显现出的勃勃生机，让人意会寂寞而倔强的心灵。

作《仿董巨山水轴》。画面的上方八大山人自题：

> 董、巨墨法，迂道人犹嫌其污，其它何以自处耶？要知古人雅处今人便以为不至。汉老同学以为如何？癸未禊日，八大山人临。

"迂道人"，元四家之一的倪瓒，其画从董巨化出，卓然自立。八大山人赞赏他学董巨而不迷信董巨，认为那些刻意模仿董巨而泥古不化者，在倪瓒面前应该惭愧。这其实反映了八大山人自己师承艺术传统的观点。《仿董巨山水轴》别出机杼，水墨疏淡，运笔极简，苍浑古劲，于格调荒疏中见生机，正是八大山人离群索居、萧散肃静、淡泊明志的老境。是八大山人山水的典型面貌，极具代表性。

夏，与朱观相见，出示保存多年的胡亦堂《梦川亭诗集》于朱观。朱观后收入其中胡亦堂和八大山人诗五首于《国朝诗正》。

朱元璋七子朱榑九世孙、江西赣州人朱堪注来南昌看望叔父，其在八大山人去世后作有《拟乐府有所思题叔父八大先生小影》诗，亦收入朱观所编《国朝诗正》。

康熙四十三年（1704），七十九岁。

春，明遗民梁份来信。这封信以《与八大山人书》为题收入梁份的《怀葛堂文集》。梁份（1641—1729）字质人，江西南丰人。少从彭士望、魏禧讲经世之学。方苞、王源很看重他。

《与八大山人书》备极详细地状写了一个明遗民怀念前朝先祖的苦心孤诣。原文如下：

> 罄欬不相闻者，辛、壬、癸、甲矣。长儿文起来述近褆，甚悉硕果之足以见天心也。份年来坎壈无一足为先生道者，惟徂岁同黄宗夏走昌平州，谒一祖十二宗之陵寝攒宫，留数日，绘图列向开方记踪。图各有说，为古今未有之书，尤昭代所必不可无之书。行授之梓，十五国中各流布十册，天潢之贤肖者与忠孝之后、义士仁人并藏弆之。俾圣祖神宗之弓剑永垂于天壤，不致如历代帝王栖神之域或湮没于剩水残山者，庶此举与种冬青可絜长量短，而份且籍为祖父报数百年茹毛践土之恩矣。想先生闻此必为开数十年未开之笑口，而展图一览，又必凄然于次日矣。春冰呵冻不宣。

"遗民情结"，是时代交替的特殊产物，具有特殊的人文意味。不知道八大山人得到这封书信之后的反应。八大山人经历的切肤之痛，只会甚于梁份多多，其体会之深是可以想象的。但我们已经看到，晚年的八大山人师法自然，行乎大道，感伤之极，乃至沉郁；凝咽之极，乃至慷慨；悲切之极，乃至含蓄；沉抑之极，乃至浑成，"纵浪大化中，不喜亦不惧"，彻底摆脱了遗民情结，成为真正意义的伟大艺术家。

冬，游赣南崇义县聂都乡罗汉洞，墨书题诗于内壁。同行者"龚蘷，字一足，别字四指，事母孝。善行草书，然不多作，人争购之。性孤洁，厌近俗人。或在酒坊，辄闭目连数觥，喉中隐隐作声。云终身不娶妻。年六十余，忽夜起聚诗文为薪，煮苦茗啜之，趺坐木棍上，泣诵《蓼莪》诗，凡数遍，遂殁"（民国《江西通志稿》）。

康熙四十四年（1705）不由分说地到来。八十岁。

农历二月花朝节，书《行书扇页》。为庐山心壁禅师作《洗钵图》。

关于心壁禅师，光绪《江西通志·卷一百八十一·仙释·九江府·一六》记载：

> 心壁渊临济三十三世嗣天岳昼，云南人。康熙壬申（1692）秋在洪洲憩云庵，应巡抚宋荦请住开元。癸未（1703）般若心经供奉，丁亥（1707）迎淮上从至松江。赐秀峰寺额，精心禅悟、博学、工诗。

光绪《续云南通志稿·卷一百八十八·杂志·释道上·二十九》记载：

> 心壁，昆明人，住持庐山，宋牧仲荦抚江西时与往还，人以拟东坡佛印。有《漱玉亭诗》六卷，见庐山志。

心壁禅师康熙三十一年（1692）应请住持庐山开元寺（现秀峰寺），

擅长书法。今秀峰龙潭刻有"壁公洗钵处"。

八大山人的《洗钵图》题诗是：

> 云影天光图画里，石泉流水有无声。钵盂几筐重添柄，笑
> 倒庐山禅弟兄。

诗的后两句似乎是说还俗的自己做重操修持状，引起了庐山禅门弟兄的开怀大笑。在这首诗里，八大山人完全是一个亲切可人的老顽童。

四月既望，作《书法"石室先生"册页》；闰四月既望，作《书画册》十二开。书《醉翁吟卷》。作《杂画册》十开。书苏东坡《喜雨亭记扇页》，楷书工稳、平正、淡然。

人生的最后一年，伟大艺术家创作了一系列巅峰之作：

花鸟画绝品《竹石鸳鸯》构图取对角倚斜之势，上留天头，下着斜坡，两鸳鸯依偎于巨石；右上危壁兀立，上平下斜，有芙蓉扎根壁上，旁见侧出，偃仰敷荣；实景相对之间留空，恍若有万顷碧波，极目难测。分章布白，巧妙取势，咫尺之间，意象萧远。千种苦劫，万般无常，都在挥洒中超越至圆融，化作一片平常心。

平常心，是人生至境。言易行难。八大山人的花草鸟鱼，再平常不过，却玄机无限。即便是《湖石翠鸟》这样没有一丝压抑感的作品，那小鸟的旷阔远望，仍让人心存敬畏。他越是表现着幽默快乐，别人就越是感到他心里的伤痕隐痛。然而，如果借此仅仅以"墨点无多泪点多"来断定他，又未免失之浅薄。艺术的伟大不仅仅在表现痛苦，更在化解痛苦。大艺术最终是对灵魂的大慰藉，是从社会人生的"囚笼"获得大自在。

八大山人晚年山水画上，有题"庄生和之以天倪"的话（《八大山

人全集》），那是对自然大美的真诚表白。"淡然无极而众美从之"（《庄子·刻意》），艺术只有直面自然本质，才有表现生命感悟的机缘。倘不能摆脱世俗的层层缧绁，势必刻意做作，终使艺术走入歧路。

对八大山人来说，"眼前无非生机"，自然之美与人的道德情感紧密联系。他与自然对话，替自然发言。天地万物之情，因八大山人透脱到笔墨上。"青青翠竹，尽是真如；郁郁黄花，无非般若"，最普遍最实在的真情与智慧，也最深刻最细微。他画花草，既哀怜它们的春秋代序，也诉说自己的人生无常；他画鱼鸟，在"孤""怪""冷""空""无"的表象之下，透露出情与智的丝丝灵光。一幅小品，便是一次参悟、一则启示、一回内省。画境苍茫、诗意朦胧，让读者透过物质形式，直探自然永恒的精神之源，成为智慧与沉思的象征。类似《鱼鸟图轴》中野水游鱼，"皆若空游无所依"，往来翕忽，纯然"天倪"。他自己何尝不是历经"伤别离、哀流亡"的"游鱼"，在明明灭灭的漂泊之后立命于人生的静处。

"百岁为流，富贵冷灰""萧萧落叶，漏雨苍苔"的悲歌，"生者百岁，相去几何""倒酒既尽，杖藜行歌"的旷达，八大山人晚年的艺术，便是这样一种况味，难以言传，只能感受。不雨花犹落，无风絮自飞。

"欲静则平气，欲神则顺心"，八大山人晚年作品中的"淡"，是平气顺心的结果。"能以中和理天下者，其德大盛；能以中和养其身者，其寿极命。"（《春秋繁露·循天之道》）八大山人一生坎坷，却享年八十，可谓寿矣，这是他心境平和恬淡的证明。

八大山人身上体现出来的天人合一思想，是中国文化对世界、对人类生存的最大贡献。

但时空无限，人生须臾。

八月，八大山人给方士琯去了一封急信：

　　弟以前日大风，感冒风寒，大小便闭塞，至昨晚小便少得涓滴，而未可安眠也。性命正在呼吸，摄生已验之方，拣示一二为望。

（八大山人致方士琯《手札十通册》）

　　这差不多是一封求救信：病得很重，"性命"已在"呼吸"之间，盼望找一两个救命的验方给我啊。

　　秋天，寤歌草堂主人唱完了最后一曲寤歌，走完了八十年坎坷路途。

　　他活得太久了。他一生最重要的亲友饶宇朴、胡亦堂、朱容重十年前就都先他而去；比他年少十六岁的石涛再有两年、年少二十四岁的方士琯再有五年也将离世。

　　他活得太短了。他死的时候，正是他的艺术生命绽放最灿烂的时候。

　　天才合上了他的慧眼，垂下了他的巨擘。他不再需要这个世界，这个世界也不再能伤害他了。人世间没有可以羁留他的东西了：艺术、雄心、温情，所有的希冀都不能使他留恋，他终于能够逃避生存与欲念的掌控，必须与偶然的专制了。

　　关于八大山人的死，至今没有见到可信的史料上有任何最起码的具体描述。历史在最不应该空白的时刻留下了空白。那些同为宗室血脉相连的族人们呢？那些相知相重倾心交往的友人们呢？那些素养甚高古道热肠的画商们呢？那些热爱艺术善待过他的官员们呢？那些懂他或不懂他但一样仰慕膜拜他的佛道士农工商呢？谁曾在他的榻前肃立？谁曾向他躬下腰身？谁曾为他涕泗潸然？还是唯有肃杀秋风瑟瑟敲打寂然的窗棂，时而哭之，时而笑之，超度这个被无可改变的逆境折磨了一生的伟大艺术家的亡灵？

倘如是，那他一直到死都是孤单的。

倘不如是，他何尝又不是孤单的。

一如他孤绝的魂灵。

三年前专程从赣州来看望叔父的朱堪注"闻讣"写了悼亡诗《拟乐府有所思题叔父八大先生小影》：

> 有所思，所思西江江上庐岳边。乃我之叔父，故国之遗贤。少为儒士，长学逃禅。哭泣无路，且哑且颠。祖父恩深罔极，子侄又准保迨遭。年老埋名返初服，但见人民城郭非从前。我家章贡，远在数百里外，买舟屡趋谒，相顾相笑意拳拳。作客江南北，至今一别遂三年。闻讣既洒招魂泪，忽披此卷更凄然。端居默坐杖卓立，恍同侍侧向苍天。噫！形可得似，而心不可言，神不可传。

八大山人后人把朱观收有胡亦堂和八大山人诗的《国朝诗正》卷四请朱观题跋，与八大山人的最后一次见面已过去三年的朱观悲伤地写道：

> 形容曲尽天，一字可移，山人嗣孙曾以此卷索予题，拙作附录：予昔游南昌，访君寤歌堂。相视成一笑，随命罗酒浆。文字为知己，结契逾寻常。朝夕饮过从，行迹多能忘。年老身犹健，矫然松柏昂。书画名一世，得之人珍藏。吟诗饶逸调，沉郁迈三唐。有时为缁侣，有时束道装。澜迹尘埃中，世系出天潢。人知有深意，避世托佯狂。别君越三载，闻讣心悲伤。文孙西江来，过我邗水傍。出图索题诗，展卷急相望。见君如

生前，露顶坐竹床。手横一枝杖，案上纷缥缃。文房供具备，
一一昔时光。呼君君不应，感叹泪双行。

与八大山人虽然从未谋面，但与石涛、朱观、程京萼都是知交，向
来景仰八大山人的李驎得知八大山人去世后，先后在秋冬间写了两首诗
哀悼八大山人。这两首诗都收在他的文集《虬峰文集》中。李驎是横跨
明清两代的文化望族李氏家族的后裔。《虬峰文集》让他罹祸"文字狱"，
死后遭挫骨鞭尸的惨祸。

一首是七律《挽八大山人》：

高帝诸孙皆志士，先生托迹更难希。心同北地留身在，贤
似河间叹世非。书画流传名姓隐，云山啸傲遁藏肥。迢迢曾未
一携手，底事悲伤泪满衣。

一首是四言诗题遗像《挽八大山人》，题解为"噫嘻，拜八大山人
像而题之也"：

噫嘻中尉，高皇之孙。明伦以序，神庙弟昆。天遗一老，
慰我癯思。生不获见，殁乃拜之。朝冠不冠，朝服不服。胡乃
如斯？恻予心曲。学高中垒，才美协律。生不逢辰，凤隐龙
蛰。自称山人，心伤无那。不名不氏，惟曰八大。大书于门，
托喑不语。独洁其身，无辱皇祖。彼赵孟頫，游魂若在。邂逅
九京，岂不愧悔？

一切都不会再现了。

在八大山人苦闷感伤的生平环节里，给后人留下的是一个个似笑却哭的故事；在他莫测难辨的吊诡笔墨里，给后人留下的是冷峻、乖戾、飘逸、狂放、怪诞，难以揣摩的无穷心事；那些深藏在诗、书、画、印里的意义，是一代又一代后人钻研和探寻的动力。

八大山人超脱了时间。对于他，时间不复流逝。

出身皇家宗室，历经沧桑巨变，王孙而沦落市肆，画僧而出入江湖。精研儒道释，融汇诗书画。怪伟，冷逸，高古，独创一格。以淡泊雅静出云，非入禅者莫能为。一个"惨痛异常""地解天崩"的时代，正是滋养和孕育他的不朽画魂，并使其参破红尘幻象的道场。因为尘世荒浊，他的画作中没有浓重的人间烟火，更没有喧嚣的浮华世态，他把一切都化为只属于他的心灵诗境。

一个不妥协的人创造了不妥协的艺术。

家国沦丧之后的六十年间，他没有一天真正享受到他本来应有的人生。对于他个人来说，这样的一生似乎是白过的。然而对于世界来说，有这样一个他和没有这样一个他是不一样的。他把自己作为牺牲献在了艺术的祭坛。他的一生是痛苦的也是神圣的。他君临着他的时代，令人发生一种宗教般的尊敬。

阅读八大山人作品，是在阅读一个大孤独、大悲寂的灵魂，仿佛触摸他在三百多年前的巨大孤独和傲岸，感受他在三百多年以后仍然散发出来的强烈生命气息。在相隔了几个世纪之后，八大山人承接上了魏晋时代那群洒脱不羁的灵魂，以至于到今日，阅读着他的作品，还能感受到那种带着体温的心跳。

八大山人那高雅精美却不沉沦于世的画作，那些燃烧着画家身心的画作，向人们展示着一个个坦诚而透彻的生命，为我们留下了非凡的艺术和非凡的灵魂，其"浩然之气不依形而立，不恃力而行，不待生而存，不随生而亡矣。故在天为星辰，在地为河岳……"（苏轼）成为历史的永恒。

上世纪五十年代，有关机构依据八大山人葬于南昌城郊窑湾英家山的传说，掘墓迁葬时，仅见一些朽木铁钉，未见骸骨。另据《新建县志·西山志》载："八大山人墓在县西北三十里即今西山猴岭一带。"

八大山人墓葬确在何处，难以查考。

滑稽的是，他长期生活过的城市的后人完全不顾及年龄和经历的巨大差异，用他的名字取代了一位同姓道士，让他成为一座道院的开山祖师，从而使这座后来连道院也不是的宗教遗存成为一处招引游客的名人景观。让我想起维也纳的莫扎特雕像基座上的文字：生前这座城市给予他的太少，死后他给予这座城市的太多。

八大山人的人生是寂寞的，八大山人的艺术永不寂寞。

生存中的八大山人很黯淡，艺术中的八大山人太耀眼。

对于后人，八大山人最重要的意义，在于他空前超凡的艺术。关于八大山人无论有多少争执、异议、不确定，有一点是确凿无疑的，那就是：

破碎飘零的人生，是伟大艺术家的宿命；颠狂遮蔽的高贵，是骄傲殉道者的灵魂。

八大山人是孤独的，前朝遗民，当朝畸人，嬴嬴若丧家之犬；八大山人是崇高的，前无古人，后无来者，与天地精神往来。

# 结语

　　中国画以象形字奠定基础，传说的伏羲画卦、仓颉造字，当是书画的源头。文与画在当初并无歧义。两千多年前的战国帛画，之前的原始岩画和彩陶画，奠定了后世中国画以线为主要造型手段的基础。

　　两汉和魏晋南北朝时期，社会由稳定统一到分裂，变化急剧。域外文化输入，与本土文化发生撞击及融合，绘画以宗教绘画为主。山水画、花鸟画在此时萌芽，始有绘画理论和品评标准。

　　隋唐时期社会经济、文化高度繁荣，绘画随之全面繁荣。山水画、花鸟画已发展成熟，宗教画达到了顶峰，并出现了世俗化倾向；人物画以表现贵族生活为主，并出现了具有时代特征的人物造型。

　　五代两宋又进一步成熟和更加繁荣，人物画转入描绘世俗生活，宗教画渐趋衰退，山水画、花鸟画跃居画坛主流。而文人画的出现及其在后世的发展，极大地丰富了中国画的创作观念和表现方法。

　　自唐宋以来，画家们师古与创新的探索一直延续。元、明、清三代，水墨山水和写意花鸟得到突出发展，文人画和风俗画成为主流。明代画坛沿着元代已呈现的变化继续演变发展，文人画和风俗画蔚成风气，并形成诸多流派；山水、花鸟题材流行，人物画衰微；水墨技法不断创新，进一步丰富了笔墨表现能力；创作宗旨更强调抒写主观情趣，追求笔情墨韵。

　　元、明、清绘画不断有新的高峰出现，形成了宋以后的辉煌。中国画在北宋、南宋及元初时代，临摹、刻画人物、画禽兽楼台花木，与写实主义相近，自从学士派和文人专重写意，不尚肖物这种风气初倡于元末的倪云林和黄公望，再倡于明代的文徵明和沈周。到了清朝的"四王"更加以强调。

明末清初的社会剧变，给中国书画史带来了意外的收获。出现了一大批崇尚艺术的伟大画家及其名垂千古的伟大作品。八大山人正处在这个特殊的历史时期，他的一生，创作了数以千计的书画作品，他以大笔水墨写意画著称的绘画为中心，对于书法、诗跋、篆刻也都有极高的造诣，取得了卓越成就。他作为皇族后裔，造就了他抒发倔强的不言之意的精练纵恣的笔墨和飘逸冷峻的画风。他将真情实感融入笔墨，将强悍的个体人格直接外化于丹青，天才独运地用绘画形式表现自己痛苦人生的复杂情感，突破前人窠臼，使陷于僵局的文人画焕然鲜活，撼人心魄远胜于此前的中国画。以其卓越的实践才能、独特的艺术风格，成为中国文人画的最高峰、中国画现代化的开山鼻祖、中国美术史开创一代宗风的宗师。他在让自己的灵魂从艺术中得到安慰和解脱的同时，把中国书画艺术推到了一个空前的高度。

三百多年来，八大山人的书画艺术，从以石涛为代表的一大批艺术家们的推崇开始，至清中叶，扬州八怪在学习与借鉴八大山人艺术后所形成的别样风格，构建起中国画的一个新生代的承续系列。使得这些后来者们在美术史上占有不可忽视的地位；而郑板桥"八大山人名满天下"的总结，更让后来的艺术家对八大山人及其作品顶礼膜拜。站在模糊远处的八大山人，让几百年后的大师想要做他的仆人甚至"走狗"。

齐白石在一幅画的题字说：

青藤、雪个、大涤子之画，能横涂纵抹，余心极服之。恨

不生前三百年，或为诸君磨墨理纸，诸君不纳，余于门之外饿
而不去，亦快事也。

又有诗：

　　青藤（徐渭）雪个（八大山人）远凡胎，缶老（吴昌硕）
当年别有才。我愿九泉为走狗，三家门下转轮来。

　　八大山人书画的艺术品质穿越时空，始终是后人在艺术探索上的
一盏明灯。他的大写意，严整而能奔放，后人能学其一二即可有所造
诣。清代的"扬州八怪"，近现代的吴昌硕、齐白石、张大千、潘天寿
等巨匠，均皆如此。这种光芒四射的影响，一直延续到晚清。赵之谦、
任伯年、吴昌硕、齐白石等秉承八大山人艺术思想、方法的艺术家赫然
崛起。进入二十世纪，齐白石、林风眠等一大批追随者，又无不各自师
八大山人心、师八大山人道，在承接八大山人超越时空的艺术观念并得
以开示后，各自成家，形成了另一个享誉世界的近代中国绘画群体。
　　中国画"画分三科"，人物、花鸟、山水，概括了宇宙和人生的三
个方面：人物画所表现的是人类社会，人与人的关系；山水画所表现的
是人与自然的关系，将人与自然融为一体；花鸟画则是表现大自然的各
种生命，与人和谐相处。三者之合构成了宇宙的整体，相得益彰。这是
由艺术升华的哲学思考，是艺术之为艺术的真谛所在。欣赏中国画，先
要了解画家的胸襟意象。画家把自然万物的特色，先储于心，再形于
手，不以"肖形"为佳，而以"通意"为主。一山一水、一树一石、一
台一亭，皆可代表画家的意境。
　　中国书画艺术的伟大性，只有站在整个人类艺术史的坐标系来科学

地观测时，才能清楚地认识到。八大山人的艺术世界，是一片属于人类审美智慧巅峰的绝妙风景。中国画历史中皇刻刻其扬灵者，首推八大山人，将他置诸世界艺术史，亦卓然而称伟大。对于习惯了西方审美而对中国画的理解停留于形而下的古董欣赏阶段的人，当他驻足并发现代表东方最高文化修养和艺术水准的中国画时，那种视觉的震撼和心灵的感动，那种深层智慧的领会、反思与启发，无疑是难以形容的。

八大山人襟怀浩落，慷慨啸歌，爱憎分明。他从不屈服于权势的精神，历来为人们赞赏与称颂。他饱受世态炎凉、人情冷暖，孤僻忧伤，离群索居。难以解脱的情怀无处倾诉与宣泄，只能付诸笔墨。其生命的独特悲怆在书画里任性释放，其灵魂的孤绝历程在书画中曲折传达。进入他的艺术世界，就如同走进一个超越理性思维之外的怪异世界，神奇而微妙，平凡而伟大，笔墨多变，寓意深刻，笔触中放射出极灿烂的异彩：其诗文奇奥幽涩，书法道健秀润，绘画精妙奇特。他依靠心性的真善，揭示自然的大美，阐发艺术的本质；他传统而现代，极古而极新，他的或悲或喜的生命信号照亮了广阔的天际，受到世人由衷的崇敬。

对八大山人艺术全面而透彻的研究和思考，从根本上改变了西方人对中国画的简单化理解。二十世纪以来，尤其是五十年代以后，八大山人在世界范围内赢得了一片赞誉，"八大山人学"蓬勃兴起。随着时间的推移，这位艺术巨匠、画坛泰斗，日益受到世人的瞩目与推崇。海外的书画界，把八大山人与音乐之魔贝多芬、绘画之魔毕加索相提并论，称之为东方艺术之魔。无论这在多大程度上是一种事实，有一点是毋庸置疑的，那就是，经由八大山人以及由他所代表的中国绘画艺术所表现出的智慧的高超和优越，是无与伦比的。

我们说八大山人是一个谜，并不等于说他是不可捉摸的。"美"是一切艺术家必须遵守的终极原则。循着这样的理路，我们就完全可以廓清八大山人的人生经历与艺术行踪。

八大山人一生以主要的精力从事书画艺术，他留传于世的风格鲜明的书画作品，让一位艺术天才的真正面目及其伟大灵魂纤毫毕现。这就是为什么人们对于八大山人思想与艺术成就研究的歧见少于对其生平名号的争论。

设非其人，绝无其艺。八大山人是纯粹艺术的先行者，他几乎是完整地将自己的生命意识和人格精神注入了书画艺术，或者说，书画艺术就是他生命的本身。没有八大山人的才情、学识、际遇、功力，尤其是没有八大山人的人格，就没有八大山人强烈的艺术个性、非凡的艺术创造及其彪炳千秋的书画。八大山人的艺术世界是一个特异的审美空间，认识它需要的不只是眼睛，还有心灵的观照；八大山人精神的象征性、艺术的表现性、造形的抽象性等等外在形式的后面，是一个非凡的完整的人。走近他，我们就会明白什么是社会、什么是自然、什么是艺术、什么是艺术家、什么是人类旷古永恒的追求。

古者富贵而名摩灭，不可胜记，惟倜傥非常之人称焉。

（司马迁《报任安书》）

司马迁之言，用来形容八大山人，一样适当。

因了八大山人，有人诘问：如今，技巧替代了精神，艺术家大都痴迷于"术"，而忽略了"道"，我们还能再找到一个能够为天人境界隐遁苦修的艺术家么？还有多少现代画家能以这样的笔墨简练、画意高古、千里江山收诸尺楮、生命与天地同寿与日月争光的强健给我们以如此的震撼？有识之士慨叹："返视流辈，以艺事为名利薮，以学问为敲门砖，则不禁怵目惊心，慨大道之将亡。但愿虽不能望代有巨匠，亦不致茫茫众生尽入魔道。"

诚哉斯言！

八大山人是一座不可翻越的高山。人类的灵智，一旦聚于一人之身，则他所达到的高度一定是空前绝后的，其后数百年、数十代人也难以逾越。历史上遭遇家国之不幸如八大山人者多了去了，在中国古代画家中，人生经历像八大山人这样凄惨的人也并不少见，但是不是具备把它外化为生命本体悲剧的色彩和线条的能力，就是另一个问题了。

"学者如牛毛，成者如麟角。"（《北史·文苑传序》）美术史上只能出现一个八大山人！

"烟涛微茫信难求。"（李白《梦游天姥吟留别》）伟大艺术和伟大艺术家产生的道路是多么渺茫，因而是多么珍贵。

长期以来，人们之所以如此艰难却又不弃不舍地追寻这位伟大艺术家飘忽孤绝的踪影，我相信是在物欲横流、人格沦丧的世事中，想要呼唤：

八大山人，魂兮归来！

"八大山人"是个说不完的话题。

八大山人早已死了。八大山人会一直活着。

2012 年 7 月 29 日初稿

2013 年 2 月 9 日二稿

2013 年 3 月 23 日三稿

2013 年 5 月 1 日四稿

2013 年 5 月 25 日五稿

# 附录一 前人所著《八大山人传》

## 邵长蘅：《八大山人传》

八大山人者，故前明宗室，为诸生，世居南昌。弱冠遭变，弃家遁奉新山中，剃发为僧。不数年，竖拂称宗师。

住山二十年，从学者常百余人。临川令胡君亦堂闻其名，延之官舍。年余，竟忽忽不自得，遂发狂疾，忽大笑，忽痛哭竟日。一夕，裂其浮屠服，焚之，走还会城。独自徜徉市肆间，常戴布帽，曳长领袍，履穿踵决，拂袖翩跹行。市中儿随观哗笑，人莫识也。其侄某识之，留止其家。久之疾良已。

山人工书法，行楷学大令，鲁公，能自成家；狂草颇怪伟。亦喜画水墨芭蕉、怪石、花竹及芦雁、汀凫，倏然无画家町畦。人得之，争藏弆以为重。饮酒不能尽二升，然喜饮。贫士或市人、屠沽邀山人饮，辄往；往饮，辄醉。醉后墨渖淋漓，亦不甚爱惜。数往来城外僧舍，雏僧争嬲之索画；至牵袂捉衿，山人不拒也。士友或馈遗之，亦不辞。然贵显人欲以数金易一石，不可得；或持绫绢至，直受之曰："吾以作袜材。"以故贵显人求山人书画，乃反从贫士、山僧、屠沽儿购之。

一日，忽大书"哑"字署其门，自是对人不交一言，然善笑而喜饮益甚。或招之饮，则缩项抚掌，笑声哑哑然。又喜为藏钩拇阵之戏，赌酒胜则笑哑哑，数负则拳胜者背，笑愈哑哑不可止，醉则往往歔泣下。

予客南昌，雅慕山人，属北兰竺澹公期山人就寺相见，至日大风雨，予意山人必不出，顷之，澹公持寸札曰："山人侵早已至。"予惊喜趣乎笋舆，冒雨行相见，握手熟视大笑。夜宿寺中剪烛谈，山人痒不自禁，辄作手语势。已乃索笔书几上相酬答，烛见跋不倦。

赞曰：世多知山人，然竟无知山人者。山人胸次汩浡郁结，别有不能自解之故，如巨石窒泉，如湿絮之遏火，无可如何，乃忽狂忽喑，隐约玩世，而或者目之曰狂士、曰高人，浅之乎知山人也！哀哉！


# 陈鼎：《八大山人传》

八大山人，明宁藩宗室，号人屋。"人屋"者，"广厦万间"之意也。性孤介，颖异绝伦。八岁即能诗，善书法，工篆刻，尤精绘事。尝写菡萏一枝，半开池中，败叶离披，横斜水面，生意勃然；张堂中，如清风徐来，香气常满室。又画龙，丈幅间蜿蜒升降，欲飞欲动；若使叶公见之，亦必大叫惊走也。善诙谐，喜议论，娓娓不倦，常倾倒四座。父某，亦工书画，名噪江右，然喑哑不能言。

甲申国亡，父随卒。人屋承父志，亦喑哑。左右承事者，皆语以目；合则颔之，否则摇头。对宾客寒暄以手，听人言古今事，心会处，则哑然笑。如是十余年，遂弃家为僧，自号曰："雪个"。未几病颠，初则伏地呜咽，已而仰天大笑，笑已，忽跌，踊跃，叫号痛哭。或鼓腹高歌，或混舞于市，一日之间，颠态百出。市人恶其扰，醉之酒，则颠止。岁余，病间，更号曰："个山"。既而自摩其顶曰："吾为僧矣，何可不以驴名？"遂更号曰："个山驴"。数年，妻子俱死。或谓之曰："斩先人祀，非所以为人后也，子无畏乎？"个山驴遂慨然蓄发谋妻子，号"八大山人"。其言曰："八大者，四方四隅，皆我为大，而无大于我也。"

山人既嗜酒，无他好。人爱其笔墨，多置酒招之，预设墨汁数升、纸若干幅于座右。醉后见之，则欣然泼墨广幅间，或洒以敝帚，涂以败冠，盈纸肮脏，不可以目。然后捉笔渲染，或成山林，或成丘壑，花鸟竹石，无不入妙。如爱书，则攘臂搦管，狂叫大呼，洋洋洒洒，数十幅立就。醒时，欲求其片纸只字不可得，虽陈黄金百镒于前，勿顾也，其颠如此。

外史氏曰："山人果颠也乎哉？何其笑墨雄豪也？余尝阅山人诗画，大有唐宋人气魄。至于书法，则胎骨于晋魏矣。问其乡人，皆曰得之醉后。呜呼！其醉可及也，其颠不可及也！"


## 张庚:《八大山人》

八大山人有仙才，隐于书画，题跋多奇致，不甚解。书法有晋唐风格，擅画山水、花鸟、竹木，笔情纵恣，不泥成法，而苍劲圆润，时有逸气。所谓拙规矩于方圆，鄙精研于彩绘者也。襟怀浩落，慷慨啸歌，世目以狂。及逢知己，十日五日尽其能，又何专也。山人江西人，或曰："姓朱氏，名耷，字雪个，故石城府王孙也。甲申后，号八大山人。"或曰："山人固高僧，尝持《八大人觉经》，因以为号。"余每见山人书画，题款"八大"二字必连缀其画，"山人"二字亦然，类哭之笑之，字意盖有在也。

## 龙科宝:《八大山人画记》

山人初为高僧，尝持《八大人圆觉经》，遂自号曰八大。既而蓄辫发，往往愤世佯狂，有仙才，隐于书画，皆生纸淡墨。题跋多奇慧，不甚可解。人有赆以鲥鱼者，即画一鲥鱼答之，其它类是。又尝戏涂断枝、落英、瓜、豆、莱菔、水仙、花兜之类，人多不识，竞以魔视之，山人愈快。逢知己十日五日尽其能，又绝无狂态。最佳者松、莲、石三种，有时满大幅止画一石，曾过友人书室见之。又于北兰寺壁间，见其松枝奇劲，莲叶生动，稍觉水中月影过大，且少莲而多石，石固佳也。熊国定先生为我置酒招之，至东湖闲轩，笑谓之曰："湖中新莲与西山宅边古松，皆吾静观而得其神者，愿公神似之。"山人跃起，调墨良久，且旋且画，画及半，阁毫审视，复画。画毕，痛饮笑呼，自谓其能事已尽。熊君抵掌称其果神似。旁有客乘其余兴，以笺索之，立挥与斗啄一双鸡，又渐狂矣，遂别去。熊君步雨持赠，观其松顶屈蟠而秃，萧疏数枝，翻垂如拗铁。下有巨石不嵌空而奇怪，与北兰寺所见较胜，莲尤胜，胜不在花，在叶，叶叶生动：有特出侧见如擎盖者，有委折如蕉者，有含风一叶而正见侧出各半者，有反正各全露者，在其用笔深浅皆活处辨之，又有崖畔秀削若天成者，以之掩映西山东湖间，熊君称其果神似也。山人书法尤精，少时能悬腕作米家小楷，其行草深得董华亭意，今不复然，亦熊君云。

# 附录二 八大山人大事年表

## 明天启六年丙寅（1626） 一岁

生于江西南昌，谱名朱统鏲，有乳名（一说庠名）"朱耷"之说。为明太祖第十七子宁献王朱权九世孙，属弋阳王一支。

## 明崇祯六年癸酉（1633） 八岁

祖父朱多炡是诗人兼画家，山水画风多宗法二米，颇有名气。父亲朱谋觐，擅长山水花鸟，名噪江右。叔父朱谋㳻，也是一位画家，著有《画史会要》。八大山人从小受到长辈的艺术陶冶，八岁便能作诗，善于书法、篆刻，能悬腕写米家小楷，尤其精于绘画。他生性孤傲，有骨气，聪明绝伦，言语诙谐，喜欢议论，总是娓娓而谈，不知疲倦，使四座为之倾倒。

## 明崇祯九年丙子（1636） 十一岁

能画青绿山水。

## 明崇祯十五年壬午（1642） 十七岁

由于朱明王朝《国典》规定，宗室子弟，不允许参加科举考试。
八大山人"弃爵以民籍参加科考"，并获得诸生衔。

## 明崇祯十七年甲申（1644） 十九岁

清顺治元年

明亡。父随卒。

## 清顺治二年乙酉（1645） 二十岁

清兵攻占南昌。在南昌西山祖坟为父亲守孝。继隐遁窜伏山林避难。

## 清顺治五年戊子（1648） 二十三岁

剃发为僧。

## 清顺治十年癸巳（1653） 二十八岁

在进贤介冈灯社拜弘敏禅师（耕庵）为师，"得正法于耕庵老
人"，法名传綮，号刃庵。自是年至康熙十九年庚申（1680），
开始了长达二十七年的禅林生涯。成为曹洞宗青原下二十八世
传人。其间与弘敏、寂容、饶宇朴唱和。

## 清顺治十三年丙申（1656） 三十一岁

颖学弘敏往奉新县新兴乡芦田创建耕香院。八大山人在进贤介

冈灯社继任住持，潜心佛学与艺事。

## 清顺治十六年己亥（1659） 三十四岁

七月，为西邨画一茄一菜并寄诗一首，南昌刘漪嵒闻知，向八大求《花封三嘯图》，八大答诗一首婉言谢绝。七月至十二月朔日，在进贤介冈灯社之松海为京庵作《传綮写生册》十五开。是为八大山人最早的存世作品。从所绘花卉、蔬果等，可以看出他早年明显地继承了明代沈周、陈淳、徐渭等人的水墨花鸟画传统。

## 清康熙五年丙午（1666） 四十一岁

十二月四日，在湖西精舍为橘老作《墨花图卷》。

书法结体、笔致，深受董其昌书风影响。

## 清康熙九年庚戌（1670） 四十五岁

居奉新。

石庞出生。其与石涛有交，而画学八大山人，颇有造诣。有《寄八大山人》诗三首。

胡亦堂任新昌（今宜丰）知县。是年初冬其婿裘琏途经奉新来此。

## 清康熙十年辛亥（1671） 四十六岁

居奉新耕香院。书裘琏所作《生妣刘儒人行略》并题跋。夏，裘琏作《赠别雪公上人》五言诗两首。腊尽，八大山人为孟伯书《个山传綮题画诗轴》，始见署"个山"款。

## 清康熙十一年壬子（1672） 四十七岁

秋，离奉新，游新昌，看望裘琏，裘琏作诗相赠，并结识胡亦堂。弘敏禅师在耕香院圆寂。

## 清康熙十二年癸丑（1673） 四十八岁

秋，由新昌返回奉新芦田。是年裘琏作《留雪公结庐新昌》《坐雨同个山》诗两首。

## 清康熙十三年甲寅（1674） 四十九岁

端午后两日，在奉新芦田耕香院，自记黄安平为绘《个山小像》，上有友人饶宇朴、彭文亮、蔡受等跋三则，自题六则。

## 清康熙十四年乙卯（1675） 五十岁

春，裘琏返浙江故里，途中作诗《春日怀个山上人》。

## 清康熙十五年丙辰（1676） 五十一岁

春，裘琏在浙江慈溪作《寄个山綮公二首》兼索画。

秋，林之枚客游南昌。暮秋，林之枚往奉新芦田耕香院请八大山人题夏雯所作《看竹图》。

是年前后为克老作《松石牡丹图轴》。

## 清康熙十六年丁巳（1677） 五十二岁

秋，携《个山小像》至进贤介冈菊庄请饶宇朴题跋。

年末，离开进贤，南下临川。

二月，胡亦堂到任临川知县，与八大山人过从甚多。

## 清康熙十七年戊午（1678） 五十三岁

在临川发病癫狂，返回奉新芦田耕香院。

与蔡受、叶徂徕相聚，为叶画《月梅兰图扇页》并题诗，蔡受亦有诗。

是年，蔡受应聘赴长沙，在此之前题《个山小像》，释"个山"号之缘由。

正月，清康熙帝诏令开博学鸿词科，优抚故国之遗贤。

## 清康熙十八年己未（1679） 五十四岁

胡亦堂重修"梦川亭"于四月落成。胡亦堂延请文人雅集梦川亭，八大山人应邀在列。

在临川参观宝应寺等古迹，游览当地名胜，凭吊古代名人。

## 清康熙十九年庚申（1680） 五十五岁

在临川发病癫狂，哭笑无常，撕裂僧衣并焚之，步行到南昌。

在市肆间佯狂行走，为族侄朱容重认出，将之收留于家。

## 清康熙二十年辛酉（1681） 五十六岁

居南昌。病愈还俗，与方士琯交往。五月作《绳金塔远眺图轴》，为目前所见最早有明确纪年之"驴"款山水画。

## 清康熙二十一年壬戌（1682） 五十七岁

春三月，书《瓮颂》六段。十月，作《古梅图轴》。约于是年始至戊辰，行草书作品渐多，从中可窥八大山人书法从行草到狂草的发展脉络。

## 清康熙二十二年癸亥（1683） 五十八岁

六月，书《爱梅述册》。八月十五日至十月，为东华作《花鸟册》。

## 清康熙二十三年甲子（1684） 五十九岁

春正，应屏书社兄之邀前往东轩，并为之作《个山杂画册》十二开，现仅存九开。七月朔，作《行楷黄庭内景经册》十二开（王方宇旧藏）。始见"八大山人"署款，其他名号弃之不用，直至去世。

据陈鼎《八大山人传》，约于是年前后，"慨然蓄发谋妻子"。

## 清康熙二十四年乙丑（1685） 六十岁

为鲁老社兄书《林兆叔诗扇页》。首见使用"八大山人"朱文无框屐形印。此印沿用至乙酉年（1705）。

约于是年前后，为止庵作《玉兰页》并对题诗一首。

六十岁至六十九岁，署款"八"字有篆书遗意。

## 清康熙二十五年丙寅（1686） 六十一岁

居南昌，常驻足北兰寺，同羽昭先生、舫居方丈、澹雪和尚交往。为澹雪作《芝兰清供图》。

立秋，作草书《卢鸿诗册》三十八开，首次钤"壬癸"朱文方形印，此后未见使用。

十一月，为老社兄作《荷石图轴》。

## 清康熙二十六年丁卯（1687） 六十二岁

移居南昌城西埠门。喻成龙任江西临江知府，常往来于临江、南昌之间，与八大山人促膝交谈于北兰寺，同游滕王阁。

## 清康熙二十七年戊辰（1688） 六十三岁

春，与沈麟相晤于南昌。

与蔡秉公交往。

二月十五日花辰，作《为镜秋诗书册》十六开。五月五日天中节作《花卉卷》。八月五日作《行草西园雅集卷》。十二月嘉平，作《八大山人画册》十六开。

喻成龙赴山东任，行前专程来南昌与八大山人和澹雪辞行。八大山人和澹雪买小艇送喻成龙回临江。

是年前后，南昌屏画盛行。时有委知县求作屏画四幅，八大山人只作三幅，并加嘲讽。

## 清康熙二十八年己巳（1689） 六十四岁

与方士琯往来密切，书信不断。

闰三月，作《眠鸭图轴》。六月至十月，作《竹荷鱼诗画册》四开。八月，作《瓜月图轴》《题丁云鹏十六应真图册》十六开。九月九日重阳，作《鱼鸭图卷》。十一月冬至日，为沈麟作《岁寒三友图》。

是年，有贵人招饮，八大山人不愿与之交往，坚辞不就。

## 清康熙二十九年庚午(1690) 六十五岁

邵长蘅客南昌，相晤于北兰寺。邵作《八大山人传》，为研究八大山人之重要文献。

春，作《孔雀竹石图轴》《杂画册》四开。七夕，作《鸲鹆山石图轴》。九月，作《菊石图轴》。九月九日重阳，作《鹇鸡图轴》。秋，作《双雀大石图轴》。十月十六日，作《荷塘鱼鸟图卷》。十月，为博山作《墨梅图轴》。十二月二十日，作《快雪时晴图轴》。始见钤"涉事"白文长方印，此印沿用至一六九四年。该年前后，为公老书《行书扇页》。

九月十四日，熊颐访八大山人不遇，次日于方士琯处得晤八大山人。

## 清康熙三十年辛未（1691） 六十六岁

春，作《杂画册》九开，画八开，书法一开。二月二十五日花朝，作《花朝涉事图轴》。十月十六日，作《双鸟图轴》。十二月十六日，作《游鱼图轴》《湖石双鸟图轴》《双禽图轴》《野兔图轴》，款署"辛重光画"。为六翁题画。

程廷祚出生。其所著《先考被斋府君行状》记有八大山人事迹及其父程京萼与八大山人交往的详情，是八大山人晚年交往及售卖字画的重要佐证。

## 清康熙三十一年壬申（1692） 六十七岁

是年前后，在江西境内游历。继续与方士琯书信往来。

二月二十五日花朝，作《鸟石图轴》。四月，为洁老作《行书轴》。初夏，作《竹鸟石小图轴》。五月，作《花果鸟虫册》八开。五月既望，作《行书千字帖册》十六开。五月二十七日，为《八大人觉经》题语。七月，作《莲房小鸟图轴》，始见签署"天心鸥兹"（或释作"忝鸥兹"）。至甲戌年（1694）五月所作《安晚册》钤有"忝鸥兹"白文方形印，此后未见。八月既望，临《佛赞刻石图》散页。九月九日重阳，作《鸲鸰怪石图轴》《松石图轴》。十月，作《花鸟屏》四条。十二月既望，作《孤鸟图轴》。

## 清康熙三十二年癸酉（1693） 六十八岁

居南昌。三月二十六日，书《邵陵七夕诗》。为闵六老题画。五月，为舜老作《书画册》十六开，始见签署"个相如吃"花押。夏，作《山水册》八开，第二开题字阐发书法兼画法的观点。九月九日重阳，作《杂画卷》。十月，为曾老作《行书扇页》。冬日，为得中书《时惕乾称》横批。作《孤禽图轴》。

郑燮（板桥）出生。郑在一生中多次论及八大山人，评价极高。

## 清康熙三十三年甲戌（1694） 六十九岁

二月十五日花朝前后，作《石鼓文篆楷书册》十四开。五月至六月，为退翁作《安晚册》，始见签署"十有三月"花押。自是年至乙酉的闰年中，所作书画可见此花押。闰五月既望，作《山水花鸟册八开》，始见钤"黄竹园"白文方形印，此印沿用至庚辰（1700年）。六月，作《山水轴》《荷花小鸟轴》。夏，为宝崖题《拥书饮酒图》《双雀图轴》。闰夏，作《六君子图轴》。八月，作《秋山图轴》《鱼图轴》。九月九日重阳，作《瓶菊图轴》《鱼鸟图轴》。至日，作《墨荷图轴》，为其老年作《水木清华图轴》，作《书画册》二十开。

八月，石涛题画评论八大山人"淋漓奇古，一代之解人"。

## 清康熙三十四年乙亥（1695） 七十岁

夏日，作《花鸟册》八开以赠程京萼。为名珍作《山水卷》。九月九日重阳，作《行书禹王碑文卷》《杂画册》十二开。小春，作《古瓶荔枝图轴》。冬日，为过峰作《小鱼扇页》。

七十岁至八十岁署款"八"字作两点。

## 清康熙三十五年丙子（1696） 七十一岁

正月初七，为宝崖作《春山微云图轴》。二月二十六日，书《桃花源记》。春日，写《荷鸭图轴》。四月七日，为宝崖作《行楷书法》二开。六月既望，在芙山房书作《行草书桃花源记卷》。夏日，作《猫石杂卉图卷》《桃实双禽图轴》。秋，为遇斋录写《行书西园雅集记卷》。秋末，作《鱼石图轴》。十月，作《行书临河集叙轴》。十二月既望，书《宋之问诗册》二十二开。作《鱼乐图轴》《山水轴》《荷鸭图轴》，款署"柔兆，八大山人写"。

约于是年前后题石涛《疏竹幽兰图》。

秋九月，石涛于扬州作《春江垂钓图》寄赠八大山人。

## 清康熙三十六年丁丑（1697） 七十二岁

闰三月，作《山水图册》十三开。春日，作《行书临河叙轴》。夏日，作《花果册》十二开，每开有对题。五月至八月，为蕙喦作《河上花图卷》并题《河上花歌》。秋，作《花果册》六开，款署"疆星纪之秋，八大山人写"。小春，作《行楷书法册》七开。

二月，石涛题八大山人《水仙图卷》，称之为"金枝玉叶老遗民"。

春，黄砚旅托程京萼求八大山人画。

与南昌诗书画家交往。

题鹿游道人《史印》一编，并为之作《蕉石图轴》。

木瓜岩道人石和阳携王荆璧所画木瓜赠八大山人。

## 清康熙三十七年戊寅（1698） 七十三岁

春日，为南高作《兰亭扇页》。夏日，作《荷花芦雁图轴》。十月，书《圣母帖释文卷》。小春，作《鹿石图轴》。

约于是年前后，为兰皋作《孤松图轴》。

黄砚旅收到八大山人所作《山水图册》，"展玩之际，心怡目眩，不识天壤间更有何乐能胜此也。"

六月，王源到南昌与八大山人相晤，称之为"高人"。

是年前后宋至请方士琯求八大山人斗方。

## 清康熙三十八年己卯（1699） 七十四岁

春日作《蔬果卷》。五月五日端阳，作《艾虎图轴》。夏日，写《秋花危石图轴》《蕉石图轴》。闰七月，为聚升作《书画合装册》十六开，以润笔费低，因有"河水一担直三文"之叹。八月十六日，为年道翁作《兰亭诗画册》十八开。秋日，作《花鸟轴》《秋林亭子图轴》。十月，为叙老作《山村暮霭图轴》《花鸟册》十二开。霜降后，为余山写《山水扇页》。十一月，写《双鹰图轴》。十二月二日，作《行书白居易琵琶行卷》。冬至日，作《渴笔山水册》十二开。作《松溪翠岭图轴》，首见使用"十导"朱文长方形印，此印沿用至乙酉年（1705）。作《临兴福寺半截碑册》二十开。

四月浴佛日，岱老请作《古树苔石图》，石涛补画水滩红叶并赋诗一。

夏，程浚往吉安，途经南昌访八大山人，为张潮持便面一柄、素纸十二幅求八大山人画。

是年，石涛题诗赞八大山人"书法画法前人前"、"眼高百代古无比"。

与石涛合作《幽兰竹石图》轴。

## 清康熙三十九年庚辰（1700） 七十五岁

三月二十日，作《白居易北窗三友诗册》三开。夏日，作《花鸟山水册》十开，作《椿鹿图轴》。作《松树双鹿图轴》。是年至乙酉使用"真赏"朱文方形印。是年前后，为汉老年翁作《行书扇页》。

## 清康熙四十年辛巳（1701） 七十六岁

定居南昌"寤歌草堂"。

正月初七日，为知县惕翁祝寿作《山水册》四开。五月十六日，喜晤黄砚旅，并题《砚旅先生度岭册》。秋中，作《松鹿图轴》。十一月，作《松鹤图轴》，题写石涛《兰草图》，作《山水卷》。

## 清康熙四十一年壬午（1702） 七十七岁

参与组织东湖画会。一月既望，为汉老年翁书《楷书册》。作《书画册》十二开。三月既望，作《双鹰图轴》。五月五日天中节，为文玉作《行书扇页》。十月，为天润作《行书临艺韫帖册》。一阳之日，作《临古诗帖册》十六开。冬，作《双栖图轴》《松柏同春图卷》《行书七绝诗轴》。

是年，始见署款"拾得"及"何园"。

吴埴题八大山人《杂画册》。论及八大山人"落笔洒然，鱼鸟空明，脱去水墨之积习"。

## 清康熙四十二年癸未（1703） 七十八岁

三月，作《山水册》八开。春日，作《枯槎鱼鸟图轴》。一阳之日，作《行书节临兰亭序》。至日，作《杂画册》十二开。冬日，作《杨柳浴禽轴》。

夏，与朱观相晤，出示有自己唱和之作的胡亦堂《梦川亭集》。与朱元璋七子朱樉九世孙朱堪注相晤。

## 清康熙四十三年甲申（1704） 七十九岁

冬，游历江西南部宁都县、崇义县聂都乡罗汉洞，并墨书题诗于内壁。

是年春，明遗民梁份有《与八大山人书》。

## 清康熙四十四年乙酉（1705） 八十岁

花朝，为超远作《行书扇页》。二月，为庐山心壁禅师作《洗钵图》并题诗。闰前四月既望，为继吕书《喜雨亭记扇页》《书法"石室先生"册页》《书画册》十二开。书《醉翁吟卷》，款署"乙酉之禊堂，八大山人书"。作《杂画册》十开。

八月，感染风寒，呼吸困难，浑身无力。

秋冬间，卒。

附录三  参考文献

1. 《八大山人全集》，王朝闻主编，江西美术出版社。
2. 《八大山人在介冈》，萧鸿鸣，人民美术出版社。

# 后记

撰写八大山人传记，是一个十足冒失鲁莽的决定。等我意识到这一点，事情已经难以改变了。我是在那之后，才知道了如下事实：

瑞典学者喜龙仁在他编著的《中国绘画史》中说："八大山人是中国绘画史上那些最具吸引力的特殊人物之一，这类人物是难以把握和明确地予以分析的，因为他们是被他们本人的怪僻和作品的鲜明特性所组成的令人眼花缭乱的传奇色彩包裹着，历代围绕这类人物编织出来的传说和故事，使他们显得更为扑朔迷离。"

历史很势利，从来不会记下它们当时认为卑微的事物。作为明宗室子孙，清初的杀戮和清廷对宗室的镇压以及扼制，使得八大山人一生隐逸颠沛于民间，尽管在下层官吏和文人士子中拥有广泛的仰慕者，但无法在官方典籍中得到与之相应的地位。有关八大山人的真相也就大都遗落在那些早已湮没的历史中。

然而，三百年间，八大山人的幽灵始终徘徊不去，纠缠着无数膜拜者在历史的缝隙里竭尽最大的心力寻觅他的蛛丝马迹。不断有人对其身世试图进行考证，或对其生平进行探索，或对其艺术展开讨论、阐释和研究，不遗余力地寻找最可能接近真相的线索。然而，在相当长的一段时间，他却被叙述得矛盾百出。

三百年来八大山人研究成为显学，尤其是近几十年来，海内外的有大量的研究成果，奠定了八大山人研究的基础。论著基本上可分为两大部分：

一是研究八大山人的名号、身世、生平与交游。一九六〇年，《个山小像》的发现，揭开了考证八大山人的序幕。这幅画和画上的题跋，成为八大山人身世最可靠的血缘蓝本，构成八大山人研究的一个牢不可破的坐标，使得后世得以有一个可靠的依凭来就其生平家世、作品真伪等进行较为系统的考证乃至争论，从而不断排除谬见的迷雾，使人们逐渐对八大山人有一较清醒的认识。

二是研究八大山人思想、艺术成就。历代有关其艺术风格的感悟性、鉴赏性的评语可见于一些作品的题跋及传记中，但作为理性的较为科学的研究论文，赋予现代意义的阐释，始于二十世纪六十年代。这半个世纪以来，可以说是八大山人研究极有收获的时期，研究领域在不断扩大并纵深发展，从而带来了勃勃生机，成为八大山人研究再度中兴的时代契机。由此，八大山人的研究，从中国逐步走向了世界，在世界范围内形成了一门独具特色的八大山人研究学科。

研究者不少是海外学人，特别是港台地区以及美国、日本的学者较多。有的穷毕生精力于此，成就卓著。至于鉴定专家，多又集中在北京、上海两地。一批老专家为八大山人研究作出很多努力，但年事渐高；进入二十一世纪，新一代研究八大山人的专家崭露头角，在资料的进一步发掘整理方面，在字号、身世方面，在作品的解读方面，继有不少创获，且个人研究专著也陆续问世。

支离的身世，怪诞的画面，禅偈般的诗文，天书样的题款，似哭似笑、非哭非笑，太多的迷惑和不解，一个孤苦而睿智的灵魂哭笑癫狂间为我们设下一个个悬疑，也留下无尽猜想的空间。仿佛黎明前的黑暗天幕下那一颗最耀眼的孤星，伴着沉落的残月，幽远而寂寥地闪烁。三百多年后，投射到我们身上的，是他那穿越时空、被稀释被剥蚀之后的微茫的清光。

今天，当我们想要还原八大山人那闪烁的热力和辉煌时，唯一可依凭的就只有那一抹依稀而灿然的光亮。在那抹光亮的引导下进行跨越时空的透视，这是我们可以找到的最接近历史真相的一种方式。人们从各类支离破碎的卷帙中烛幽发微，将尘封的点滴史实，连贯串并起来，打破文献与文献之间的藩篱，使其中的相关性和紧密性，能在同一个事件中，融会贯通于人物、事件的生发与结果，从而尽可能地接近事实。发挥其最大的历史价值，依据雪泥鸿爪，梳理出八大山人身世与生平的大致脉络。严格地说，这部或可称作"传记"的文本只是一部关于传主幽深曲折的艺术思维生成、变化、发展的心理过程的叙述，而且因为传主作品散失得过多而过于粗疏简略。萦绕在八大山人这个名字上的谜，有的也许我们永远无法解开，我们可以做的是尽我们所能，剔除那些明显错误的认识，改变一些无稽的谬传。

研究八大山人最可靠的文本依据，是我们今天可以看到的他本人的诗作、信札、书画题跋，以及他同时代人与其交往的各类文字。后者中最有现场感的当属几位与他有直接交往的文人写的他的传记。我所知道的一位是邵长蘅，一位是陈鼎，二者皆有《八大山人传》传世。此外，有清一代关于八大山人的完整文字还有龙科宝的《八大山人画记》和张庚的《八大山人》。

上述作者留下的八大山人的传记文字，因作者本人所具有的较高素质及其与传主为同时代人，无疑成为研究八大山人最重要的文献之一。

数百年来，八大山人研究日益丰富，日益精确。八大山人的身世逐渐浮现于模糊昏暗的历史卷帙的表面。这使得人们有可能凭借这些研究成果逐渐了解八大山人的一生，依据其思想、画风与书风，以其师承渊源、选题立意、内容主题、造型构图、笔墨形式并联系画家的主客观条件，廓清八大山人书画的阶段特色和递变轨迹，最大限度地接近八大山人的本来面貌。如此，才使得今天笔者这部抛砖引玉的纪传性长篇文本的写作以及今后学养深厚的大家更为精致的大篇幅传记的产生有了可能。

可以肯定地说，后人对八大山人的研究难免有推测、想象，甚至杜撰的成分，但主流是审慎的，负责任的。这也就是今天八大山人研究中，许多悬疑正在被一一破译的根本原因所在。随着八大山人研究的日臻科学，对八大山人艺术的诠释，将更加切合史实。

依据以传主的人生经历为"经"，以传主的艺术表现为"纬"的总体构思，我为这部传记所做的工作，除了调动我自己极为有限的生活积累和知识积累，便是综合诸多学者的研究成果，做进一步的分析、鉴别、比较、取舍、采信，力避牵强附会，剔除蓄意作伪，尽最大可能用八大山人和他同时代人的文字说话，杜绝所谓"合理想象"。宁可为未曾发掘的可靠史料留下空间，为尊重历史、尊重艺术、尊重八大山人的读者留下想象的空间，也决不以轻薄平庸甚至狂妄的杜撰演绎而使谬种流传。从而在此基础上阐述我对八大山人的认识并借以表达我所崇尚的艺术精神。

从这个意义上说，这部传记应该是一个巨大的群体工作的成果。借此机会，对所有在八大山人研究工作上做出巨大贡献的海内外学者表示由衷的敬意。

任何一部传记都不可能做到也没有必要做到面面俱到。拙作有选择地忽略了对传主许多个人生活场景的挖掘，更无意以所谓奇闻逸事、风情流韵吸引读者眼球，注意力只在梳理传主的人生与其心理、人格、内在创作机制之间的关系，为一位伟大艺术家及其伟大艺术的产生，找出尽可能令人信服的证据。从而写出诸多有世界影响的艺术家中的"这一个"。

使数百年后的我们最感欣慰的是，八大山人存世的作品虽数量有限，但却极为深刻地展示出他的心灵史是充盈的、完整的、确凿无疑的、瑰伟绝特的。

鉴于这是对八大山人生平与艺术进行长篇叙述的第一次尝试，史料中又没有任何有关的直接生活片段可供依凭，为了保持传记的严肃性，唯一的选择只能是经过对八大山人本人的诗文和他同时代人的相关文字的解读来加以观照，因而本文不可避免地会有大量原始材料的引用，这是八大山人这一传主的特殊性决定的。由此给读者造成的某种阅读障碍，希望读者给予特别的宽容和谅解。

当然，由于我个人的才疏学浅，对典籍和史料的孤陋寡闻、生吞活剥、望文生义，甚至张冠李戴，造成的误读、错讹和硬伤在所难免，受到衮衮诸公"拍砖"几乎是必然的，这些只能由我个人承担无知之责。敬请方家及读者见谅，并予以批评教诲。我想，这也会是对八大山人研究的一种推动吧。

追寻八大山人八十年的人生历程，敲下最后一个句号的时候，就像插队时背负超过我当年体重一倍以上的货包，颤颤巍巍地走完好几里泥石路，终于可以放下了，我长长地吁了口气。成与败，臧与否，都只能听凭裁决了。我唯一还想重复的是三十年前我在写完第一部长篇小说时在后记里用过的一个句式：

终于开始了，终于坚持了，终于完成了。

我已尽力。

是为记。

2013 年 5 月 25 日于岭南湾畔

| | | |
|---|---|---|
| 第一辑已出版书目 | 1 | 《逍遥游——庄子传》 王充闾 著 |
| | 2 | 《书圣之道——王羲之传》 王兆军 著 |
| | 3 | 《千秋词主——李煜传》 郭启宏 著 |
| | 4 | 《草泽英雄梦——施耐庵传》 浦玉生 著 |
| | 5 | 《戏看人间——李渔传》 杜书瀛 著 |
| | 6 | 《心同山河——顾炎武传》 陈 益 著 |
| | 7 | 《孤独的绝唱——八大山人传》 陈世旭 著 |
| | 8 | 《泣血红楼——曹雪芹传》 周汝昌 著 |
| | 9 | 《旷代大儒——纪晓岚传》 何香久 著 |
| | 10 | 《烂漫饮冰子——梁启超传》 徐 刚 著 |
| 第二辑已出版书目 | 11 | 《忠魂正气——颜真卿传》 权海帆 著 |
| | 12 | 《花红别样——杨万里传》 聂 冷 著 |
| | 13 | 《感天动地——关汉卿传》 乔忠延 著 |
| | 14 | 《西风瘦马——马致远传》 陈计中 著 |
| | 15 | 《此心光明——王阳明传》 杨东标 著 |
| | 16 | 《梦回汉唐——李梦阳传》 泥马度 著 |
| | 17 | 《天崩地解——黄宗羲传》 李洁非 著 |
| | 18 | 《幻由人生——蒲松龄传》 马瑞芳 著 |
| | 19 | 《儒林怪杰——吴敬梓传》 刘兆林 著 |
| | 20 | 《史志巨擘——章学诚传》 王作光 著 |

| | | |
|---|---|---|
| | 21 | 《千古一相——管仲传》 张国擎 著 |
| | 22 | 《漠国明月——蔡文姬传》 郑彦英 著 |
| | 23 | 《棠棣之殇——曹植传》 马泰泉 著 |
| | 24 | 《梦摘彩云——刘勰传》 缪俊杰 著 |
| 第三辑已出版书目 | 25 | 《大医精诚——孙思邈传》 罗先明 著 |
| | 26 | 《大唐鬼才——李贺传》 孟红梅 著 |
| | 27 | 《政坛大风——王安石传》 毕宝魁 著 |
| | 28 | 《长歌正气——文天祥传》 郭晓晔 著 |
| | 29 | 《糊涂百年——郑板桥传》 忽培元 著 |
| | 30 | 《潜龙在渊——章太炎传》 伍立杨 著 |
| | 31 | 《兼爱者——墨子传》 陈为人 著 |
| | 32 | 《天道——荀子传》刘志轩 著 |
| | 33 | 《梦归田园——孟浩然传》曹远超 著 |
| | 34 | 《碧霄一鹤——刘禹锡传》 程韬光 著 |
| 第四辑已出版书目 | 35 | 《诗剑风流——杜牧传》 张锐强 著 |
| | 36 | 《锦瑟哀弦——李商隐传》 董乃斌 著 |
| | 37 | 《忧乐天下——范仲淹传》 周宗奇 著 |
| | 38 | 《通鉴载道——司马光传》 江永红 著 |
| | 39 | 《琵琶情——高明传》 金三益 著 |
| | 40 | 《世范人师——蔡元培传》 丁晓平 著 |

81　《天地放翁——陆游传》 陆春祥 著

82　《二拍惊奇——凌濛初传》 刘标玖 著

# 图书在版编目（CIP）数据

孤独的绝唱：八大山人传 / 陈世旭 著. -- 北京：作家出版社，2014.1（2023.6重印）

（中国历史文化名人传）

ISBN 978-7-5063-7124-7

Ⅰ. ①孤… Ⅱ. ①陈… Ⅲ. ①八大山人（1626～1706）-传记 Ⅳ. ①K825.72

中国版本图书馆CIP数据核字（2013）第236727号

## 孤独的绝唱——八大山人传

作　　者：陈世旭

责任编辑：袁艺方

书籍设计：韩湛宁

整合执行：原文竹

责任印制：李卫东　李大庆

出版发行：作家出版社有限公司

社　　址：北京农展馆南里10号　　　　邮　　编：100125

电话传真：86-10-65067186（发行中心及邮购部）

　　　　　86-10-65004079（总编室）

E-mail:zuojia@zuojia.net.cn

http://www.zuojiachubanshe.com

印　　刷：三河市紫恒印装有限公司

成品尺寸：152×230

字　　数：250千

印　　张：20.25

版　　次：2014年1月第1版

印　　次：2023年6月第3次印刷

ISBN 978-7-5063-7124-7

定　　价：75.00元（精）